박찬욱의 몽타주

박찬욱의 몽타주

박찬욱

마음산책

박찬욱의 몽타주

1판 1쇄 발행 2005년 12월 10일
1판 20쇄 발행 2025년 10월 10일

지은이 | 박찬욱
펴낸이 | 정은숙
펴낸곳 | 마음산책

등록 | 2000년 7월 28일(제2000-000237호)
주소 | (우 04043) 서울시 마포구 잔다리로3안길 20
전화 | 대표 362-1452 편집 362-1451   팩스 | 362-1455
홈페이지 | www.maumsan.com
블로그 | blog.naver.com/maumsanchaek
트위터 | twitter.com/maumsanchaek
페이스북 | facebook.com/maumsan
인스타그램 | instagram.com/maumsanchaek
전자우편 | maum@maumsan.com

ISBN 89-89351-81-2 04810
     89-89351-80-4 04810 (세트)

* 본문 저자 및 영화 사진은 《씨네21》에서 제공받았습니다.

* 사용 허가를 받지 못한 일부 도판들은 저작권자가 확인되는 대로
  절차에 따라 계약을 맺고 적절한 저작권료를 지불하겠습니다.

* 책값은 뒤표지에 있습니다.

첫째도 개성, 둘째도 개성,
무엇보다도 오직 개성.

 여기 내가 쓰고 싶어 쓴 글은 하나도 없다. 〈공동경비구역JSA〉 개봉 이전에는 돈을 벌려고, 이후에는 청탁을 거절 못 해서 썼다. 그렇다고 아무렇게나 썼다는 뜻은 아니다. 경위가 어떻게 되었든 어차피 맡은 일이라면 열심히 해야지. 마치 내가 스스로 쓰고 싶어 안달이 나서 쓰듯이 썼다. 그래야 즐거울 수 있으니까. 즐거워야 빨리 끝나니까. 빨리 끝내야 내 시나리오를 쓸 수 있으니까. 그런 맘으로 쓰다보면 정말 그렇게 되고는 했다.

 그때도 벌써, 언젠가는 책으로 묶어내야지 생각했다. '이렇게 힘들게 쓰는데 그런 희망이라도 있어야 되는 거 아냐?' 정말 그 '언젠가' 가 왔다, 이렇게. '즐겁게 썼다더니 이번에는 또 힘들게 썼다고? 앞뒤가 안 맞네?' 라고 하셔도 할 수 없다. 즉, 즐거웠지만 힘들었다.

 글 써달라고 해준 가지가지 매체의 담당자들께 인사해야겠다. 돈도 주고 이렇게 책까지 내게 만들어줬으니. 마음산책도 마찬가지다.

 세월이 흘렀으므로 손보아야 할 내용이 꽤 눈에 띄었다. 손질해놓고 보아도 여전히 설명 부족이다 싶은 글에는 따로 코멘트를 달았다. 인터 뷰는 오직 내가 글로 답한 것들로만 골라 실었다.

2005년 겨울
박찬욱

차례

1

2

3

■ 일러두기

1. 외국 인명, 지명, 독음 등은 외래어 표기법을 따르되 관용적인 표기와 동떨어진 경우 절충하여
   실용적 표기를 따랐다.
2. 영화명, 곡명은 〈 〉로, 잡지명은 《 》로, 편명은 「 」로, 책 제목은 『 』로 묶었다.

© 경정홍

1

종소리(들)

오해를 피하기 위해 미리 말해두거니와 내 딸은 어느 모로 보나 특출한 아이가 아니다. (앞으로 계속 '내 딸'이라고 적는 건 좀 아동비하적이고 실명을 부르는 건 프라이버시 침해의 우려가 있으므로 그냥 가명 '종팔이'로 표기하기로 한다.) 초등학교 2학년에 이미 스와힐리어로 아침 인사를 한다거나 인터넷에 '〈죽어도 좋아〉를 사랑하는 사람들의 모임' 카페를 만들거나 하지 않는 걸 보면 안다. 종팔이에게 특별한 게 하나 있다면 곽경택 감독의 딸과 친구 사이라는 점 정도일 것이다.

그러나 모든 아이들은 특별하다. 모두가 똑같은 생각을 하도록 만드는 제식훈련, 잘 모르는 사람들이 흔히 '교육'이라고 부르는, 그것의 혜택을 아직 덜 받았기 때문이다. 따라서 아이들은 왜 모든 어른들이 저녁 9시에 만화 〈보노보노〉를 보지 않고 월드컵 중계만 보는지 알 수 없어 한다.

작년, 그러니까 1학년 때, 종팔이는 가훈을 적어 내라는 숙제를 받아왔다. "뭐냐?"길래 "없다!"고 했더니, 선생님께서 어느 집구석에나 그것 하나씩은 있게 마련이라고 하셨다며 세 시간 동안 울 준비를 시작했다. 하나 짓지 않으면 안 되게 생겼다. 궁리 끝에 떠오른 한마디, '미워도 다시 한번'. 얼마나 좋은가, 그 말. 식구끼리, 친구끼리, 연인

끼리, 머리 터지게 싸우고 나서도 돌아서서 조용히 이렇게 읊조릴 수 있다면. "그래도…… 미워도 다시 한번……." 그런데 잠시 후, 그 말을 영화 포스터 말고 어디 다른 데서 본 것 같다는 기분이 들기 시작했다. 고민하기를 또 몇 시간, 종팔이 아빠는 결국 알아내고야 말았으니, 바로 어느 잡지에서 본 거창고등학교 어느 교실의 급훈이었던 것이다.

다른 것도 아니고 가훈을 표절할 수는 없는 일……. 몇 시간 후, 마침내 나는 이런 문장을 백지에 적고 있는 자신의 모습을 발견하고 있었다. '아니면 말고'. 나는 말했다. "뭐든지 멋대로 한번 저질러보는 거야. 그랬는데 분위기 썰렁해지면 그때 이 말을 쿨하게 중얼거려주는 거지." 종팔이는 정말 좋아했다. 그럴 만도 한 것이, 본래 아이들이란 늘 '멋대로 한번 저질러보'고 싶어 미치는 인종이 아니던가. 하지만 역시 어른은 달랐다. 이튿날 종팔이는, 선생님께서 "세상에 뭐 이딴 가훈이 다 있냐?"며 새결 받아오든가 아니면 뭔가 납득할 만한 설명을 들어오랬다고 전했다. 나는 한번 정한 가훈을 무를 수는 없다면서, 즉 이 일에만큼은 '아니면 말고'를 적용할 수 없다면서, 이렇게 납득할 만한 설명을 덧붙였다. "현대인들은 자기 의지로 무엇이든 이룰 수 있다고 생각하지만 이는 매우 오만한 태도, 세상에는 의지만 가지고 이룰 수 없는 일이 많기 때문이다. 그때마다 닥쳐오는 좌절감을 어찌할 것이냐. 최선을 다해 노력해보고 그래도 이루어지지 않았을 땐 툭툭 털어버릴 줄도 알아야 한다. 이 경쟁 만능의 사회에서 참으로 필요한 건 포기의 철학, 체념의 사상이 아니겠느냐. 이 아빠도 〈복수는 나의 것〉으로 네 친구의 아빠가 만든 영화를 능가하는 흥행 신기록을 세우고 싶었으나 끝내 그 20분의 1밖에 안 되는 성적으로 끝마쳐야 했을 때 바로 그렇게 뇌까렸던 것이다. '아니면 말고…….'"

선생님이 결국 그 설명을 납득했는지, 또는 납득은 못 해도 체념의 사상만큼은 받아들였는지는 잘 모르겠다. 어쨌든 새 가훈을 받아오 라는 요구는 더 없었다. '아니면 말고'는 당당히 우리 가훈으로 정착 하는 듯했다. 그러나 그 후 1년, 바로 오늘 나는 새 가훈을 짓고 싶게 만드는 사건을 당하고야 말았던 것이다. 할아버지로부터 선물받은 장난감 종을 가지고 놀던 종팔이가 달려와 말했다. "아빠, 이 종은 두 가지 소리를 낼 수 있다?" "……아빠 바빠." 그때 종팔이가 내게 보 여준 행동을 평생 잊지 못하리라. 그녀는 한 번은 종을 그냥 흔들어 맑고 고운 소리를 들려주더니, 다음엔 손바닥으로 몸통을 감싸 쥐고 흔들어 밉고 탁한 소리를 들려주었던 것이다. 아뿔싸, 우리가 소리가 아니라고 들은 소리조차 소리로 들어주는 아이의 너그러운 귀여! 놀 라워라, 양달에 찬란히 드러난 아름다움만 보지 않고 응달에 초라하 게 묻힌 추함마저 볼 줄 아는 어린이의 현명한 눈이여! 이제 대대로 나의 후손들은 초등학교 1학년 가훈 숙제에 이 한 문장을 적어갈지어 다. '두 가지 종소리를 듣는 사람이 되자.'

■■■ 2002년에 쓴 글이라 〈죽어도 좋아〉가 언급되었다. 그 후 우리가 경기 도 어디로 이사를 하는 바람에 이제 곽감독의 예쁜 딸과는 거의 못 만나고 있다.

개구쟁이

그날도 노부인은 은행에서 차례를 기다리며 잡지를 읽고 있었다. 기사의 내용이 막 클라이맥스로 치닫는 중이었다. 그때였다. 누군가 책을 확 낚아채가는 게 아닌가. 다섯 살쯤 먹은 사내아이였다. 손을 내밀었지만 책은 돌아오지 않았다. 한숨 한 번 쉬고 다른 잡지를 꺼내드는 부인. 그러나 아이는, 이 할머니가 책을 집어들자마자 재빨리 빼앗아 달아나는 장난에 재미를 붙인 모양이었다. 무려 네 번이었다. 남의 집 아이한테 호통을 칠 수도 없고……

더 이해할 수 없는 건 녀석 엄마의 태도였다. 그 젊은 주부는 손거울을 들여다보며 화장을 고치는 일에만 열심이었다. 부드럽게 아이를 나무라는 자기 목소리를 분명히 들었을 텐데도 그토록 눈길 한 번 주지 않다니…… 노부인은 슬슬 부아가 치밀기 시작한다. 안 그래도 요즘 젊은 부모들한테 불만이 많았던 터였다.

바야흐로 아이는 온 은행 안을 휘젓고 다니는 중. 녀석이 정수기의 붉은 수도꼭지에 손을 대는 순간 기회는 왔다. 아이를 위험에서 구해냄과 동시에, 저 공중도덕 관념이 결여된 엄마에게도 따끔하게 주의를 줄 수 있는 절호의 찬스. 노부인이 몸을 일으키는 것과, 무심코 고개를 든 엄마가 아이를 발견한 것은 거의 동시였다.

고함이 터져 나왔다. 말이라고는 할 수 없는 이상한 소리에, 노부인

은 물론이고 은행 안 모든 사람이 일제히 여자를 쳐다보았다. 무안해
진 여자는 아이에게 달려가 손목을 붙들고 구석으로 끌고 갔다. 노부
인은 그때 보았다. 여자가 아이 코앞에 대고 하는 손놀림을. 그것은
분명 수화였다. 그날 저녁, 그 노부인, 즉 내 어머니는 내게, 사람을
섣불리 재판하지 말라고 말씀하셨다.

철학자

"스물여덟 살에 벌써 철학자가 되어야만 하는 것, 좋은 일이 아니다. 다른 사람들보다 예술가에게는 훨씬 더 가혹한 일이다."

루트비히 판 베토벤 말씀입니다. 하일리겐슈타트에서 쓴 유서의 한 구절. 젊은 예술가가 철학자가 된다는 게 얼마나 못할 짓이었던지, 고만 죽어버리고 싶다는 소리입니다. 참 딱한 베토벤이었습니다. 모차르트라면 이렇게 말했을 텐데. "스물여섯 살에 벌써 유부남이 되어야만 하는 것, 좋은 일이 아니다. 다른 사람들보다 예술가에게는 훨씬 더 가혹한 일이다."

베토벤 생각에 스물여덟은 철학자가 되기에는 너무 어린 나이였나 본데, 정말 그럴까요? 난 뭐 한 번도 철학자가 되어본 적이 없지만 철학과 네 해 다녀본 경험을 밑천 삼아 따져보기로, 반드시 그런 건 아니지 않은가 생각합니다. '세계와 인간에 대한 체계를 바로 가져보려고 노력하는 일'을 꼭 그렇게 중늙은이들만 차지하라는 법은 없지요. 되풀이 말하거니와 철학자의 할 노릇이란, 그 체계를 가지는 일이 아니라 가져보려고 노력하는 일이기 때문입니다.

그 노력은 철학자만 할 수 있는 게 아닙니다. 생각 있는 자라면 누구나, '할 수 있는' 정도가 아니라 '해야 하는' 일입니다. 바로 거기서 혁명도 나오고 〈9번 교향곡〉도 나옵니다. 그 노력 없이 영화 한 편인들 바로 만들어지는 줄 아세요? 도리 없어요. 아무리 '좋은 일이 아니'고 '훨씬 더 가혹'하기까지 하더라도 할 일은 해야지. 가혹해봤자 사람을 죽이기야 할까. 저 독일의 천재도 유서만 폼 나게 써놓고 25년이나 더 산 걸.

그 노력은 어떻게 해야 하느냐. 무릇 악착같아야 합니다. 예를 들어 '신 존재'에 관한 생각이라고 합시다. 유신론자라면 당연히 '신은 있다'는 믿음을 가져야겠죠. 반면 무신론자는 어떨까요? 흔히 신 존재를 믿지 못하는 사람은 다 무신론자라고 여기기 쉽습니다. 하지만 엄밀히 말해 무신론자는 '신은 없다'고 믿는 사람입니다. 당연히 거기에는 그렇게 믿을 만한 근거가 있어야겠죠. 이건 그리 간단한 일이 아닙니다. 심지어는 '이도 저도 아니기'마저도 꽤나 어렵습니다. 불가지론자가 되려면 '인간은 신이 있는지 없는지 알아낼 수 없다'는 점을 증명해내야 하기 때문입니다. 어떤 생각이든 래디컬하게, 즉 뿌리까지 깊게 파내려가지 않으면 별로 가치가 없다는 얘기입니다.

이상, 스스로에게 해주고 싶은 말이었습니다. 내 정체성을 래디컬하게 파고들어가 봤더니 자꾸 '유부남'이라는 결론밖에 안 나오는 요즈음입니다.

■■■ '기혼자 아이덴티티'는 그저 웃자고 한 말이지 절대 스스로를 모차르트에 비교한다든가 아내를 거추장스럽게 여겨 한 소리는 아니었다. 오해들 마시기 바란다.

전쟁

대학살이 있은 뒤에는 만물이 고요하오. 새들을 제외하고는. 그럼 새들은 뭐라고 합니까? 대학살에 관해 새가 할 수 있는 말이란 고작해야 '뼈 뼈?' 정도가 아닐까요?

—커트 보니것, 『제5도살장』 중에서

전에 내가 만든 어떤 영화는 한국전 재발을 걱정하는 내용으로 이루어져 있었다. 개봉 즈음, 정상회담이니 뭐니 마치 내년쯤에는 통일이라도 될 것같이 요란들을 떨길래 내가 또 덜떨어진 소리를 했나 싶었다. 그러더니 이 꼴이 뭔가, 2년도 안 돼서. 우리 어릴 적에는, 밤마다 집집마다 '인민군이 쳐내려와서 거지가 되어 엄마 찾아 헤매는' 악몽을 꾸는 어린이 하나씩은 꼭 있었더랬다. 박정희 씨가 하도 겁을 줘서 그랬다. 그런데 왜 지금은 아무도 겁먹지 않는가. 어째서 부시 씨 한마디에 겁먹는 사람들은 저 북쪽에만 있단 말인가. 유승준 씨가 '놈의 축'의 나라로 '귀'국할 때, 판 팔아먹을 노다지밭을 뒤로해야 하는 그가 안돼 보이기는커녕 전쟁의 악몽을 피한 그의 행운을 부러워했을 정도로 나는 겁이 많다. 겁쟁이 보니것 씨는 미군의 드레스덴 폭격을 다룬 그 소설에서 이런 얘기도 했다. 반전소설을 쓰느니 반빙하소설이나 쓰라고. 빙하처럼 전쟁도 막을 수 없는 거라고. 그는 또

'이따위 사회에 살기엔 인간은 너무 훌륭하다'고도 말했는데 그따위 사회는 인간 아닌 무엇이 만드는 걸까? 부시 씨가? 새가? 정말 전쟁은 부시 씨를 뺀 나머지 사람들이 힘을 합쳐도 못 막을까? 그게 궁금해서 새들은 물음표를 달고 지저귈까?

■■■ 그때 미국 정부가 당장이라도 북폭을 결행할 분위기이어서 잔뜩 겁먹고 썼다.

각색

안 그러려고 해도 소설을 읽다 보면 자꾸 영화화 가능성을 따져보게 되곤 했다. 직업병이다. 요즘은 많이 치유되어서 문학은 그저 문학으로 즐길 줄 알게 되었지만, 아직도 어떤 책에서 어떤 스크린으로 이사온 사람들을 바라보는 일은 늘 흥미롭다. 『마이너리티 리포트』가 어서 보고파지는 이유도, 나와 스필버그가 한 소설을 놓고 어떤 다른 그림을 그렸는지 궁금하기 때문이겠다.

그 작가 필립 K. 딕의 대표작 『블레이드 러너』는 소설을 영화보다 나중에 접한 경우인데, 읽고 나서 좀 어리둥절해졌던 기억이 난다. 두 작품이 거의 상관이 없었으니 말이다. 리들리 스콧 감독은 아예 원작을 읽지도 않았다고 주장한 바 있지만 과연 이것은 '창조적인' 정도가 아니라 '파괴적인' 각색이 아닌가. 뛰어난 영화인데도 불구하고 열광할 수 없는 이유가 바로 거기 있달 만큼 나는 그 오리지널을 아낀다.

인간의 정체성 혼란을 무시무시하게 묘사하는 데 호가 난 그 작가 필립 K. 딕의 세계는 사실 영화로 번역하기 힘들다. 드라마틱한 플롯과 생명력 충만한 인물 묘사를 장기로 하지 않는 탓이다. 그의 소설에서 스토리는 흔히 엉뚱한 곳에서 엉뚱한 데로 빠져버린다. 매력적인 개성을 발휘하는 주인공도 안 나온다. 상업영화를 만드는 데 있어서 치명적인 약점이다. 일직선으로 달려가지 않는 플롯은 독자에게 미로를 헤매는 느낌을 준다. 악몽을 악몽답게, 정말 무섭게 만들어주는 힘은, 그 악몽이 영원히 끝나지 않을 것 같은 예감, 바로 거기서 나온다. 그런데 그 꿈에 등장하는 괴물은 누군가. 어떤 타자가 아니라 바로 나다. 이건 더 무섭다. 생동감을 결여한 몰개성의 인물들이 나를 에워싼다. 일제히 손가락으로 나를 가리키며 뇌까린다. 바로 네가 악마다⋯⋯.

　영화화하기 힘들기로는 커트 보니것도 못지않다. 예컨대 대표작이라는 『제5도살장』은 〈내일을 향해 쏴라〉를 만든 조지 로이 힐 감독의 능력으로도 역부족이었다. 『내 영혼의 밤』이나 『챔피온들의 아침식사』도 재미있지만 소설의 매력에는 한참 못 미친다. 내로라하는 감독들이 왜 다 그 모양일까. 보니것의 유머가, 전지적 작가가 자기 인물들에게 던지는 냉소적인 코멘트에 다 들어 있기 때문이다. 그런 건 일종의 '태도'라서 쉽사리 영화로 번역되지 않는 법이다. 내가 비슷한 이유로 각색 불가능 판정을 내렸던 조셉 헬러의 『캐치-22』를 멋지게 영화화하는 데 성공한 마이크 니콜스 감독은 그 점을 잘 알았던 것 같다. 바로 소설처럼 시종 나태하고 무책임한 분위기로 일관하고 있는 것이다.

■■■ 이 글을 쓴 지 몇 년 안 돼 보니것의 여러 작품이 재출간되었다. 그러나 『캐치-22』는 안 나온다. 서초구청에서 운영하는 이동도서관에서 빌려 읽었기 때문에 그 책은 내게 없다. 헌책방을 뒤져도 없다. 영문판만 어디서 하나 구했다. 안정효 선생님의 믿어지지 않을 만큼 훌륭한 번역으로 다시 읽고 싶은데.

앰버

    내가 원래 싸이 파이Sci-Fi는 좋아해도 판타지 소설과는 사귈 기회가 없었다. 거기 담긴 관념론이 달갑지 않아서다. 그런데 누구나 존경해 마지않는 어슐러 르 귄의 『어스시』 시리즈조차 안 읽은 자가 5부작 『앰버 연대기』를 독파했으니 어찌된 영문일까? 아마 같은 싸이 파이 작가라도 젤라즈니를 조금 더 좋아해서겠지. 결국 『내 이름은 콘라드』와 『신들의 사회』의 작가가 쓴 판타지 소설이 궁금했던 거였다.

    『앰버 연대기』를 두고 누군가 '챈들러가 쓴 『반지전쟁』'이라고 했다는데, 거 참 뽀뽀해주고 싶을 만큼 귀여운 말이다. 기억을 잃은 사나이가 병원에서 깨어난다. 탈출해서 어딘가를 찾아가니 웬 미녀가 반긴다. 이어지는 괴한들의 습격, 맞서 싸우면서 코윈은 비로소 제가 누군지 조금씩 깨닫기 시작하는데……. 현대 뉴욕에서 펼쳐지는 이 도입부는 전혀 안 판타스틱하다. '모든 인간 동기의 순수성에 대한, 일종의 생득적인 회의론 같은 것이 찾아와서 내 가슴을 짓눌렀다.' 이런 식의 하드보일드. 그러더니 갑자기 환상세계로의 여행이 시작되고, 이때부터는 정신 하나도 없다. 관념론이어도 인물이 죄 실용주의자들이라 독자가 믿고 따를 만하다. 내 연구에 의하면, 분명히 클램프는 '카드를 매개로 연결되는 현실과 환상'이라는 『카드캡터 체리』의 아이디어를 여기서 가져왔다. 이 주장이 학계에 받아들여지는 날이 꼭 오리라 믿는다.

'열린책들 경계소설' 시리즈와 '시공사 그리폰 총서'의 기획자 강수백으로 더 잘 알려진 김상훈 씨의 번역과 해설 역시 독자가 믿고 따를 만하다. 한국에 그가 없었다면 내 사는 재미를 어디 가서 찾았을꼬? 김선생님, 어서 『뉴 앰버』 5부작도 마저 옮겨주세요.

■■■ 물론 그 이후 『어스시』 3부작은 읽었다. 칸에서 아를로 가는 기차간에서 딸한테 꽤 오래 소리 내어 읽어준 기억이 지금도 생생하다. 꼭 그 시리즈 때문은 아니고, 다른 여러 작품들을 읽어본 결과 내가 르 귄보다 젤라즈니를 더 아낀다고 말하기는 더 이상 어렵게 되었다. 『뉴 앰버』는 아직도 번역 안 됐다.

소리

제가 기계를 뭐 아나요, 그저 영화의 소리를 만들어본 적 있는 사람으로서 그 재생이 어떻게 이루어지는지에 관심이 있을 뿐이지요. 사실 우리 영화감독들은 극장의 소리에 대해서만큼은 어느 정도 일가견을 가지고 있긴 합니다. 어느 극장이 스피커가 좋다, 그런데 그 중에서도 4관은 예외더라 따위의 이야기를 늘 주고받으니까요. 우리가 그런 걸 잘 아는 이유는, 당연한 얘기지만 그 소리를 직접 만들었기 때문입니다. 믹싱 스튜디오에 몇 주씩 틀어박혀서 미세한 소리까지도 함께 창조했기 때문입니다. 솔직히 말해 남의 영화는 아무리 봐도 모릅니다. 어떻게 만들어졌는지를 정확히 모르므로 이 극장이 소리를 정확히 울리고 있는지 알 길이 없는 거죠.

예를 들면 이렇습니다. 〈공동경비구역 JSA〉라는 작품을 시내 여러 개봉관에서 틀었을 때 저는 나름대로 어느 극장이 제가 창조한 소리의 성격과 스피커 사이의 밸런스를 그래도 비교적 근사하게 잡아내더라는 결론을 내릴 수 있었습니다. 그래서 그 극장 관계자들을 칭찬해주기도 했고요. 하지만 그 영화를 들고 유럽 5개국의 영화제를 다니면서, 그리고 일본 개봉할 때 가서 보면서 생각이 바뀌었습니다. 완전히 다른 소리였다는 거죠. 믹싱을 끝내고 여러 달이 흐른 뒤에야 저는, 모든 면에서 최적화된 믹싱 스튜디오에서 들었던 그 음향이 비로

소 제대로 재현되는 쾌감을 느꼈던 겁니다. 어처구니없는 일이지만, 심지어 아주 섬세한 어떤 효과음은 처음으로 들었을 정도였습니다. 그때 저는 무릎을 치며 '참, 내가 저런 소리도 만들었었지!' 했지요. 그런 걸 제일 자주 느끼는 때는 대개 음악이 흐르거나 총성 따위의 압도적인 볼륨의 효과음이 지배하는 장면에서였습니다. 좋지 않은 극장에서는 그런 주도적인 소리에 묻혀 작은 소리가 전혀 들리지 않게 마련이죠. 그럴 때 감독들은 정말 미쳐버립니다. 감독의 입장에서는 배우들 한숨 소리 하나, 멀리서 들려오는 새 울음소리 하나가 주제가 전곡과 마찬가지로 다 소중한데 말이죠.

이번 테스트에서는 여러 편의 영화를 조금씩만 맛보았습니다. 영화관에서 본 작품만 일부러 골랐습니다. 〈라이언 일병 구하기〉의 도입부는 소리가 몹시 복잡합니다. 처음 들을 땐 그저 총성과 포성만 요란하게 다가오지만 자꾸 볼수록 탄착음, 파도 소리, 모래를 달리는 발소리, 철모와 소총 따위 군장 흔들리는 소리, 여기저기 고함 소리 등 수많은 피사체들이 각기 내는 소리들로 온통 뒤범벅된 교향악이 거기 있습니다. 총소리도 거리와 종류, 방향에 따라 각기 다른 소리를 내지요. 〈진주만〉의 폭격 장면에서도 똑같이 느낄 수 있는 그 어수선함을 다인오디오의 스피커 시스템은 잘 잡아냅니다. 그러나 지옥을 연상시키는 그 처절함에는 이르지 못했다는 생각입니다. 말하자면 좀 얌전하달까요. 따라서 같은 총격전이라도 〈히트〉에서의 시가전에서는 오히려 빛을 발합니다. 정적 속에 이따금씩 단말마적으로 작렬하는 총성, 아스팔트 바닥에 퉁기는 탄피의 금속음들이 아주 효과적으로 표현됩니다. 드 니로와 파치노가 커피 마시면서 나누는 대화 장면에서도 식당의 소음 사이로 나지막하게 이어지는 두 대배우의 목소리를 중후하게 들려줍니다. 앰비언스로 깔리는 기계음 위로, 아주 작은 소리에도 관객을 소스라치게 만드는 〈큐브〉 역시 그랬습니다. 지나치게 도발적인 자극을 원치 않는, 품위를 지키려고 노력하는 기계라는 인상을 받았습니다. 〈아마데우스〉 도입부에서의 24번 교향곡을 듣노라면 다인오디오가 무엇을 선호하는지 분명히 드러납니다. 격렬한 드라마를 폭발시키는 그야말로 영화적인 울림이냐, 아니면 질주하는 슬픔을 연주하는 음악적인 울림이냐, 다시 말해 같은 영화음악이어도, 영화에 강세를 두느냐, 음악에 강세를 두느냐 하는 선택의 문제에서 다인오디오는 단연 후자의 입장에 서는 것입니다. 예를 들어 〈세상의 모든 아침〉 같은 영화를 볼 수 있었다면, 이같이 과장을 원치 않는 이 덴마크산 기계의 개성을 훨씬 잘 느낄 수 있지 않았을까 하는 아쉬움도 있었습니다. 그러나 뭐니뭐니 해도 제일 아쉬운 건 내가 만든 영화로 테스트할 수 없었던 점입니다. 다시 이런 기회가 주어진다면 최근에야 발매된 〈공동경비구역JSA〉 DVD 타이틀로 들어보고 좀더 정확한 소감을 말씀드릴 수 있을 것입니다.

■■■ 한 오디오잡지에 쓴 리뷰. 그때나 지금이나 나는 하드웨어 전문가는 못 된다. 한번 관심을 가지기 시작하면 무한정 돈이 들어갈 줄 잘 알기 때문에 일부러 멀리한다.

자장가

　조르디 사발Jordi Savall이 기획한 앨범 〈난나 난나Ninna Nanna〉. 무슨 뜻인고 하니 이태리어로 '자장자장'. 아랍과 유태민족의 민요가 사이좋게 나란히, 16세기의 윌리엄 버드부터, 아르보 페르트가 이 앨범을 위해 새로 작곡한 곡까지, 동서고금의 자장가들만 모았다.

　가장 오래된 노래 장르일 게 분명한 자장가는, 아기가 생애 최초로 접하는 음악/이야기의 예술 형태다. 동시에 엄마들의 그만 나 좀 쉬게 해달라는 애원이고, 그런데 이 남자는 왜 어서 안 오느냐는 푸념이고, 제 어린 시절로의 회귀다. 때로는 아기보다 먼저 깜빡 잠드는 엄마들의 노동요이기도 하지만 무엇보다도 이것은, 요람 흔들흔들 엉덩이 토닥토닥의 리듬으로 이루어진 일종의 2인 무곡일 것이다. 모든 엄마/할머니들은 안다. 수면을 강요하는 노동의 단계를 지나 평화로운 동반 휴식의 경지에 들지 않고는 결코 아기는 잠들지 않는다는 것을. 결국 이는 모든 약자를 위한 모든 약자의 노래다.

　사실 이것은 사발보다는 그의 아내 몽세라 피게라스를 위한 앨범이다. 남편의 반주에 실려 흐르는 그 음성이 어떻게나 따뜻한지, 성모 마리아가 노래를 불렀다면 바로 이랬으리라고 믿을 만하다. 특히, 본래 하피스트인 딸 아리안나와 함께 부르는 노래 〈마레타〉는 정말이지 울지 않고는 못 배기게 만든다. 독자 여러분, 음반 구하기 힘들다고 불평 마시라, 내 다음 영화 사운드트랙으로 들려드릴 테니. 사람 많은 극장에서 눈물 좀 흘린다고 부끄러운 일 아닌 것이, 어쨌든 '자장가' 아닌가.

■ ■ ■ 그때는 잘 몰라서 Jordi를 '호르디'로 표기했는데 훗날 어느 미국 사이트를 통해 진실을 알게 되었다. 음악가들 이름의 정확한 발음을 가르쳐주는 그 사이트에 의하면, 사발은 그냥 스패니시가 아니라 카탈란, 즉 카탈루냐 사람이므로 거기 발음대로 '조르디'가 맞다는 것이다.

〈마레타〉가 사용된 영화는 물론 〈친절한 금자씨〉다.

추방

　최근 몇 해 동안 쏟아져 나오는 고음악의 초연, 재발견 음반들은 정말이지 따라잡기 벅찰 정도의 양이어서, 언제나 시간을 내서 그것들을 다 꼼꼼히 들어보나 하는 스트레스를 주곤 한다. 특히 작년은 스페인의 신생 레이블 '알리아 복스'에서 조르디 사발과 그가 이끄는 정격연주단체 '에스페리옹 21'이 쉴새없이 내놓는 일련의 작품들만으로도 밥 안 먹어도 배부른 세월을 보낸 기분이다. 그 숱한 명반들 중에서도 내가 맨 앞에 놓고 싶은 한 장은 〈디아스포라 세파르디 Diaspora Sefardi〉, 유대인들의 이산과 유랑을 뜻하는 '디아스포라'와 스페인, 포르투갈에 사는 유대인을 일컫는 '세파르디'를 합쳐, 거기를 떠나 타국을 떠돌아야 했던 그 사람들의 음악이다. 그러니까 이것은 그들을 쫓아냈던 가톨릭교도의 후예들이 아마도 일말의 죄의식을 가지고 연주했을 '중세의 월드 뮤직'이다.

　서기 1492년, 이베리아 반도는 격동하고 있었다. 700년 이상 그 지역을 점령하고 있던 아랍 세력을 완전히 축출하는 위업을 이룬 카스티야의 이사벨과 아라곤의 페르난도 부부는 크리스토퍼 콜럼버스를 신대륙으로 보내는 한편 새로운 칙령을 발표해 스페인에서 유대인들까지도 완전히 몰아내버린다. 알함브라가 함락될 때 콜럼버스는 바로 거기 그라나다에 있었으며, 그의 선단이 인도를 향해 떠나는 날 부두는 추방되어 떠나는 유대인들의 배로 혼잡하였다. 혼혈과 관용, 공존의 시대는 끝났다. 기독교의 전성기는 이교도에 대한 침략과 탄압의 전성기였다. 개종한 일부를 제외한 대부분의 유대인들은 북아프리카, 포르투갈, 이탈리아, 프랑스, 발칸 반도, 심지어 인도로 떠나갔다. 그러니 그들의 문화가 어떻게 되었겠는가. 유대인 어머니와 스페인인 아버지 사이에 난 아이가 아랍인 유모의 젖을 먹으면서 보스니아에서 자라는 상황과 다를 게 없다. 최소한 네 가지의 이질적인 요소들이 뒤엉켜 매우 독특한, 즉 넷 중 어느 하나도 아닌 동시에 넷 다이기도 한 어떤 것이 만들어졌던 것이다.

이 음악이 내게 운명적인 만남의 느낌을 주었던 건 바로 얼마 전에 읽었던 살만 루시디의 소설『무어의 마지막 한숨』때문이었다. 루시디도 조국을 떠나 이리저리 떠도는, 다양한 문화의 세례를 받은 디아스포라 작가가 아니던가. 난 그 이야기에 거의 반 미치다시피 했었는데, 한창 촬영 중에도 들고 다니면서 틈틈이 읽을 정도였다. 그런데 거기 주인공의 조상 중 하나가 바로 그때 인도로 쫓겨난 유대인이었다는 얘기. 그 아름다운 알함브라를 내놓고 축출된 스페인의 마지막 아랍왕 보압딜은 추방령을 맞은 유대인 여자와 몇 년을 산다. 그녀는 결국 보압딜을 버리고 인도로 이주하고 거기서 아이를 낳는다. 물론 이 음반에 수록된 음악들은 동유럽으로 옮겨간 세파르디들의 것이지만 루시디를 읽은 지 한 달 후에 이것을 접했을 때의 반가움은 이만저만이 아니었다. 더럽게도 감상적인 선율이지만 본래 작곡가 따로 없는 이런 음악은 그런 감상이 얼마든지 용서되는 법이지 않은가. 얼마나 감격했는지 한창 촬영 중에도 들고 다니면서 틈틈이 들었을 정도였다.

〈공동경비구역JSA〉의 음악을 만들던 시기는 희한하게도 8 · 15 이산가족상봉과 겹쳐 있었다. 그들이 얼싸안고 흐느끼는 이미지가 내내 머리를 떠나지 않았다. 고향을 떠나야 했던 사람들의 음악이 이 영화에 사용된 건 어쩌면 당연한 일이었다. 이병헌과 송강호가 편지를 주고받는 장면과 불타오르는 갈대밭을 지켜보는 이병헌 · 김태우의 장면에 맞춰보았더니 좋았다. 사라예보에서 채보된 짧은 기악곡이었다. 플루트와 퍼커션 단 둘이 연주하는 편성이었다. 두 개 다 상대를 그리워하는 장면이니 두 악기 대화의 형식 또한 그럴듯할 수밖에.

영화를 끝내놓고 처자식과 함께 스페인에 갔다. 루시디의 주인공의 선조가 칼장수 노릇을 했다는 톨레도에 아직도 남아 있는 유대인들의 성소, 시나고가에 갔더니 그 높은 천장 아래서 그 노래가 울리는 것 같았다. 보압딜이 눈물을 뿌리며 떠나갔다는 알함브라의 어느 방에서도 우리는 내내 그 쓸쓸한 노래를 들었다.

■■■ 그 영화에서 우리는 사발의 그 연주를 그대로 쓰지 않고 새로 편곡하고 연주, 녹음했다.

기다리는 톰

톰 웨이츠 Tom Waits라면 '기다리는 톰'일 텐데, 기다리긴 뭘 기다려. 내가 보기에 이 톰은 아무 희망도 안 가진 자다. 희망은커녕 가사나 멜로디나 음색이나 모든 게 절망으로 가득하다. 그렇지만 그냥 심각하기만 한 게 아니라 유머가 또 대단하니 바로 그래서 내가 좋아한다. 밥 딜런풍의 소박한 포크에서 시작해서 이제는 재즈, 포크, 록, 아방가르드, 민속음악을 몽땅 아우르는, 따라서 차마 뭐라 분류하기 힘든 괴상한 노래를 부르는 이 자는 또 연극배우, 영화배우, 무대 및 영화음악가이기도 하다. 짐 자무시, 프랜시스 코폴라, 테리 길리엄, 로버트 윌슨, 로버트 올트먼 같은 사람들과 어울려 노는 그는, 소문에 의하면 대단한 술꾼이라고도 한다. 그래서 영화 〈피셔 킹〉에 행려 거지로나 〈숏 컷〉에 알코올 중독자로 출연했을 때 모두 적역 만났다고들 했던 모양이다.

술 얘기 나왔으니 말인데, 마찬가지로 술 좋아하는 나와 내 친구들 그룹을 다른 말로 하면 '톰 웨이츠 팬클럽'이다. 한 6년 전쯤, 지금은 영화감독이 되었으나 당시에는 팝칼럼니스트요 FM DJ였던 이무영과 〈삼인조〉라는 영화 각본을 쓰러 시내 어느 호텔에 든 적이 있다. 음악도 들어가면서 일하자고 그때 이무영이 톰 웨이츠를 가져왔던 것이다. 외국의 팝스타들이 방한하면 꼭 통역으로 불려가곤 했던 이무영은 오는 남녀마다 붙들고 톰 웨이츠를 아느냐, 그의 음악을 어떻게 생각하느냐고 묻는다고 했다. 그러면 열이면 열 모두가 한숨을 쉬면서 이렇게 딱 한마디 한다고 했다. "……천재죠."

담배를 한 보루쯤 연달아 피우고 나서 부르기라도 하는 듯, 완전히 쉰 목소리로 으르렁대다시피 불러대던 그 노래들이라니! 결국 〈삼인조〉 사운드트랙에 그의 〈러시안 댄스〉가 사용되기에까지 이르렀던 것인데—이 지면을 빌려 한 가지 밝혀둘까 합니다. 나중에 내가 찍을 어떤 영화에 톰 웨이츠의 〈검은 날개〉를 쓰려고 하니까 다른 감독들은 참아주기 바랍니다—어쨌든 그 운명적인 만남 이후 난 그가 낸 모든 앨범과 유럽에서 발매된 해적판, 그의 곡을 다른 가수들이 다시 부른 곡만 모아서 낸 앨범까지 다 사 모았다. 모두 합치면 서른 장에 육박하는데, 아는 사람은 알겠지만 없는 살림에 한 아티스트한테 그 정도 돈을 쓴다는 건 여간한 정성 가지고 되는 일이 아니다.

그 가운데 한 장만 고르라면 물론 그래미 수상작 〈본 머신〉이지만 한 곡만 뽑아야 할 경우엔, 가장 재즈적인 분위기를 내보았던 〈블루 발렌타인〉 수록곡 〈미니애폴리스의 창녀로부터 온 크리스마스 카드〉다. (그러고 보니 이런 문장이 떠오른다. '톰은 미니애폴리스의 창녀가 보낸 크리스마스 카드를 기다린다.') 무성의한 듯 감칠맛 나는 피아노도 피아노지만 사실 이 노래의 진짜 매력은 가사에 있다. 부른다기보다는 차라리 그냥 뇌까린다고 하는 게 맞을 정도로 높낮이 변화가 없는 멜로디지만 그런 소박함이 오히려 감동을 준다. 한심한 낙오자들의 비천한 인생을 묘사한 얘기지만 어떤 멜로드라마보다 아름답다. 이무영, 박찬욱 공역본으로 감상해 보시겠다.

찰리, 나 임신했어요.
지금 유클리드 거리 끝
9번가의 낡은 책방 위에 살아요.
마약도 끊었고 위스키도 안 마시죠.
남편은 트롬본을 불어요.
철도일 하는 사람이죠.

그이는 날 사랑한다고 해요.
비록 자기 아인 아니지만
자기 아이처럼 키우겠대요.
그리고 어머니가 끼던 반지를 내게 주었어요.
토요일 밤이면 그이는 날 데리고 춤추러 나갑니다.

찰리, 당신 생각이 나요.
주유소 앞을 지날 적마다
당신 머리에 묻은 기름때를 떠올리죠.
아직도 '리틀 앤서니 & 더 임퍼리얼스'의
레코드를 간직하고 있어요.
하지만 누가 전축을 훔쳐가버렸죠.
열받을 만하죠?

마리오가 체포됐을 때
난 거의 미쳐버리는 줄 알았어요.
그래서 식구들하고 살려고

오마하로 돌아갔죠.

그런데 나 알던 사람들은

죄 죽었거나 감옥에 있더군요.

그래서 미니애폴리스로 돌아왔죠.

이제 그냥 여기서 살까봐요.

찰리, 그때 사고 이후 처음으로 행복한 것 같아요.

우리가 마약 사는 데 썼던 그 많은 돈들을

지금 갖고 있다면 얼마나 좋을까요.

중고차 가게를 하나 사고 싶어요.

차는 절대 안 팔고

그날 기분 따라 매일 바꿔 타고 다니는 거예요.

그런데 찰리,

내 처지를 솔직하게 말해줄까요?

나, 남편 없어요.

그러니까 트롬본도 불지 않아요.

그리고 있죠……

사실은 변호사 줄 돈이 당장 필요하거든요.

찰리, 난 요번 발렌타인 데이나 돼야

보석으로 나갈 수 있을 거예요.

긴 말이 필요 없다. 그냥 내가 미국 감독이라면 이 제목, 이 스토리

그대로 영화 하나 꼭 찍는다. 캐스팅도 끝났다. 이 앨범 재킷 뒷면을 보면 톰 웨이츠가 빨간 원피스 입은 여자와 사랑을 속삭이는 사진이 있다. 뒷모습만 보이는 그녀는 한때 애인이었던 릭키 리 존스인데 '여자 톰 웨이츠'라고 할 수 있는 이 퇴폐적인 가수를 창녀 역으로 쓰는 것이다. 물론 찰리 역은 '남자 릭키 리 존스'인 톰 웨이츠로 하고.

감옥에 들어앉아 옛 애인한테 편지 쓰는 창녀의 심정, 돈 부쳐달라는 사정을 하려고 펜을 들었다가 비참한 심정이 되어버린 그녀는 행복한 거짓말만 잔뜩 늘어놓다가 마지막에 가서야 다시 정신을 차리고는 용건을 꺼낸다. 그러고는 너무 부끄러운 나머지 변변히 인사도 못한 채 서둘러 편지를 끝내는 것이다. 이 마무리 반전은 '너무 웃기는 나머지 슬퍼지는' 종류에 속한다고 할 수 있겠다. 게다가, 아무 생각 없이 되는 대로 살아온 철부지 창녀가 꿈꾸는 행복이란 또 얼마나 하찮은가. 아마도 이 여자한테 여러 번 속아봤을, 그래서 사랑하지만 끝내는 떠날 수밖에 없었을 것 같은 이 노동자 애인은 결국 또 돈을 부쳐주고 말 게 뻔하다. 그리고 발렌타인 데이가 되면 미니애폴리스 교도소 앞에서 기다리고 있겠지.

이 노래 들을 적마다, 주유소 지나면서 애인 머리의 기름때를 그리워하는 대목에만 가면 난 그만 울고 싶어지곤 한다. 이런 가사는 톰 웨이츠 아니면 못 쓴다. 달리는 택시 뒷자리에서 태어나 학교도 안 다니고 부랑아로 청춘을 다 보낸 자 아니면 이런 거 못 쓴다.

■■■ 〈검은 날개〉를 사운드트랙으로 쓰려고 한다는 그 '어떤 영화'란, 2007년에 만들 예정인 흡혈귀 영화 〈박쥐 EVIL LIVE〉다. 그 생각은 지금도 변함이 없다.

개와 고양이

내 딸 종팔이는 어쩌된 일인지 사람보다 동물을 더 좋아한다. (놀이동산보다 동물원 더 좋아하는 아홉 살 본 적 있나?) 장래 희망이 동물보호운동가일 정도다. 그녀의 방은 온갖 동물 인형들로— '동물 人形'은 이상한 말이지만 달리 어떻게 써야 좋을지 모르겠다—발 디딜 틈이 없다. 난 세상에 봉제 뱀 인형, 박쥐 인형이 있다는 사실을 이 아이 키우면서 알았다. 그림을 그려도 동물만 그리는데, 도감 같은 거 안 보고도 별의별 동물을 다 그릴 줄 안다. 예를 들어 아르마딜로, 개미핥기, 나무늘보, 인도별사슴, 위에서 내려다본 토끼의 모습, 다리를 꼬고 의자에 앉아 있는 원숭이, 뭐 그런 거.

종팔이는 특히 개를 좋아한다. 영국이 낳은 위대한 그림책 작가 존 버닝햄의 불후의 걸작 『내 친구 커트니』의 영향도 크다. 그러나 그것은 불행하게도 짝사랑이다. 아빠가 심각한 개털 알레르기 환자이기 때문이다. 다시 말해 집에서 개를 기를 수 없기 때문이다. 그래서 언젠가 한번은, 아빠가 집을 나가 살면 안 되냐고 엄마한테 심각하게 질문했다가 심각하게 혼난 적도 있다. 그때 그 얘기를 듣고 화가 난 나머지, "아빠도 너 못지않게 개를 좋아하지만 알레르기 때문에 기를 수가 없어서 하는 수 없이 대신 너를 낳았다"고 대꾸했던 아빠도 역시 엄마한테 혼났다.

우리가 엄청난 불편을 각오하고 멀리 시외로 이사하기로 결정한 건 순전히 개를 기르기 위해서였다. 한집에서 개도 살고 나도 살자면 천생 마당이 필요했고, 마당 있는 집에 살자면 서울을 벗어나는 수밖에 없어서다. 요즘 종팔이는 내년 8월로 예정된 이삿날만 기다리며 산다고 해도 과언이 아니다. 무슨 개 사전 비슷한 책을 펴놓고 날이면 날마다 어떤 종을 사야 할지 고민하며 세월을 보낸다. 그런데, 그런 데 나오는 개들은 하나같이 비싸다. 그래서 나는 버닝햄의 커트니 예를 들면서, "아무도 가지려고 하지 않는 족보 없는 개를 데려가는 어린이야말로 진정으로 개를 사랑하는 어린이지"라고 말한다. 그러면 아이는 이렇게 화답한다. "아빠…… 그럼, 아무도 가지려고 하지 않는 족보 없는 잉글리시 바세트하운드 사줘." 그러던 어느 날……

내 조감독이 자기 집 개가 새끼 여덟 마리를 낳았다며 한 마리 가지겠느냐고 물어왔던 것이다. 본래 그 집 진돗개 한 쌍, 즉 수놈 '참'이와 암놈 '이슬'이 부부는 혈통 좋고 용모 수려하기로 유명하다. 참이는 참새를 잘 잡고 이슬이는 쥐를 잘 잡는다고도 했다. 내가 거절할이유가 없다. 일단 돈이 얼만데. 그리고 그 소식을 당장 종팔이에게 전했다. 그녀는 내 애기를 듣자마자 그 자리에서 바로 엎어지더니 기나긴 통곡을 시작했다. 제가 감당할 수 없을 만큼 기쁜 일이 생길 때마다 하는 짓이다. 아, 그때는 나도 감격했다!

그러나 꼭 좋은 일만은 아니었다. 울음을 그치자 종팔이는 아빠의 알레르기 따위는 까맣게 잊어버리고 그 애를 당장 데려와야 한다고 떼를 쓰기 시작했다. 그녀가 그토록 믿고 따르는 무슨 개 사전 비슷한 책에 의하면, 진돗개는 첫 주인만을 따르기 때문에 더 크고 나서 데려오면 '전혀 말을 안 들을 뿐 아니라 아예 옛 주인을 찾아 가출해버리는 수도 있다'는 것이다. 아닌 게 아니라 조감독에게 물어보니 사실 그게 그렇단다. 어쩌나.

그래도 젖은 떼야 하지 않겠느냐며 가까스로 두 달을 벌어놓는 데 성공하긴 했지만 그래도 내년 8월까지는 반년 이상 남는다. 일단 이번에 태어난 애들은 포기하고, 내년 여름에 새로 태어날 강아지를 받아오자고 아무리 달래도 전혀 안 통한다. 지금 이틀째 종팔이는, 아장아장 걷는 생후 보름된 백구 흉내를 내며 하루를 보내고 있다. 진돗개는 워낙 용맹스러워서 하룻강아지도 범한테 으르렁거릴 줄 안다며 종일 어딘가를 향해 으르렁거리고 있다. 갖가지 포즈의 진돗개를 갖가지 앵글, 사이즈로 그려대고 있다. 그리고 그 옆에서 아빠는 괜히 조감독을 원망하며 처절한 고민에 빠져 있다.

나 아는 여배우 하나는 고양이를 정말 좋아한다. 그런데 그녀는 나 못지않은 알레르기 환자다. 그래도 그녀는 고양이 여덟 마리를 기른다. 보통은 발작이 심해질 때만 먹는 항히스타민제 알약을 매일 먹어가면서.

■■■ 결론부터 말하자면 이사는 했고 진돗개는 못 데려왔다. 대신 고양이와 함께 산다. '나 아는 여배우' 배유정 씨처럼 많지는 않고 그냥 두 마리다. 원래 살던 아파트에서 동거를 시작했다가 알레르기성 천식 환자가 되었다. 자다가 호흡곤란을 일으켜 응급실에 실려갈 지경이었다. 의사 하는 말이, "고

양이를 그냥 두시면 아마 선생보다 걔네가 더 오래 살 겁니다." 바로 20년 피우던 담배 끊었다. 바로 이사했다. 지금은 널찍하고 볕 잘 드는 지하실에 놈들을 격리했으므로 괜찮다. 항히스타민제 알약 매일 안 먹는다. 참이와 이슬이도 큰 변화를 겪었다. 내 조감독의 집 좁은 마당에서 사는 게 너무 힘들어서 가출을 했다 돌아온 이후 시골의 농장으로 보내졌다. 너른 들을 실컷 뛰어다니며 마냥 행복해한다고 한다. 끝으로, 조감독은 감독이 되어 〈야수와 미녀〉를 만들었다.

짝짝이

옛날 옛적에 한국이라는 나라에 서울이라는 도시에 반포라는 동네에 서정이라는 여자아이가 살고 있었대. 어느 날 서정이는 새 구두를 사러 엄마와 함께 지하상가에 갔대.

엄마는 자기한테 맞을 구두를 찾느라고 정신이 없었는데 저쪽 구석에서 갑자기 서정이가 외치는 소리가 들렸지. "엄마, 여기요!" 가서 서정이가 가리키는 진열장을 보니, 아주 예쁘게 생긴 주홍색과 검은색 구두가 한 짝씩 나란히 놓여 있었어. "아저씨, 이 주홍색 구두 한 켤레 주세요." 엄마가 말씀하셨어. "그건 한 짝밖에 없는 걸요." 머리를 길게 길러서 뒤로 묶은 주인 아저씨가 대답했어. "그럼 검정 구두로 한 켤레 주세요." "그것도 한 짝밖에 없는 걸요."

"뭐라고? 짝짝이로 신겠단 말야? 게다가 저 검정 구두는 남자 구두란 말야. 맙소사!" 엄마는 기가 막혔어. "작년 가을에 거제도 할머니 댁에 갔을 때 기억 안 나요? 비를 맞아서 시커멓게 젖은 감나무 가지와 거기 매달린 주홍색 홍시가 얼마나 멋지게 어울렸는지. 꼭대기에 앉아서 감을 파먹던 까치는 또 얼마나 예뻤어요? 이 검정 구두의 흰 끈은 꼭 까치의 흰 배 같지 않아요?" 나중에 화가가 되려고 하는 서정이는 바로 그렇게 대답했던 거야.

　이튿날 서정이는 그 '까치가 앉은 젖은 감나무와 홍시' 구두, 그건 서정이가 자기 구두에 붙여준 이름이야, 그걸 신고 신이 나서 학교에 갔어. 교실에서 어떤 일이 벌어졌을까? 맞아, 난리가 난 거야. 아이들은 짝짝이 구두를 신고 온 서정이를 마구마구 놀려댔어. 그날로 서정이는 '짝짝이'란 별명을 얻게 되었지.

　집에 온 서정이는 엄마 품에 안겨 엉엉 울었어. "왜 사람들은 자기 마음대로 신을 신는 걸 싫어할까요?" "자기들보다 훨씬 멋진 신을 보고 샘이 나서 그런 게지. 놀림당하기 싫으면 내일부터는 다른 신을 신고 가렴. '까치가 앉은 젖은 감나무와 홍시'는 집 안에서만 신고 놀면 되잖아."

　다음 날 오후, 엄마와 서정이는 그때 그 구두 가게를 또 찾아갔어. 주홍색과 검은색 구두의 나머지 한 짝이 어디 있는지 알아보기 위해서였지. 머리를 길게 길러서 뒤로 묶은 주인 아저씨가 대답했어. "사실은 제 딸이 신고 있답니다. 그 애가 하나씩만 신겠다고 고집을 부리는 바람에 그렇게 한 짝씩만 남게 된 거죠."
　서정이는 빈손으로, 아니 빈발로 돌아왔지만 그래도 기분이 좋았대. 자기 같은 고집쟁이 여자아이가 어딘가 또 있다는 걸 알았으니까. 짝짝이는 자기 혼자가 아니었으니까. 그날 밤 서정이는 그 이름도 얼굴도 모르는 여자아이의 꿈을 꾸었어. 자기는 오른발에 검은색 남자 구두, 왼발에 주홍색 여자 구두를 신었는데 그 아이는 오른발에 주홍색 여자 구두, 왼발에 검은색 남자 구두를 신고 있었지.

이튿날도 또 그 이튿날도 서정이는 악착같이 '까치가 앉은 젖은 감나무와 홍시'를 신고 학교에 갔어. 결국 어느 날, 담임 선생님은 엄마를 학교에 오시라고 했어. 그렇게 이상한 신을 신고 학교에 오지 못하게 해달라고 얘기한 거야. 그랬더니 엄마가 뭐라고 했게? "어떤 구두를 신을지는 자기가 결정하는 겁니다. 짝짝이로 신고 다닌다고 해서 남한테 무슨 피해를 주는 건 아니니까요."

그렇게 한 달이 지나갔어. 이제는 어떤 아이도 서정이를 짝짝이라고 부르지 않았어. 늘 같은 걸 가지고 놀리는 일은 재미가 없으니까. 그리고 또 한 달이 지나갔어. 서정이 뒤에 앉은 경헌이와 재윤이가 자기네 신을 한 짝씩 바꿔서 신고 다니기 시작했어. 처음엔 심심해서 장난으로 해본 건데 막상 해보니까 예뻐보였던 거지. 경헌이와 재윤이는 서정이한테 몰래 말했어. "사실은 처음부터 네 구두가 부러웠어. 친구들이 놀릴까봐 따라하지 못했는데 이제서야 용기가 났어."

그 다음부터는 짝짝이 신이 유행이 되어버렸어. 단 며칠 사이에 온 학교의 어린이들이 다 자기와 발 크기가 같은 친구를 찾아서 한 짝씩 바꿔 신게 되었던 거지. 남자아이는 여자아이와, 여자아이는 남자아이와 바꿔 신었어. 아이들은 친구만 만나면 제일 먼저 이렇게 얘기하곤 했어. "야, 발 대볼래?"

한 달이 지나자 선생님들도 아이들을 따라하게 되었지. 남선생님은 여선생님과, 여선생님은 남선생님과 바꿔 신었어. 선생님들은 동료 선생님만 만나면 제일 먼저 이렇게 얘기하곤 했어. "선생님, 발 대보시겠어요?"

이 유행은 온 반포로, 온 서울로, 온 한국으로 퍼져나갔어. 신 만드는 회사들은 아예 짝짝이로 한 켤레를 만들어 팔기 시작했지.

그런데 말야, 서정이는 이제 재미가 없어졌어. 모두들 다 짝짝이로 신고 다니니까 싫증이 날 만도 하지. 다시 말해서, 서정이는 도로 오른쪽 왼쪽이 똑같이 생긴 신을 신고 싶어졌던 거야. 하지만 신 만드는 회사들이 죄다 짝짝이로만 만들어 팔고 있었기 때문에 오른쪽 왼쪽이 똑같은 신은 구할 수가 없었지. 서정이는 무척 고민을 했어.

드디어 서정이는 방법을 찾아내고야 말았어. 전에 '까치가 앉은 젖은 감나무와 홍시'를 샀던 가게에 다시 찾아간 서정이는 주인 아저씨한테 이렇게 말했어. "아저씨 딸을 만나야겠어요." "우리 정우는 왜?" "구두를 한 짝씩 바꾸려고요."

그렇게 해서 서정이와 정우는 처음으로 만나게 됐지. 서정이 얘기를 듣고 나더니 정우는, 마침 자기도 똑같은 생각을 하고 있었다며 몹시 좋아했어. 둘이는, 양손을 마주 잡고 폴짝폴짝 뛰면서 뺨을 비벼대는 동시에 발로는 서로의 구두를 가볍게 톡톡 차는 한편 입으로는 그동안 자기들이 겪은 재미난 얘기를 막 떠들어댔지.

서정이와 정우는 물론 신을 바꿔 신었어. 그런데 누가 주홍색 여자 구두 두 짝을 신고 누가 검은색 남자구두 두 짝을 신었느냐고?

몰라.

■■■ 몇 년 전, 딸아이 방학숙제로 그림책 만들기를 했다. 그림은 물론 아이가 그렸고 이 동화는 부녀가 공동창작했다.

월드컵

지난 두 달, 이 고백을 과연 꼭 해야 하느냐를 놓고 무척 망설여왔다. 내가 저지른 엄청난 죄악을 굳이 내 입으로 공개할 필요가 있을까. 과연 이 양심선언을 통해 참사람으로 거듭날 수 있을 것인가. 그러나 이 말을 하지 않고는 도저히 조국에서 살아갈 자신이 없었다. 친지들 낯을 바로 보기가 힘들었다. 결단의 일요일, 나는 20년 만에 성당에 갔다. 신부님이 물었다. "무슨 죄를 지었습니까?" "저는…… 그러니까…… 아— 제 입으로는 말할 수 없어요!" "주께서는 당신이 생각하는 것 이상으로 너그러우십니다. 얘기하세요, 무슨 죄를 지었습니까?" "저는…… 저는…… 축구를 좋아하지 않습니다." "뭐라구요?! 그렇다면…… 설마…… 월드컵 경기들은 보셨겠죠?" "사실은…… 단 1초도……." "오, 주여!"

그렇다. 지금 와서 하는 말이지만, 아니 어쩌면 지금이라도 절대 해서는 안 될 말인지도 모르지만 나는 축구, 특히 월드컵 경기가 싫다. 왜냐고는 묻지 마라. 그건 당신들이 내 최근 영화에 무관심했던 것과 하나도 다를 바 없다. 난 그저, '발로 공을 몰아 구멍에 집어넣는 놀이'를, 직접 하는 것도 아니고 그냥 구경만 하는 일이 뭐가 그렇게 재미있는지 알 수 없다는 것뿐이다. 다른 나라에서 했다면, 또는 한국이 일찌감치 탈락했다면, 고작 무관심한 정도로 끝났을 것이다. 그러나

홈그라운드에서 너무 잘했기 때문에, 무관심을 넘어 싫어하기까지 하게 되었다. 그건 당신들 모두가 축구 얘기만 하고 나하고는 전혀 안 놀아주었기 때문이다. 재미난 텔레비전 프로그램도 없었기 때문이다. 그 시간에는 무슨 약속도 잡을 수 없었기 때문이다. 극장에 볼 만한 영화가 안 걸렸기 때문이다. 처음 보는 놈들이 내 차 지붕에 올라가서 막 발을 굴러댔기 때문이다. 잠도 못 자게 경적을 울려댔기 때문이다. 나, 고독했다. 학교에서 따 당하는 애들의 심정이 뭔지도 알게 되었다. 정상인들은 모른다. 음지에만 숨어 살아가야 하는 이 민족반역자의 두려움을. 친일파의 죄책감이 이랬을까. 부역자의 공포가 이만큼이었을까. 급기야 어느 날 밤, "나는 월드컵이 싫어요!"라고 절규했다가 입이 찢어지는 악몽을 꾸기도 했다.

내 이럴 줄 알았다. 그래서 월드컵 기간에 맞춰서 꼭 안 가도 되는 외국 영화제를 일부러 다녀왔던 것이다. 유럽이나 남미는 한국보다 더 하니까 비교적 축구를 덜 좋아하는 미국을 골라서 다녀왔다. 그러나 세상은, 아니 안정환은 그렇게 호락호락하지 않았다. 지금쯤은 탈락했겠거니 하고 귀국하는 날, 짐 검사받고 공항 로비로 나오는 바로 그 순간 그는 저 유명한 골든골을 넣고 있었다. '……다 끝났다!'는 생각에 정신이 아득해지며 바닥에 주저앉고 말았다. 집에 오는 길에 마주친 붉은 무리의 눈빛은 살벌했다. 대~ 뭐라고 그들이 외칠 때 알맞은 박자로 손뼉을 쳐주지 않으면 몰매를 맞을 것 같았다. 결국 그날 밤 우리 부부는 인적 드문 골목만 찾아 도둑처럼 집에 숨어들어야 했다. 서울역 앞 노숙자들처럼 버려진 사람이라는 기분이 들었다. 나는 이 나라 국민도 아니고, 내게는 휘날리는 태극기를 우러러볼 자격조차 없었다.

그나마 한 가닥 위안이 있다면 아내도 축구에 무관심하다는 점. 부부의 결속력은 그 시련의 계절을 맞아 오히려 강해지고 있었다. 그러나 그녀마저도 결국에는 무너지고 말았으니, 독일과의 4강전을 나 몰래 시청하고 있었던 것이다. 나는 눈물로 호소했다. "당신은 뺄도 없어? 흐흐흑…… 어떻게 우리를 그토록 괴롭히고 멸시한 저 무리에 가담할 수가 있어?" 그러나 그녀의 대답은 나를 또 한번 낙담케 하고야 말았다. 동네 사람들이 아홉 살 난 우리 외동딸을 가리켜 월드컵도 안 보는 집 아이라고 손가락질을 하며 수군댄다고 했다. 더 이상은 버틸 재간이 없었다. 항복하기로 했다. 마침내 고백성사를 결심했다.

　존경하는 신부님과의 대화는 이렇게 끝났다. "용서받을 수 있을까요?" "음…… 형제여, 이건 그리 쉽게 용서될 사안이 아니군요……. 보속으로, 월드컵 전 경기의 재방송을 세 번씩 보도록 하세요."

■■■ 글이 지면에 나가고 나서 전화를 한 통 받았다. 2002 한일 월드컵 사료 편찬위원회의 멤버가 되어달라는 내용이었다. 정몽준 회장께서 '이런 자도 하나쯤은 끼워줄 필요가 있다'고 하셨다는 것이다. 그 담당자 아저씨가 어찌나 못살게 구는지 결국 내가 졌다. 여러 차례 회의에 나가야 했다. 저명인사 여러분이 토론하시는 동안 또다시 고독했다. 회의자료로 받은 서류에 숱한 낙서를 한 끝에 결국 두꺼운 책 두 권이 출판되었다. 그 책 크레딧에 보면 내 이름 정말 있다. 인생은 이렇게 흘러가는 것…….

류가 형제

당연한 말이지만, 영화감독에게 작품을 만드는 일만큼 즐거운 건 또 없다. 그러므로 요즘 나는 행복하다. 그러나 내 영화를 만들 때 나쁜 점이 하나 있다면, 남의 영화 볼 시간이 없다는 것이다. 그러므로 요즘 나는 꽤 우울하다. 몇 달 동안 본 영화라고는 두세 편밖에 안되니. 결국 도저히 못 참겠어서 그저께 하나를 보았는데, 하고많은 명화 걸작 블록버스터 다 제쳐두고 내가 〈품행제로〉를 고른 건 순전히 류승범이 출연하기 때문이다. 내가 한국에서 가장 존경하는 류가 형제 중 동생의 첫 주연작이기 때문이다.

내가 이 형제를 존경하기까지 하는 이유는 또 뭐냐. 역경을 딛고 성공해서도 아니고 능력이 뛰어나서도 아니다. 물론 성공도 했고 뛰어나기도 하지만 그보다 더 큰 이유는 늘 유쾌하면서도 동시에 진지하기 때문이다. 한국에서 21세기를 살면서 그러기는 정말 어렵다는 걸 여러분도 다 아시리라 믿는다. 우리는 '유쾌'와 '진지'를 양자택일 사양인 줄 알고 살아오지 않았나. 내가 보기에 한국에서 유쾌한 동시에 진지한 인종은 어린이들뿐이다. '아이들이 유쾌한지는 알겠으나 진지한가?' 하는 분들은 아직 그들을 잘 모르는 거다. 잘 보시라, 그들은 매사 진지하다. 만화를 볼 때, 솜사탕을 뜯어먹을 때, 친구와 엄마 아빠 놀이를 할 때 그들은 한없이 진지하다.

두 류씨가 부모 일찍 여의고 저희 힘으로 자랐으면서도 그토록 아이 같을 수 있는 비결을 나는 모른다. 그저 '먹물을 덜 먹어서 그런가?' 할 뿐이다. 승범의 형 승완이, 거지의 발싸개와 상당히 닮은 한국 사회에 적응하기가 하도 힘들어 대학을 가려고 했을 때 내가 결사 반대했던 일은 그와 10년을 사귀어오는 중 내가 유일하게 잘한 일로 기억되는데, 7년 후 그가 여중생 압사 사건에 항의하기 위해 삭발을 하자고 제의해올 줄은 또 몰랐다. 내 상식에 그런 일은 대개 학생운동물을 조금이라도 먹어본 사람이 하는 거였으니까. 그러더니 그 얼마 후에는 친구한테서 선물받은 털모자를 한참 쓰고 다니다가 그게 미제였다는 사실을 알고 기겁했다는 이야기를 하며 또 이렇게 말하는 게 아닌가. "친구가 국산 맞다고 해서 그런 줄만 알았죠. 걔 전문대 나왔잖아요."

반면 나는 어떠냐 하면, 어느 인터뷰어로부터 류 감독의 전화를 받고 어떤 기분이었느냐는 질문을 받고 '대학도 못 다녀본 놈이 그런 일을 하자는데 거절하면 조금이라도 가방끈 긴 내 체면이 뭐가 될까 걱정했다'고 내 깐에는 '유쾌'하게 대답했더니 그 인터뷰어가 '뭐 저런 차별주의자가 다 있지?' 하는 '진지'한 표정으로 나를 바라보았던 것이다. 이 대목에서 나는 외치고 싶다, 왜 나의 유쾌와 진지는 류가 형제처럼 통합되지 못하는 것이냐고!

5년 전인가, 훗날 한국 최고의 인기감독이 될 류승완이 시뻘건 반점으로 온통 뒤덮인 얼굴을 하고 찾아와, '공사판에서 들통 메는 일을 하다가 시멘트 독이 올라' 그리되었다며 씨익 웃었을 때, 그러면서도 단편영화제에 상 받으러 가야 하는데 여성 관객들한테 이런 얼굴을 어찌 보이냐며 고민에 빠져 있을 때 나는 웃어야 할지 울어야 할지 몰라 했다. 형제가 함께 찍은 영화 〈죽거나 혹은 나쁘거나〉와 〈피도 눈물도 없이〉가 웃기기도 하고 슬프기도 한 것처럼.

〈품행제로〉에서, 승범은 불량학생 주제에 모범생과 사랑에 빠진다. 그녀가 자꾸 몸에 안 맞는 바른생활의 세계로 자신을 끌어들일 때 그는 이렇게 한마디 한다. "네가 날 알아?" 그래, 난 그를 잘 모른다. 그러나 스태프들과 낄낄거리면서 놀다가도 최민식, 송강호, 설경구같이 위대한 배우들이 나타나면 옆에 찰싹 붙어 앉아 한마디라도 놓칠세라 귀를 기울이는 모습들은 좀 봤다. 아무리 육체적으로 힘든 연기라도 불평 하나 없이 하고 또 하는 모습이라면 실컷 봤다.

그 영화 본 날 저녁, 류승범과 술을 마셨다. 그 자리에서 그는 장이모 감독의 신작 〈영웅〉에 나오는 홍콩 영화배우들이 생김새도 멋지고 무술도 잘한다며 부러워했다. 형이 연출하고 자기가 주연하는 새 작품에 액션 장면이 많아 걱정스러운 모양이었다. 그래서 말해줬다, "넌 침 잘 뱉잖아, 너보다 욕 잘하고 침 잘 뱉는 홍콩 배우 있으면 나와보라 그래!" 독자 여러분, 나 잘했지요?

■■■ 다시 읽어보니 승범이한테 욕 잘하고 침 잘 뱉는다고 칭찬한 건 하나도 잘한 일이 아니었는데 그렇게 썼다. 역시 나는 농담이 잘 안 되는 사람인가 보다. 〈아라한장풍대작전〉을 찍고 있던 승범이한테는 이렇게 말해줘야 했다. "넌 생김새도 멋지고 무술도 잘하잖아, 게다가 연기는 더 잘하잖아!" 재치 있는 말은 아닐지 몰라도 그렇게 사실대로 말해줘야 했다.

죽어도 좋아!

나요. 더 이상 잡문을 짓거나 인터뷰 같은 데 얼굴 내밀지 않고 조용히 틀어박혀 시나리오를 쓰려던 참이었거든요? 〈죽어도 좋아〉와 어깨를 나란히 할 걸작을 만들어야지 하는 각오로 말입니다. 그런데 이게 웬 날벼락입니까. 개봉하지 말라니요. '제한상영가'라니요. '영화 못 튼다는 걸 허락한다'는 게 도대체 무슨 소린가요. 당신들이 뭔데 시나리오도 못 쓰게 하고 사람 열받게 하시는지요, 안 그래도 더워 죽겠는데.

아, 죄송합니다. 좀 흥분했네요. '당신' 운운했던 건 취소하겠습니다. 사실 흥분할 만도 한 것이, 저로 말씀드릴 것 같으면, 〈죽어도 좋아〉 광팬이거든요? (〈고양이를 부탁해〉와 조영남 씨의 관계를 생각하시면 되겠습니다.) 저는 〈죽어도 좋아〉가 좋아 죽겠습니다. 어쩌다 이렇게 됐나, 돌이켜보건대 그것은 운명적인 만남이었습니다. 한참 전에 영화진흥위원회 영문자막프린트 제작 지원 심사에 참가한 적이 있습니다. VHS 카세트로 받아서 집에서 보는 방식이었지요. '뭐야, 이거? 처음 듣는 제목에 처음 보는 감독인걸?' 이렇게 생각하며 재생 버튼을 누르고 한 10분이나 지났을까요? 미친 듯이 아내를 불렀습니다. 나란히 앉아 처음부터 영화를 다시 보기 시작했습니다. 거의 마룻바닥을 데굴데굴 뒹굴다시피 해가며 웃었습니다. 끝날 때쯤엔 부둥

켜안고 울었습니다. 그리고 그날 밤 우리는…….

그 후로 나는 만나는 사람마다 붙들고 그 영화 얘기를 해댔습니다. 기자들을 만나면 빨리 감독 인터뷰 잡으라고 충고했고 감독들을 만나면 우리 반성하자고 촉구했으며, 민간인을 만나면 "기다려라, 기막힌 영화가 너희 곁을 찾아갈 것이니. 한국영화, 인제 장난 아니니라" 며 자랑했습니다. 그런데 이게 뭡니까. 이번 판정으로 저, 완전히 바보 됐습니다.

구강 성교와 성기 노출이 문제였다지요? 구강 아니라 비강으로 한들 뭐가 대숩니까. 아래로 들어가면 정상이고 위로 들어가면 변태입니까? 국가가 체위도 정해주나요? 남성기가 크게 잡혀서 안 된다고요? 중요한 건 어느 신체 기관이 찍혀 있느냐가 아니잖습니까. 영화가 무슨 축군가요? '핸들링' 처럼 '페니슬링' 하면 반칙인가 보죠? 그럼 성기를 적나라하게 묘사해놓은 미술사의 숱한 걸작들은 다 뭡니까. 그리고, 성교를 가짜로 했든 진짜로 했든 그런 게 왜 문제죠? 가짜로 하는 영화들일수록 진짜처럼 보이려고 애쓰지 않나요? 예를 들어 너무 실감나게 연기해서 꼭 진짜 같아보이는 어떤 에로틱한 영화가 있다고 칩시다. 그럴 때 여러분은 배우들을 불러 실제 삽입 여부를 조사 확인한 다음, "삽입이면 제한이요, 불입이면 십팔이라……", 이러실 건가요? 사랑하는 두 사람이 자기들 좋아서 진짜로 성교하는 장면과, 아무 애정도 없는 배우들이 억지로 성교하는 척만 하는 장면 중에 어느 쪽이 보기에 아름다운가요? 그 장면에서 심의위원 여러분은 정말 성적 수치심을 느끼셨나요, 아니면 '나는 아니지만 우리 국민은 그럴 거야' 라고 생각하셨나요. 전자면 과민이요, 후자면 오만이라……. 제 생각에는 여러분이 뭔가를 심판하려는 자세로 영화를 봐서 그런 착각이 생겼지 않았나 싶군요. 그냥 편한 마음이었다면 여러분도 아마 저희 부부처럼 입으로는 웃고 눈으로는 우는 희한한 경험을 하셨을 텐데, 참 안됐네요.

그렇다면 심의 자체를 아예 하지 말란 얘기냐, 이렇게 물으신다면 저는 또 이렇게 대답하렵니다. 예!

하지만 지금 그런 논쟁 벌일 계제가 아니니까, 좋습니다, 심의합시다, 등급도 주고, 제한상영으로 몰아낼 영화는 몰아내야 한다고 치자고요. 〈죽어도 좋아〉가 정말 그런 영화입니까? 여기 나오는 할아버지 할머니의 사랑 표현이 무슨 〈동물의 쌍붙기〉(영화진흥법 개정 이후 등급위가 처음으로 제한상영가 판정을 내린 영화)로 보이십니까? 외설적이라니요, 그 귀여운 로맨틱 코미디가! 물론, 이것을 허용하면 앞으로가 문제라는 변명이 가능하겠지요. 너도나도 실제 섹스와 구강 성교를 찍어오면 어쩌냐. 문제는 뭐가 문젭니까, 그때그때 봐서 좋은 구강 성교는 허하고 나쁜 구강 성교는 막으면 되지. 그런 거 가리라고 있는 등급위 아닌가요? 작품성을 판단하는 기구는 아니라구요? 그것 참 무책임한 소리입니다. 실제로는 어떤 방식으로든 여러분은 영화의 작품성을 판단하고 있는 겁니다. 적어도 18세냐 제한상영이냐의 갈림길, 다시 말해 개봉이냐 밀봉이냐의 선택에서는 그렇습니다. 여태까지 여러분이 자랑 삼아 이야기해온, '조항의 고지식한 해석이 아니라 작품 전체의 맥락에서 보려고 노력'한다는 것이 바로 그 얘기죠. '성기 노출은 무조건 안 된다'면 뭐 하러 심의위원으로 양식 있는 각계 지도층 여러분을 위촉하나요? 눈만 달렸으면 누구든지 판단할 수 있는 문제를? 결국 그건 나무만 보지 말고 숲을 보라는 뜻 아닌가요? 부디 다시 한번 잘 보시기를 권합니다. 〈죽어도 좋아〉의 경우, 남

성의 성기와 여성의 구강은 나무고 '사랑과 생명, 시간에 관한 성찰'
이 숲입니다.

정작 여러분이 판단해서는 안 될 문제는 따로 있습니다. '꼭 그렇
게까지 묘사했어야 했느냐'는 질문. 한 예술가가 자기 사상을 피력하
는 데 있어 어떤 표현의 수단을 구사하느냐는 전적으로 그의 영역입
니다. 오시마 나기사에게 성기를 클로즈업하지 않고도 영화 만들 수
있지 않았냐고 묻는다거나 프랜시스 코폴라한테 그 물소를 꼭 진짜
로 죽여야만 했느냐고 항의하는 건 완전히 무의미할 뿐 아니라 대단
히 무례한 일이 될 것입니다. 진심으로 당부드리건대, 차라리 제한상
영가를 고수하는 한이 있더라도 그 질문만은 절대로 하지 마시기 바
랍니다.

끝으로 과거에 검열의 최대 피해자였으며 지금은 등급심의위원장
이신 김수용 감독님께 감히 한 말씀 드리고자 합니다. 다른 사람이 아
니라 바로 감독님이 그 자리에 계신다는 사실은 그 자체로 감동적인
것입니다. 자의든 타의든 거기에는 모종의 '역사의 의지'가 개입되어
있음을 느낍니다. 감독님은 지금, 대한민국 표현의 자유의 역사에 영
원히 기록될 어떤 선택의 기로에 서 계십니다. 저희 후배들은, 다른
사람 아닌 감독님의 손에 의해 오점이 찍히기를 바라지 않습니다. 듣
자 하니 비영화인들에게만 맡겨두기 염려스러워 위원장직 연임을 원
하셨다지요. 바로 그 인터뷰에서 하신 이 말씀, 너무 감동적이어서 저
는 잊지를 못하겠습니다. "일찌감치 소아병적인 사고를 걷어치우고
우리에게 표현의 자유를 줬으면, 국내 영화계는 지금 세계적으로 발
전해 있을 것입니다."

일찍이 이토록 격앙된 맘으로 글 써보긴 처음이었습니다. 그래서 좀 건방지고 과장된 표현이 사용되었습니다. 널리 이해해주시기 바랍니다. 왜 제가 남의 영화, 일면식도 없는 감독의 작품을 가지고 이리 야단을 떠는지 그 심정을 헤아려주시기 바랍니다.

■■■ 당시에는 '일면식도 없'었던 박진표 감독과는 이제 친하게 지낸다. 하나 억울한 것은, '15세 이상 관람가' 등급을 신청했던 〈친절한 금자씨〉가 결국 18세 판정을 받았을 때 충무로에서 누구도 나를 도와 항의해주지 않았다는 사실이다. 영화인들은 하나같이 내게 이렇게 말했다. "그 영화를 가지고 15세를 원하다니, 너무 뻔뻔하신 거 아니에요?" 남의 일에 괜히 나서서 흥분해봐야 하나 소용없다.

김기영과 이두용과 임권택

난 남들처럼 하길종, 이장호, 김호선에 열광해본 적이 별로 없다. 날 미치게 한 영화들은 좀 달랐다. 예를 들어, 대학 신입생 시절 〈화녀 '82〉를 보고는 그만 얼이 빠져버렸다. 동반자살, 음독한 나영희가, 조강지처 옆에서 죽겠다고 아래층으로 내려가는 전무송의 한 다리를 악착같이 붙들고 있다. 누운 채 질질 끌려오니 머리가 나무 계단에 부딪치면서 내는 쿵! 쿵! 소리가 집 안 전체를 울린다. 내 아둔한 머리도 함께 깨져 나가던 그 순간 이후, 가장 열광적인 김기영 추종자가 된 것은 물론이다. 1960년대의 〈하녀〉, 70년대의 〈화녀〉와 더불어 한 감독이 같은 스토리로 만든 이 세 편은 지금도 내 한국영화 베스트 10 목록 최상단에 자리하고 있다.

하지만 비슷한 시기에 본 전성기 이두용의 걸작들을 빠뜨려서는 안 된다. 이미 그때 칸에서 '주목할 만한 시선'에 선정되었던 〈피막〉에서는 어스름 새벽의 푸르스름한 색감, 그 기운이 명주 도포에 어릴 적의 그 서늘한 아름다움을 보았다. 신 내린 유지인이 신장대를 들고 눈자위를 희번덕거리며 대갓집 마당을 누비다 온 동네 사람들을 이끌고 원혼들이 잠든 피막을 향해 달려가는 장면은 장관이었다. 〈최후의 증인〉 역시 한 많은 넋들을 위무하는 진혼가임에는 다를 바 없었으나 여기에는 이데올로기 문제가 담겨 있었다. 연쇄살인사건을 추적하던 형사가 그 근원을 파헤쳐 올라가보니 전쟁 중에 벌어졌던 처절한 원한과 사랑의 드라마에 직면하게 된다. 잊고 있던 과거가 어떻게 현재에 영향을 주는지, 죄악은 어떻게든 그 대가를 요구하고야 만다는 이야기가 거기 있었다. 우직한 머슴 최불암도 좋았고 낡은 바바리코트 옷깃을 세우고 바람처럼 떠돌던 형사 하명중은 특히 못 잊는다. 마지막, 권총을 입에 무는 그의 표정, 총성이 울리고 갈대숲에서 일제히 날아오르던 철새 떼의 이미지, 그럼다.

이두용은 특유의 폭력 연출과 '칼' 편집으로 유명했거니와, 그런 그의 장기가 잘 산 영화는 〈해결사〉였다. 그야말로 일주일 만에 간판을 내렸던 것으로 기억하는데, 나는 운 좋게도 영화관에서 볼 수 있었지만 지금은 아무도 기억해주지 않는 영화가 되어버렸다. 이는 이념을 의심받아 감독이 정보기관에 끌려가기도 했던 〈최후의 증인〉에도 해당되는 얘기다. 검열당하기 전의 판본을 본 사람은 드물고 그나마 그 기억조차 가물가물해져간다. 어쨌든 〈해결사〉에는 멋진 격투 신들이 즐비했다. 악한을 공중화장실로 끌고 들어가 입에 비누를 물리고 몇 대 먹인 다음 좌변기에 머리를 처넣고 물을 내리자 뽀글뽀글 올라오던 그 앙증맞은 거품, 벽돌 공장에서 벌어진 전대미문의 기나긴 패싸움 시퀀스, 황정리의 저 현란한 발 기술……. 하나같이 험상궂기 짝이 없는 진짜 사나이들의 세계였다. 법이 무력해진 시대에 그것을 대신하는 사적 응징의 통쾌함이었다.

또 하나의 일주일짜리 B무비로, 임권택의 〈우상의 눈물〉이 있다. 난 그 시절의 임권택이 훨씬 좋았다고 여기는 편이다. 임예진, 이승현의 하이틴 로맨스를 너무도 혐오했던 나를 깜짝 놀라게 만들었던 이 영화는 고등학교 졸업 직전에 보았다. 막다른 골목에 몰린 진유영이

칼로 자기 배를 그어대는, 그 소름끼치는 자해 장면을 요즘 십대들이 못 보는 건 진짜 아쉬운 일이다. 학교의 붉은 벽돌 건물에 기대어 담배를 피우던 그 검정 교복들은 지금 어디서 무엇들을 하고 사는지. 인생의 궁지에 몰렸다는 생각이 들 적마다 난 그때 그 도루코 커터를 떠올리곤 한다.

판타스틱 부천

무릇 영화란 제 꼴리는 대로 선택해야 후회가 없는 법입니다. 내 취향을 정말 속속들이 아는 친구가 아니라면 남의 추천은 사절해야 마땅하죠. 나도 전에 부천 갔을 때 김홍준 감독과 송능한 감독이 권한 영화를 하나씩 보고 좌절한 경험이 있다니까요. 김홍준 감독은 자기 취향보다는 자기가 규정한 내 취향을 고려해 추천했고 송능한 감독은 자기가 좋았던 영화를 추천했는데 내 입장에서는 둘 다 실패였던 겁니다. 세계적인 영화광 김홍준과 그토록 뛰어난 감독 송능한조차 그랬으니 뭔 말이 더 필요하겠어요. 선수들끼리도 취향은 제각각인 것을.

영화제라는 데 가면 특히 더 그렇죠. 칸이건 부천이건, 영화제가 열리는 도시는 보물섬인 동시에 지뢰밭이거든요. 부비트랩은 도처에 깔려 있습니다. 지도랍시고 프로그램 책자를 주지만 이건 도무지 도움이 안 되죠. 엉터리 관광 가이드북이나 매한가지니까요. 내 말이 믿기지 않는다면 당장, 아무 해 아무 영화제라도 좋으니 전에 가보았던 데의 프로그램 책자를 하나 꺼내 펼쳐보시길. 영화 하나하나가 다 '거장' 아니면 '놀라운 유망주'에 의해 연출되었고, 따라서 그것들은 죄 '걸작', 하다못해 '화제작'이고 '진주' 또는 '보석'이며 '무한히 매력적'이거나 '참다운 발견'일뿐더러 '유수 영화제에서 격찬을 받았 지 않으면 '엄청난 논란을 불러일으킨' 바 있으니, '안 보면 후회한다' 죠. 그런데 그들 중 일부를 본 당신은 지금 와서 어떤 생각이 드나요? 반 이상 거짓말, 또는 뻥튀기 아닌가요? 그런 겁니다. 유명한 감독이라고 신작이 늘 좋을 수도 없는 법이고, 무슨 영화제에서 상 받았다고 다 내 맘에 들 수는 없는 겁니다. 예를 들어 요번 칸에서 내가 본 영화 중에 단연 압권은 마르코 벨로키오 감독의 〈종교 시간〉이었거든요. 그렇지만 그 영화 아무 상도 못 받은 거 아시죠? 한국 기자, 비평가들 누구도, 한마디도, 언급조차 않더군요. 그런 겁니다.

그래도 어차피 뭔가를 골라서 보긴 봐야 하겠죠. 어떻게? 천상 줄거리 요약도 읽고 감독 이름도 고려하고 사진 한 컷도 유심히 들여다보고 그러는 거지 달리 뭐 뾰족한 수가 있나요. 수상 경력이 있으면 점수 좀 더 주고 먼저 본 사람 있으면 꼬치꼬치 물어보고. 다 못 믿을 정보라고 해놓고 이제 와서 무슨 소리냐구요? 그런 거죠, 뭐.

참. 부천 영화제의 경우는 두 가지를 특별히 고려할 필요가 있겠군요. 첫째, 언제나 단편을 성의 있게 골라 소개해왔다. 둘째, 특별전이 알찬 영화제다.

그나저나 인간은 하루에 몇 편이나 영화를 볼 수 있을까요? 보통은 서너 편이 고작일 겁니다. 그 이상 넘어가면 뭘 봤는지도 모르게 온통 머릿속에서 뒤엉켜버리기 쉬우니까요. 하지만 요번에 나는 8편까지 도전해볼 계획입니다. 조금 보다가 영 아니다 싶으면 가차없이 나와버리거나 자버릴 작정이고요. 만든 이에 대한 예의가 아니라고요? 그런 게 어딨어, 아니면 마는 거지. 영화제란 원래 그런 곳입니다.

참담한 결과를 각오하면서, 나름대로 연필에 침 발라가며 스케줄표에 동그라미 친 내용을 공개합니다.

17시 〈슈팅 라이크 베컴〉＿이날은 이거 한 편밖에 안 한다. 축구에 아무 관심도 없지만, 달리 선택의 여지가 없으니 본다. 개막작이므로 영화가 후질 가능성이 상대적으로 조금 낮기 때문이다. 게다가 딸아이를 둔 내게, 소녀들의 성장기는 언제나 흥미롭다.

11시 〈스토커〉＿로빈 윌리엄스의 사이코 연기를 거부할 길은 없다. 〈인썸니아〉에 앞서 그가 이미 이런 역할을 해냈다는 사실은 이번에 처음 알았다. 더구나 마크 로마넥 감독이다. 나인 인치 네일스와 피오나 애플과 마돈나의 뮤직 비디오를 찍었던 그 로마넥이다. 사상 가장 그로테스크한 클립을 만들었던 자의 장편 극영화는 도대체 어떤 모습일까?

14시 〈복수는 나의 것〉＿걸작이라는 소문이 파다하다. 안 보면 후회한다나? 게다가 상영 끝나고 감독, 배우들과의 만남 시간도 준비되어 있다는데…….

18시 30분 〈릴리스 페어〉＿정말 신날 것 같다. 멋진 여가수 총출동의 록 다큐멘터리라니, 아무리 못 찍었어도 상관없다. 가수와 무대와 청중은 보일 것이고, 음악과 함성은 들릴 것 아닌가! 게다가 끝나고 나면 콘서트까지 열린단다. 가격 대비 영양가 최고.

24시 〈피블스를 만나요〉〈포가튼 실버〉〈배드 테이스트〉〈브레인데드〉_피터 잭슨 특별전! 애니메이션, 가짜 다큐멘터리, 그리고 두 개의 코믹 호러. 〈반지의 제왕〉으로 믿을 수 없는 실망을 안겨주었던 그의 좋았던 시절을 다시 만난다. 이런 프로그램이라면, 잘래야 잘 수가 없다.

7월 13일

11시 〈판타스틱 단편 걸작선3〉_줄거리 요약을 읽어보면 모두 재밌어 보인다. 아마 실제로도 그럴 것이다. 자동차 충돌 테스트용 마네킹들이 인간을 습격한다거나 죽은 남자가 아내를 찾아온다거나 자기를 위대한 작곡가로 여기는 사나이가 음악학교 청소부로 일한다거나 하는 이야기들. 그런데 문제는 내가 전날 밤을 샜다는 점이다.

14시 〈짖어대는 여자〉_어느 날부터 아내가 개처럼 짖기만 한다면 도대체 어떤 기분일까, 그 여자는 정말 왜 그러는 걸까? 궁금해서 못 참겠다, 가서 봐야지. 아그네츠카 홀란드의 딸이 연출했다는 점도 조금 호기심을 자극하는 부분이다. 행크 아자리아도 보고 싶다.

17시 〈프레일티〉_빌 팩스턴 감독. 꼬마 연쇄살인마의 아빠도 연쇄살인마였다는 이야긴가 본데 거기 무슨 초능력 문제가 결부되어 있다고도 하고, 한마디로 종잡을 수 없다. 나는 이렇게 잘 요약되지 않는, 즉 요약해놓으면 요령부득이 되는 스토리를 가진 영화를 좋아한다. 베테랑 배우가 연출한 영화도 좋아한다.

20시 〈검은 물밑에서〉_〈링〉의 원작자와 감독이니 최소한 아주 엉터리는 아니겠다는 믿음.

24시 〈레이니독〉 〈데드 오어 얼라이브〉 〈이치, 더 킬러〉 〈카타쿠리가의 행복〉_올 부천에서 가장 기대되는 프로그램이다. 미이케 다카시는 아마 영화사상 최악의 미치광이일 것이다. 헤어조크와 피터 잭슨에 다카시까지, 올 부천은 미치광이들의 잔치로 난리법석이다. 나는 그의 영화를 몇 편이나 봤지만 놀랍게도 이 밤의 상영작들과는 하나도 겹치지 않는다. 마치 나를 위해 골라놓은 듯한 걸작과 최신작 모음. 밤샐 자신이 없으면 아예 17시 관람을 포기하고 차에서 좀 자두는 편이 낫겠다.

7월 14일

11시 〈판타스틱 단편 걸작선 1〉_밤을 새고 나서 졸리긴 한데 영화도 보고 싶다. 이럴 땐 단편 모음을 택하는 게 현명하다. 앞의 두 편은 좀 잤더라도 뒤의 두 편은 볼 수 있으니까. 아니면 1, 3편은 자고 2, 4편을 보든가, 홀짝으로. 국산 단편이 둘이나 끼여 있는 식단이다.

14시 〈난쟁이도 작게 시작했다〉_헤어조크 특별전! 이런 기회는 흔치 않다. 웬만하면 다 봐두는 게 좋다. 독일 문화원에서 봤지만 하도 오래전 일인 데다 자막이 없어서 영화 전체를 잊어버렸다. 그러나 몽땅 난쟁이들만 나오는 영화를 어찌 거부하겠는가. 기막힌 애니메이션으로 알려진 〈에덴〉과 겹쳐서 고민하던 중, 〈에덴〉 상영이 취소

되었다는 정보를 입수하자마자 이쪽을 선택했다.

17시 〈삐삐 형제〉_낮에는 장의사, 밤에는 음담패설 전문 만담가 듀오. 라디오 방송 얘기라 〈미스터 맥도날드〉가 떠올랐나? 좀 근거 없는 선택이긴 하지만 최소한 웃기는 음담패설 한 토막이라도 주워들을 수 있을까 해서 골라봤다. 이건 그야말로 '아니면 말고' 다.

20시 〈노스페라투〉_DVD로 보면서 얼마나 감탄했던가. 함께 본 임재영 조명감독님이 저런 조명을 구사해보는 것이 소원이라고까지 말하던 기억이 새롭다. 클라우스 킨스키의 노스페라투 연기는 막스 슈렉의 신비함과는 다른 어쩌면 묘하게 유머러스한 분위기였다. 윌렘 대포는 〈섀도 오브 뱀파이어〉에서 슈렉이 아니라 킨스키를 베꼈을지도 모른다.

7월 15일

11시 〈판타스틱 단편 걸작선 5〉_같은 걸작선 6과 7을 제끼고 유독 5를 고른 이유는 간단하다. 사흘 동안 너무 여기저기 극장을 바꿔가며 돌아다녔더니 피곤하니까. 잘 알려진 대로 부천의 약점은 극장이 분산되어 있다는 것이다. 오늘은 마침 잘됐다, 아침부터 밤까지 소사구청 소향관 죽돌이가 될 테다.

14시, 17시 〈쿠차 형제 : 뉴욕 언더그라운드 영화로의 여행 1&2〉_익히 들었다, 그 명성. 존 워터스가 스승으로 모신다는 그 어른들. 무려 6편을 한꺼번에 본다. 초저예산의 기발한 상상력이 나태해진 내 상상력에 어떤 자극을 줄지 벌써 설렌다.

20시 〈블루스 하프〉_미이케 다카시의 98년작이다. 잘 안 알려진 작품이다. 〈아지테이터〉처럼 멋만 잔뜩 부린 영화가 아니었으면 좋겠다. 줄거리를 미리 아는 일이 전혀 무의미한 감독인 관계로, 아예 읽어보지도 않았다.

7월 16일

11시 〈도쿄 파라다이스 이별의 블루스〉_제목부터가 영 말이 안되는 게, 제법 그럴싸하다. 스즈키 세이준스럽다는 소문도 있고, 썰렁한 코미디와 잔혹한 폭력이 결합된 B무비라는 해설에 아무래도 마음이 끌린다. 이 감독, 일본판 남기웅일까? 별 기대 없이 한번 가볼 생각이다.

14시 〈버든 오브 드림스〉〈헤어조크, 구두를 먹다〉_유명한 다큐멘터리다. 여러 영화제에서 볼 기회가 있었는데 여러 가지 이유에서 번번이 놓치고 말았다. 다른 사람이면 몰라도 헤어조크에 관한 이야기라면 마다할 이유가 없다. Q&A까지 마련되어 있으니 운 좋으면 영화에서 차마 못 다룬 헤어조크의 만행, 기행, 우행에 관해 들을 수 있을지도 모른다.

18시 30분 〈블루 무비 특별상영〉_영화 역사의 초창기에 만들어진 무성 포르노그래피를 보여준다니 가야지. 달파란이 음악을 들려준다는데 어떨까, 그가 아무리 선곡을 잘한대도 차라리 정적 속에 상영되는 편이 낫지 않을까? 에로틱하기보다는 호러블하지 않을까? 굉장히 이상한 체험이 되리라는 예감이 든다.

24시 〈악마의 등뼈〉〈자살 클럽〉〈헤드윅과 앵그리 인치〉〈스토커〉_신나는 공포의 밤이 되겠군. 기예르모 델 토로를 썩 좋아하지는 않지만 〈등뼈〉는 왠지 기대가 된다. 집단자살 신드롬을 다룬 〈자살〉은 일본인의 심리를 들여다볼 수 있으리라는 기대를 하게 만든다. 고어적인 장면도 많다니 더 그렇다. 〈헤드윅〉은 워낙 이름난 인디 영화다. 올 전주 최고의 게스트였던 크리스틴 바숑이 제작한 선댄스 화제작. 〈스토커〉는 벌써 봤으니까 일찍 잘 수 있겠네.

7월 17일

14시 〈도니 다코〉_역시 엉뚱하고 썰렁한 선댄스식 인디가 아닐까 한다. '프랭키라고 불리는 거대한 토끼가 나타나 이 세상 끝날 날이 28일 남았다고 경고한다'고?

17시 〈파타 모르가나〉〈어둠의 교훈〉_헤어조크가 만든 두 편의 다큐멘터리. 하나는 사하라, 하나는 걸프전 이후의 중동, 공교롭게도 둘 다 사막의 풍경을 담고 있겠다. 기록영화인데도 SF적이라고 하니 궁금하다. 핵전쟁 이후의 폐허 느낌일까?

20시 〈골목길의 아이 1〉_정말 이상한 기획이다. 골목에서 만난 소년 소녀들의 집을 찾아가 그들의 누드를 찍는다? 그게 무슨 소리지? 왜 찍지? 왜 벗지? 봐야 알겠다. 하지만 후지기만 해봐라, 헤어조크의 아름다운 두 다큐멘터리를 버리고 택한 건데…….

7월 18일

14시 〈글로잉, 그로잉〉_대단해 보여서가 아니라, 그저 자살 사이트에 대한 관심 때문이다. 미국에서 인류학 교수하는 내 친구가 한국과 일본의 자살 사이트를 가지고 논문을 써보고 싶어하는데, 이거 보고 좋으면 추천하려고 그런다.

19시 〈텐 미니츠—트럼펫〉_폐막작. 스타 감독들이 만든 단편들의 모듬 쟁반. 본래 올스타 캐스팅 영화치고 재밌는 거 못 봤지만 올스타 디렉팅은 어떨는지. '시간에 관한 성찰' 이라는 주제는 너무 관념적이어서 실속 없는 결과가 예상된다. 그래도 단편 잘 찍는 자무시와 카우리스마키가 있어서 다행이다.

7월 19일

14시 〈중국의 조인〉_김기덕 감독이 가장 좋아하는 영화란다.

17시 〈슬립워커〉_몽유병은 언제나 공포영화의 좋은 소재다. 자기가 모르는 새 자기가 저지르는 행동은 그게 뭐가 됐든 무서울 것이다. 그걸 비디오로 찍어서 본다면 이 세상 어느 공포영화보다 무서울 것이다. 엄청난 반전이 있다는데 과연……. 반전에 목숨 거는 영화는 좀 위험하다.

20시 〈데이곤〉_최근 몇 년간 스튜어트 고든은 계속 죽을 쒀왔다. 그래도 그의 신작을 안 봐줄 순 없다. 의리가 있지. 더구나 오랜만에 브라이언 유즈나와 재회해서 만든 영화가 아니던가. 러브크래프트 원작이고. 그러고 보니 〈리애니메이터〉의 세 사람이 다 모였네. 스페인으로 이사간 게 잘한 짓인지 가늠해볼 기회.

7월 20일

11시 〈나의 친애하는 적〉_이건 헤어조크가 아니라 클라우스 킨스키 때문에 본다. 그가 출연한 장면이나 인터뷰를 보는 것만으로도 충분히 가치가 있을 것이다. 친구에 의해 이런 영화를 얻게 된 킨스키는 얼마나 행복한가, 또는, 죽은 다음에 선물 주면 뭐 하나 있을 때 잘해주지.

14시 〈사인즈 오브 라이프〉_헤어조크의 장편 데뷔작. 어떤 사람이 조금씩 서서히 미쳐간다는 얘기를 그가 찍었다면 군말 없이 선택하는 게 좋다.

17시 〈버수스〉_〈하이랜더〉풍 활극이란다. '스물넷이라는 나이에 초저예산 영화로 데뷔한 광기 가득한 천재 감독'이라……. 일본에 또 츠카모토 신야 비슷한 친구가 나온 모양이다.

24시 〈깜짝상영〉_제목이 그렇다는 게 아니라 정말 무슨 영화를 틀지 모른다는 뜻이다. 외국에도 가끔 이런 짓을 하는 영화제들이 있다. 심야까지 기다렸는데 별 볼 일 없는 영화나 틀어주고 그러면 사람들 화날 텐데 어떻게 감당하려고 그러는지 모르겠다. 정말 자신 있나보다.

■■■ 2005 부천영화제를 보이콧하는 일에 앞장선 나로서는 이 글을 다시 읽는 기분이 야릇할 수밖에 없다. 2002년의 부천, 그런 프로그래밍을 어디 가서 또 만날까. 이제는 그때처럼 영화 보러 다니기가 힘들다. 바빠서, 얼굴 알아보는 사람이 많아서, 정열이 식어서. 불과 3년이 흘렀을 뿐인데. 그립다, 그 시절.

액션과 컷 사이

당신의 삶에 있어서 가장 중요했던 순간, 당신의 삶 속에서 계속 되풀이하여 떠올려지는 이미지가 있다면 무엇입니까?

아내가 딸을 낳던 장면. '라마즈 호흡법'을 공동 이수한 남편에게만 주어지는 특전으로, 분만실에 함께 들어가 모든 과정을 지켜보았다. 기나긴 고통의 절정에서, 피부 밑 모세혈관이 일제히 터지면서 순식간에 온 얼굴이 마치 바늘로 콕콕 찍어놓은 것 같은 상처로 뒤덮이던 성스러운 순간. 곧이어 그 작은 생명이 나오고, 나는 그만 왈칵 울음을 터뜨리고 말았다.

당신이 데뷔작으로 정말 만들고 싶었던 영화는 무엇이었습니까?

처음으로 썼던 장편 시나리오는 '청동계단'이란 제목을 갖고 있었다. 소포클레스에게서 가져온 이름으로서, 지옥으로 내려가는 길을 일컫는 말이었다. 베일에 쌓인 노조파괴전문가가 실종되고, 그의 손이며 발, 귀 따위가 차례로 배달되어온다. 그의 아들이기도 한 주인공 형사가 수사를 진행하면서, 납치된 아버지의 악마적 죄악들을 하나씩 알아간다. 점차 그는 범인의 만행에 공감하게 된다. 신성일·이경영 주연으로 만들 생각이었다. 대실 해밋의 각본을 〈순응자〉 시절의 베르나르도 베르톨루치가 연출한 것 같은 분위기를 원했지만 읽어본 사람들은 모두 한숨만 쉬고 별 애기도 해주지 않았다. 당시 정치 상황이 그런 소재를 용납하지 않았기 때문이었다.

당신이 결정한 데뷔작을 연출하면서 결과적으로 가장 아쉬웠던 부분은 무엇입니까?

캐스팅. 이승철이라는 가수는 나름대로 최선을 다해 성실히 작업에 임했고, 연기를 한 번도 해본 적이 없는 사람치고는 제법 해내기도 했지만 내가 원하는 외모가 아니었다. 언제나 배우는 외모가 가장 중요하다고 생각해온 나로서는 아무래도 힘들 수밖에.

당신이 영화를 만들면서 1차 관객으로 떠올리는 것은 어떤 대상입니까? 그 염두 속에서 어떤 점에 가장 신경을 쓰게 됩니까?

주부인 아내, 미술가인 남동생, 죽은 친구 이훈 감독. 모두들 내게 느끼한 영화는 만들지 말라 한다.

당신 영화에서 외부의 평가에 상관없이 '나만의 장면'이라고 생각하는 장면이 있다면 무엇입니까?

〈삼인조〉의 라스트. 이경영이 목 매달아 죽으려고 하다가 딸이 잠을 깨, "아빠!" 하고 부르니 당황한다. 마음을 고쳐먹으려고 하는 찰나 미지의 인물에게서 온 호출기 신호에 놀라 그만 휘청, 올라서 있던 의자가 기우뚱, 거기서 영화 끝. 죽지 않으려고 결심한다는 점에서 해피엔딩, 그토록 원했던 자살에 실패한다는 점에서 언해피엔딩, 따라서 언해피한 해피엔딩.

종합예술로서의 영화가 미술과 문학, 연극 사이에 비스듬히 걸쳐 있는 작업이라면 창작자라는 공통점 위에서 소설가, 시인, 화가 등의 사람들과 영화감독은 어떤 점이 다르다고 생각합니까?

말을 많이 해야 한다는 점. 벙어리 소설가, 시인, 화가는 많지만 벙어리 영화감독은 상상하기 힘들다.

영화를 제작하는 전 과정 중에서 개인적으로 가장 선호하는 때는 언제입니까?

물론 촬영 현장. "액션!"과 "컷!" 사이, 온 우주가 배우의 얼굴이라는 한 점에 집중되는 그 순간, 나를 비롯해 현장에 있는 모든 이들의 목숨이 거기 달렸다.

세상과 당신이 불화한다고 느껴지는 순간이 있다면 어떤 순간들입니까? 그리고 당신은 그 순간을 어떻게 극복했습니까?

영화를 못 찍고 있던 시절, 생활을 해결하기 위해 여기저기 방송에 출연해야 했다. 한때 나는 한국에서 가장 많은 매체에 글 쓰고 출연하는 평론가였다. 특히 구성작가가 써준 말도 안되는 대본을 앵무새처럼 읽고 있는 자신의 모습을 발견하는 일은 악몽과도 같았다. 그런 날은 집에 와 미친 듯이 새로운 각본에 매달리는 방법으로 그 악몽을 잊으려고 애썼다.

할리우드와 유럽, 그리고 그 이외의 지역이 아닌 바로 이곳 한국에서 영화를 만든다는 것의 가장 큰 차이점은 무엇이라고 생각합니까?

한국어로 일해야 한다는 점. 즉 대개 목적어 명사로 문장을 끝내지 않고 얼마 안되는 종결어미 중 하나로 끝낸다는 점.

당신에게 늘 지속적인 영감을 주는 화두로서의 예술가가 있다면 누구입니까?

대학 신입생 시절 이후 언제나 J.S. 바흐와 윌리엄 셰익스피어. 전자는 엄격함 속에 생동하는 자유로움, 후자는 운명에 맞서 투쟁하는 인간의 나약함과 위대함. 그러나 요즈음에는 이가라시 미키오의 『보노보노』에서 제기하는 철학적 질문들이 늘 나를 난처하게 만든다. 땀뻘뻘.

당신의 묘비명을 스스로 쓴다면?

그는 69편의 장편영화와 35편의 단편영화를 연출하고 48편의 영화에 각본을 제공했다. 영화감독치고는 비교적 덜 이기적이었던 자, 여기 잠들다.

영화의 미래는 어떻게 될 것이라고 생각합니까?

한쪽에서는 디지털 캠코더를 든 십대들의 세상. 반대편 할리우드는, 디렉터스 체어가 치워지고 프로듀서, 각본가, 촬영감독, 배우, 편집기사가 모여 자기네끼리 상의해서 영화를 만드는 세상.

■■■ 《키노》가 창간 6주년을 맞아 호화판으로 만들었던 감독 사전 〈키노가 사랑하는 영화감독 201명＋@〉에 실려 있다. 그때 〈공동경비구역 JSA〉를 막

끝냈던 나는 정식으로 다뤄질 만큼 사랑받는 감독은 못 됐고 이런 설문에
대한 대답의 형식으로 겨우 부록에 실릴 정도였다. 즉, '플러스 알파' 중 하
나. 그 예쁜 책을 받아들자마자 동료들 대답과 비교해보고 미소지었던 기억
이 생생하다.

데뷔記

장가는 갔고 독에 쌀은 떨어지고 하여, 조감독 그만두고 월급쟁이가 되기로 하였다. 값싼 외화를 들여다가 큰 회사에 이문 붙여 되팔거나 재주껏 개봉시키는 일을 하는 구멍가게였다. 자막도 번역하고 보도자료도 만들고 극장 기획실도 찾아다니고 포스터 디자인도 하고 광고 카피까지 지어가며 밥을 먹었다. 가난한 시인이 출판사 편집장 노릇을 호구지책으로 삼는 일과 비교하고 싶었지만, 사실 근본적으로 다르다는 것도 내심 잘 알고 있었다. 퇴근 후 시를 쓸 수는 있지만 퇴근 후 영화를 찍을 수는 없으니까.

돈도 조금 모으고 대기업과 안면도 트게 된 사장이 이제 제작을 하자고 했다. 한국영화가 죽을 쑤고 있던 91년 당시, 달랑 조감독 두 편 경력의 서른도 안 된 꼬마가 감독이 된다는 건 지나던 개도 웃을 일이었다. 진작 데뷔한 선배를 찾아갔다. "악조건에서라도 데뷔하는 게 좋우, 호시절을 기다리는 편이 좋우?" "각본 들고 영화사 찾아다닐 때 말야, 아무리 망했대도 감독으로 가는 거랑 감독 지망생으로 가는 거랑은 대접이 다르다, 너."

요즘 말로 하면 초저예산 인디 영화였다. 내가 좋아하던 배우 최재성 씨를 기용할 수도 없었다. 당시 방송 출연이 금지돼 있던 가수 이승철 씨가 영화에 나오면 그 얼굴 보려고 십대 여자애들이 많이 올 거라는 제작자의 주장 때문이었다. 그래도 워낙 바쁜 사람이었으므로, 첫 촬영 며칠 전에야 첫 대면을 할 수 있었다. 그 자리에서 승철 씨가 했던 첫 마디는 기억할 만하다. "영화 줄거리가 뭐예요?"

〈달은...해가 꾸는 꿈〉, 후앙 미로인지 파울 클레인지, 어떤 화가의 잠언이었다. 데뷔작이 준 교훈이 하나 있다면 알쏭달쏭 멋 부린 제목은 짓지 말아야겠다는 것. 이후로 〈삼인조〉, 〈공동경비구역JSA〉, 〈복수는 나의 것〉이 나오게 된 배경이다.

흥행도 비평도 좋지 않았지만 당시 활발하게 일하던 조감독들 몇이 몰려와 영화가 새롭다며 칭찬해준 기억은 난다. 그들이 훗날 하나같이 한국을 대표하는 감독이 된 건, 순전히 내가 그때 기원한 축복 덕분이라고 지금도 나는 믿고 있다.

■■■ 그래도 막상 촬영에 돌입하자 이승철 씨는 최선을 다해 일해주었다. 과연 프로페셔널이라 부를 만했다. 그때의 제작자와는 훗날 다시 만나 〈복수는 나의 것〉을 만들었다. '훗날 한국을 대표하는 감독이 된' 분들이란 이현승, 김성수, 여균동 감독을 말한다.

달은...해가 꾸는 꿈(1992) ▌삼인조(1997)

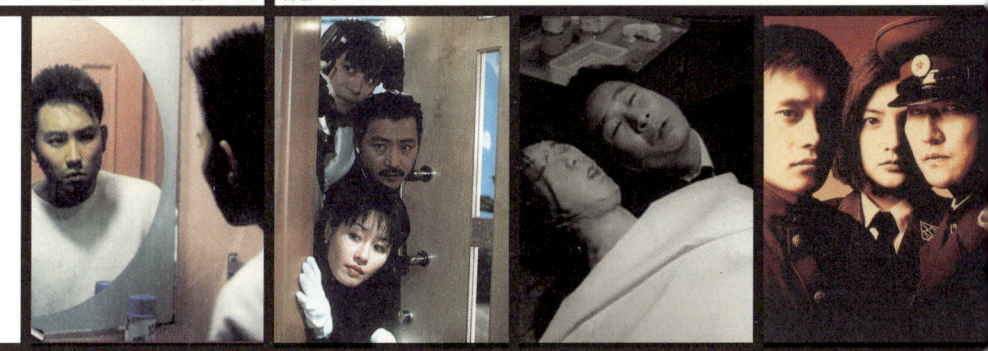

심판(1999) ▌공동경비구역 JSA(2000)

올드보이(2003) ▌쓰리, 몬스터 _ 컷(2004)

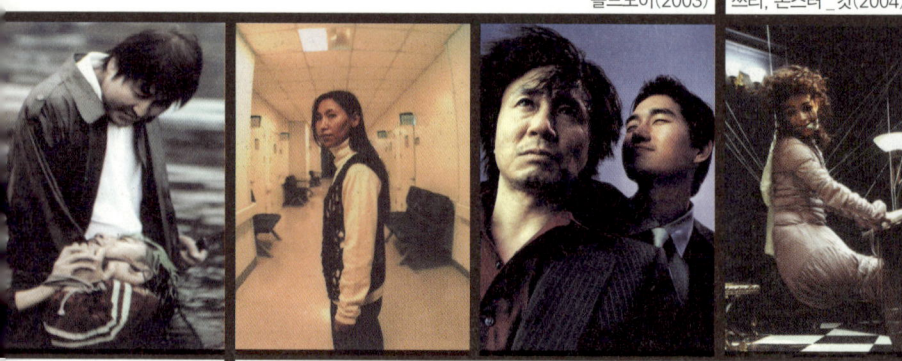

복수는 나의 것(2002) ▌여섯개의 시선 _ 믿거나 말거나, 찬드라의 경우(2002)

금자씨 비긴즈

'복수 3부작'은 어떻게 발상되었나

이 글은, 내가 한국은 물론이고 세계 수십 개 나라의 수백 명 기자, 비평가들에게 인터뷰를 당하는 과정에서 끝없이 되풀이해 받아온 질문에 답하고자 하는 의도로 쓰였다. 이렇게 해둠으로써 다음에 또 같은 질문을 받았을 때 "몇 년 몇 월 며칠 자 무슨 신문을 참조하세요"라고 간단히 말해버릴 수 있게 되기를 나는 희망하는 것이다. 이런 방법도 시도해봄 직하다. 1. 이 글이 실린 신문을 (물론 각국어 번역본도 포함해서) 복사한다. 2. 인터뷰 직전에 배포한다. 3. 한층 신선해진 질문들에 성실히 응한다. 그러나 미리 주는 일은 재미를 반감시킬 수 있지 않을까? 그렇다면 인터뷰가 시작되기를 기다렸다가 문제의 질문이 나왔을 때 재빨리 복사본을 코앞에 내미는 방법은 어떻겠는가.

질문은 이렇다. "이른바 '복수 3부작 Vengeance Trilogy'은 어떻게 발상되었죠?"

세상 모든 작가가 그렇듯이 나 역시 다음 작품을 결정할 때 제일 먼저 적용하는 기준은 바로 내 최근 작품과의 관계다. 그 영화와 어떻게 연결되는지, 또한 동시에 그 영화와 어떻게 다른지.

연관성의 측면부터 살펴보자. 3부작을 여는 영화 〈복수는 나의 것〉

96

은, 한반도의 분단 문제를 소재 삼았던 〈공동경비구역JSA〉에 이어 남한 내 계급문제를 다루어보겠다는 포부에서 기획되었다. 한국인의 의식을 지배하는 가장 큰 두 가지 사회문제를 이렇게 차례로 고찰하고 싶었다. 따라서 믿거나 말거나 이 두 편은 하나의 쌍을 이룬다. 아마도 세상에서 이토록 다르기도 힘든 이 둘은 각자 서로에게 일종의 자매편이다. 안 닮았어도 자매는 자매다.

〈올드보이〉에서의 선택 기준은 두말할 나위 없이 최민식이었다. 한국영화 연기의 역사에 영원히 기억될 두 남자배우 중 하나와 이미 연달아 두 차례나 일해본 처지에서 내 최대 관심사는 나머지 하나와의 만남일 수밖에 없었다. 아마 어떤 감독이라도 그랬을 거라고 생각하거니와 나는, 원작만화를 채 읽기도 전에 최민식이 캐스팅될 가능성이 있다는 프로듀서 말만 듣고 그 기획을 덥석 물어버렸던 것이다. 이렇게 해서 나는 김지운, 송능한, 강제규에 이어 '한국에서 제일 복 받은 영화감독 클럽'에 가입할 수 있었다. 당대의 위대한 두 배우에게 온전히 바쳐졌다는 점에서, 믿거나 말거나 이 두 편은 각자 서로에게 일종의 자매편이다. 송강호와 최민식, 카인과 아벨처럼 안 닮았어도 형제는 형제다.

〈복수는 나의 것〉과 〈올드보이〉, 즐겁게 만들었고 그중 하나는 흥행도 나쁘지 않았다. 하지만 그러자 본의 아니게 두 개의 복수극을 연거푸 만들어놓은 자신의 모습을 발견하게 되잖았겠나. 당연히 그 내면을 들여다본 결과 두 작품에 과잉 공급된 분노와 증오와 폭력이 독이 되어 내 영혼마저 황무지가 되어버렸다는 사실이 관측되었다. 그리하여 분노와 증오와 폭력을 버렸다는 얘기를 하고 싶지만, 그러면 얼마나 좋았겠나. 사실은 좀더 우아한 분노, 고상한 증오, 섬세한 폭력을 도입해야겠다고 마음먹었다는 얘기다. 마침내 일종의 속죄 행위로서의 복수, 영혼의 구원을 모색하는 인간에 의해 수행되는 복수극을 만들어 보이고 싶었다. 〈친절한 금자씨〉는 그렇게 탄생했다.

다음은, 전편과 달라져야 한다는 당위가 작용한 내력. 〈공동경비구역JSA〉는 총싸움 장면도 있고, 거대한 세트도 필요했고, 인물도 많이 나오고, 구성도 복잡하고, 무엇보다도 약간 감상적인 면을 가진 영화였으므로 〈복수는 나의 것〉이 그렇게 단순하고 조용하고 건조해졌다는 말부터 시작해야겠지. 미니멀리즘을 지향했던 게 사실이다. 대사도 줄이고 싶어서 아예 두 주인공 중 하나를 벙어리로 정해버렸을 정도다. 그랬더니 또 싫증이 나 〈올드보이〉가 그 모양이 되었다. '최소의 영화'에서 '최대의 영화'로, 그것은 과잉의 미학을 지향한다. 송강호가 아니라 어디까지나 최민식의 영화이므로, '얼음의 영화'에서 '불꽃의 영화'로.

그러나 아뿔싸, 이내 치명적인 단점이 발견되었다. 여자 문제. 돌이켜보건대 데뷔작 이래 내 영화는 언제나 2남1녀의 인물 구성을 취해왔다. 2남끼리 대립하는 투쟁의 가운데에서 그녀들의 내면은 상대적으로 덜 조명되었다는 사실을 인정하자. 특히 〈올드보이〉의 여주인공은 끝내 진실로부터 소외된 채 영화에서 퇴장해야 했다. 각본을 고치려고 애써봤지만 헛수고였다. 능력의 한계를 절감했다. 펜을 놓으며 혼자 뇌까렸다. '다음 영화는 여자가 주인공이다!' '여자 주인공이 뭘 하지?' '영화에서 여자 주인공이 할 일은 원래 하나밖에 없어. 남자를 혼내주는 거지.' '제대로?' '제대로!' '그 여자는 그 남자를 왜 혼내주려는 거지?' '여자는 괜히 남을 해치지 않아. 상대가 먼저 잘못을 했으니까 그러겠지.' '상대가 먼저? 그렇다면 복수?' '그렇지!'

'또?' '뭐 어때, 아예 이 참에 3부작이라고 부르면 어떨까?' '그럼 어떤 여배우가 그 무서운 역을?' '으음…… 글쎄…… 누가 좋을까?'

〈친절한 금자씨〉는 이렇게 탄생했던 것이다.

■■■ 〈친절한 금자씨〉 개봉 무렵, 한 일간지에서 "인터뷰 당할래, 글 쓸래?" 하는 바람에 쓰게 된 글.

인터뷰

"이번 영화는 왜 그렇게 대사가 적은가요?"

"지난번 영화 때 너무 많은 인터뷰를 당했기 때문이지요."

사실 〈복수는 나의 것〉 각본을 쓴 건 〈공동경비구역JSA〉를 만들기 한참 전이다. 하지만 생각건대, 여러 각본 중에 하필이면 그걸 고른 데에는 분명 과다 인터뷰 신드롬이 크게 작용했다. 퇴고를 거듭하면서 그나마 얼마 안 되는 대사들마저 많이 날아간 것도 다 그 탓이다. 이번 영화가 과묵해서 좋다는 비평도 더러 있지만 사실 그건 내가 들을 칭찬이 아니다. 다 그때 제게 말을 많이 시켜주신 기자 선생님들 덕분입니다.

예를 들어 베를린영화제 같은 데 간다 치자. 덴마크에서 칠레까지 가지가지 나라에서 온 기자들을 만난다. 하루에 서른 명을 상대하다 보면 주크박스가 된 기분이 든다. 동전을 넣은 기자는 곡 선택 버튼을 누르듯 질문을 던진다. "진짜 판문점에서 촬영하셨나요?" 그러면 나는 입력된 대답을 노래하듯 불러주는 것이다. "오— 기자 양반이여, 그런 일이 가능한 상황이라면 굳이 이런 영화를 찍을 필요도 없었겠지요. 아, 그대는 그렇게 생각하지 않나요?"

그리고 사진. 요즘 한국의 인쇄 매체들의 편집 디자인이 화려해지면서 그리고 영화감독들까지 상품화되면서, 그냥 앉아서 이야기하는

모습만 찍어 내보내는 일은 거의 없어졌다. 점잖은 일간지마저도 가
로등 아래 서서 담배 피우면서 창작의 고뇌에 사로잡힌 모습을 보여
달라고 한다. 말 안 듣는 배우나 스태프 때문에 고생해본 경험이 한두
번쯤 있게 마련인 감독들은 끽소리 없이 그 명령을 따르게 마련이다.
그래서 나도 언젠가는 손을 들어 창공 저 멀리 어딘가를 손가락으로
가리키며 빙그레 웃는 포즈까지 선보였던 거다.

　그러나 진짜 괴로운 건 역시 말이다. 기자들은, "〈복수는 나의 것〉
에서 유괴범을 청각장애인으로 설정하신 이유는?" 이렇게 묻지 않고
꼭 "〈복수는 나의 것〉에서 유괴범을 청각장애인으로 설정하신 건 세
계와의 단절, 나아가 어떤 근원적인 소통 불가능성을 상징적으로 표
현하기 위해서죠?" 라고 묻는다. 괴롭다. 그 말이 틀렸다는 게 아니라,
예술의 마법이 그런 말로 개념화되는 게 싫어서 그렇다. 신하균의 그
놀라운 청각장애 연기는 그런 말로 해명되는 게 아니라서 그렇다. 하
지만 틀린 말은 아니니, 얼떨결에 "뭐…… 예" 한다. 사흘 뒤, 신문
또는 잡지에는 이런 글이 실린다. "기자 : 〈복수는 나의 것〉에서 유괴
범 역할을 청각장애인으로 설정하신 이유는? 감독 : 세계와의 단절,
나아가 어떤 근원적인 소통 불가능성을 상징적으로 표현한 거죠." 그
닳고 닳아진 표현들, 상투화된 개념들, 진부한 해석들! 원래 기자나
비평가들이 제멋대로 하는 분석은 바로 제멋대로이기 때문에 유익하
고 흥미로운 법. 그러나 감독 자신이 제 입으로 하는 이른바 '연출 의
도' 설명은 그것이 마치 유권해석인 양 여겨지므로 재미 하나도 없
다. 다양한 해석의 드넓은 평원, 그 한구석에 새끼줄 쳐놓고 '요기서
만 노세요' 하는 꼴이다. 아, 너무 많은 말을 강요당한 나머지 말을
미워하게 된 사나이, 그게 나다. 그러나 말에 질려 말 없는 영화를 만

들었더니 그것 때문에 또 말이 많다. 나도 안다, 기자들은 죄 없다. 내가 그 입장이라도 별수 없겠다. 〈복수는 나의 것〉의 주인공들이 그렇듯이 기자와 감독은 나름대로 다 억울하다. 이건 단지 말의 악순환, 말의 복수일 뿐이다.

이렇게 물으실지 모르겠다. "그렇게 싫으면 안 하면 되잖아?" 맞는 말씀이다. 그러나 어렵다. 첫째, 홍보의 기회를 거부하기 힘들다. 돈 댄 사람들 눈치가 보인다. 둘째, 한 군데 나가면 다른 데서 "어디는 하고 어디는 안하고, 우리만 무시하냐?" 이런다. 셋째, 뒤에서 기자들이 "아, 지가 무슨 은둔자 큐브릭이야? 비싸게 굴면 우아해 보일 줄 알고?" 이럴까봐.

■■■ 이제는 이렇게 생각한다. 그래도 이게 어디냐고. 돌이켜보면 데뷔작을 만들었을 때 나는 단 하나의 인터뷰도 안 당했다. 아무도 나한테 관심이 없었기 때문이다. 당연히 서러웠지. 그러니 지금 이게 어딘가.

목소리(들)

어떻게 제작되었나

1월 25일

　영화 〈파괴된 사나이〉 일로 박찬욱 감독을 만났다. 두나와 감독의 첫 만남. 사진에서보다 키도 작고 배도 많이 나왔다. 퍽 맘이 놓인다. 딸내미 옆에 앉혀놓고, 처음 보는 남자와 함께, 무슨 체위를 취하느니 어느 부위를 노출하네 마네 따위의 얘기를 주고받으려니 민망하기도 했지만 어쩌랴, 어차피 짚고 넘어가야 할 일인 걸.

—김화영(배두나 엄마)

1월 28일

　하균이가 〈파괴된 사나이〉를 받자마자 바로 읽고 바로 연락했다고 한다. 하겠다고. 대단한 놈이다, 그런 괴상한 영화를 주저 없이 택하다니! 어쨌든, 이로써 난 빠져도 되게 생겼다. 살았다.

—송강호(배우)

5월 11일

　이제 다 이루었다! 송강호로부터 오케이 사인이 온 것이다. 나흘 전, 그에게 각본을 또 보냈다고 털어놓았을 때 감독이 너는 자존심도 없냐고 지랄하던 일이 떠오른다. 그때 난 '사람 일은 모르는 거다. 송강호가 수정된 각본을 읽고 갑자기 맘이 바뀔 수도 있는 거 아니냐 고 대꾸했었지. 그런데 지금 결과를 봐라, 찬욱이 걔는 인생을 모른다.

—이재순(프로듀서)

6월 4일

영화의 주 무대인 류의 고향이 전라도 순창으로 정해지다. 최근 몇 달 동안 제작부와 연출부가 강원팀과 전라·경상팀으로 양분되어 전국을 샅샅이 뒤지고 다닌 결실이다. 처음엔 강원팀의 우세가 접쳐지더니 전라·경상팀이 역전승을 거두고야 말았다. 감독님이, 기막힌 절경보다는 평범하고 소박한 풍경 쪽에 손을 들어주셨던 것이다.

—이연욱(제작부장)

6월 21일

박찬욱의 새 각본을 함께 손봤다. 말로는 미니멀한 영화를 지향한다면서 설명적인 장면들이 너무 많았다. 그래 한 스무 신쯤 없애줬더니 안 된다며 막 발버둥을 친다. 내 작품 쓸 땐 가차 없이 칼질을 해대던 그가, 제 눈의 들보는 못 본다. 그냥 두면 나중에 저 혼자 도로 살려놓을까봐 아예 과감하게 블록 설정해서 몽땅 딜리트시켜버렸다. 제목을 〈복수는 나의 것〉으로 바꾸겠다고 해서 그러라고 했다.

—이무영(공동 각본)

7월 15일

○○아파트 섭외 실패. 처음엔 호의적으로 나오던 자치회에서, 이

재용 연출 〈정사〉의 TV 방영 이후 백팔십도 입장을 바꿔버렸다. 자기
네 아파트가 너무 가난하게 나오더라는 것이다. 그 방송 직후 당시 촬
영 허가를 내줬던 자치회장이 잘렸다고 한다. 천상 새로 헌팅해야 할
것 같다. 감독님 좌절할 텐데 어쩌나……
—손세훈(제작실장)

8월 13일

첫 촬영부터 장난이 아니다. 버티고개역, 그 긴 에스컬레이터 측벽
의 형광등 60개를 다 갈아끼웠다. 역무원들이 나한테만 난간 무너진
다고 내려오라고 난리다. 이 컷, 편집에서 잘리기만 해봐라.
—권명환(조명부)

8월 14일

첫 촬영 분량 데일리를 확인했는데, 에스컬레이터의 롱숏은 아무
래도 괜히 찍은 것 같다. 조명부가 고생을 좀 하긴 했지만 하는 수 없
지, 뭐.
—박찬욱(감독)

8월 17일

드디어 사고가 터지기 시작하는구나. 촬영 때 가장 두려운 게 인
명 사고인데, 세상에, 달리는 차의 보닛이 열리다니, 그것도 고속도
로에서. 병원에 달려가봤더니 다행히 큰 외상은 없어 보였다. 안도
의 한숨을 내쉬는 순간 조감독의 한마디가 나를 절망의 구렁텅이로
빠뜨려버린다. "사장님…… 우리 촬영 시작했어요?" "뭐어?!!" 옆

에서 연출부가 염장을 지른다. "아유, 말도 마세요. 아까는 남편한테
연락했다고 하니까 자기가 시집을 갔느냐고 그러던 걸요, 뭐……."
교통사고 환자에게 순간적인 기억상실 증세는 흔히 있는 일이라고
떠드는 의사의 말이 귀에 들어오지 않는다. 주여, 이재순 PD, 오재
원 미술감독, 안성현 미술부, 그리고 특히 이소영 조감독을 굽어살
피소서.
―임진규(제작자)

8월 17일
이 PD 차가 뙤약볕 아래 주차돼 있길래 너무 더울 것 같아서 이부
장 차로 바꿔 탔더니 그쪽 차만 사고를 당했다. 기억을 잃고 횡설수설
하는 소영이를 보며 내심, '이 얼마나 다행한 일인가!' 생각했다.
―박찬욱(감독)

8월 18일
소영의 기억이 돌아오고 있다. 이제는 더 이상 간호사한테 저 처음
보는 아저씨 좀 내보내달라고 안 그런다.
―유홍삼(조감독의 남편)

8월 19일
공무원 아파트의 발코니 장면을 찍는데 감독이 이랬단다. 배경으로
저 아래 멀리 보이는 학교 운동장에 흙먼지 일으키면서 축구하는 사
람들이 보였으면 좋겠다고. 연출부의 지원 요청을 받고 가서, 완전히
개처럼 뛰어다녔다. 매니저가 이런 거까지 해야 하나 생각하면서 터

덜터덜 올라오는데 지나가는 촬영부 지들끼리 하는 말, "그거, 하나 두 안 보이는데 왜 시켰나 몰라……?"

─김약래(신하균 매니저)

　8월 20일

　보배가 카에서 크라잉하는 씬을 찍었다. 제대로 안 운다고 그 에잇 이어즈 올드밖에 안 된 애를 어시스턴트 디렉터가 얼마나 구박하던 지, 할리우드에서 일을 배운 나로서는 정말이지 임배리싱했다. 큰소 리 질러서 겁주고, 프레임 바깥에서 막 꼬집고, 똑바로 못하면 파이어 시켜버린다고 블랙메일하고……. 할리우드에서 저렇게 했으면 촤일 드 어뷰즈로 당장 쑤우당했을 거다. 코리안 크루들은 정말 다 미친놈 들 같다. 그런데 더 기가 막힌 건 보배였다. 촬영이 끝나고 내가 미안 하다고 대신 어폴로자이즈했더니 씨익 웃으면서 "저 울리려고 일부 러 그러는 거 다 알아요" 이러는 게 아닌가, 오 마이 갓!

─김병일(촬영감독)

　8월 22일

　현장에 병헌 오빠가 놀러왔다. 감독님이, 현정이 너 때문에 불렀다 며 놀렸지만 난 마냥 좋기만 했다. 평소 남자 스태프들로부터 뻔뻔하 다는 소리를 자주 듣는 내가 왜 오빠 앞에만 서면 말도 제대로 못하고 쭈뼛거리기만 하는지……. 아, 〈JSA〉 시절로 돌아가고 싶다. 그때는 매일 오빠 얼굴을 만질 수 있었는데…….

─김현정(분장팀)

8월 25일

편집실 조수로 컴컴한 방에 종일 틀어박혀 일하다가 현장에 나오니 정말 신난다, 고 생각했는데……. 금호역 출구 장면을 나름대로 편집을 해서 보여드렸다. 끼니도 건너뛰고 열심히 했다. 감독이 제대로 못 찍은 것도 교묘한 편집으로 표 안 나게 만들었다. 솔직히 말해 나, 정말 칭찬 한마디 들을 줄 알았다. 그랬는데 감독님, 스윽 한번 들여다보더니 돌아서 가며 하는 말, "넌 왜 내 생각하고 거꾸로만 붙이는지 모르겠다……. 콘티 안 보니?"

—곽정아(현장편집)

9월 2일

부검실 앞 잔디밭으로 설정된 보라매 공원 촬영. 조용한 분위기에서 송강호가 흐느끼고 최 반장이 조심스럽게 접근하는 장면인데, 막상 현장에 가봤더니 한쪽에선 경로잔치, 반대쪽에선 판촉행사, 멀리 힙합댄싱팀의 연습장까지, 완전히 소음의 아수라장이었다. 돌아버리는 줄 알았다.

—이승철(프로덕션 사운드 믹서)

9월 3일

부검실을 찍다가 한바탕 중단 소동이 벌어졌다. 갑자기 감독님이, 강호 오빠가 입은 점퍼의 상표를 떼어버리라는 거다. 전에 미리 허락받지 않았냐고 항변했지만 자기가 언제 그랬느냐며 오리발을 내밀고 막무가내였다. 스태프들은 다 나만 쳐다보지, 쪽팔려서 죽는 줄 알았다. 상표를 떼고 그 자리를 표 안 나게 처리하고 있는데 자꾸 눈물이

났다. 감독님은 왜 나만 미워하는 걸까?

―신승희(의상팀)

9월 9일

장기밀매조직 사무실 촬영. 마취된 채 강간 위기에 놓인 아가씨 역을 하는 아가씨가 에로 비디오 찍으러 가버리는 바람에 촬영이 중단되었다. 한숨만 쉬고 있는데 감독님이 찾으신다는 말이 들렸다. 예감이 안 좋았다. 역시 그랬다. 시트로 몸을 가리고 맨 팔다리만 내놓고 있으면 벌거벗고 누운 사람처럼 보일 수 있다는 얘기였다. "아, 그러면 되겠구나! ……근데 그 대역은 누가 하죠?" 대답은 안 하고 빤히 내 얼굴만 바라보던 감독님의 그 느끼한 표정. 결국 민소매 상의 입고 반바지 입고 시트 뒤집어쓰고 누웠다. 모처럼 푹 잤다.

―김나성(스크립터)

9월 13일

박 감독님 현장에 놀러 갔다. 배두나가 신하균을 두들겨 패는 장면을 찍는데, 감독이나 배우들이나 어찌나 버벅대던지. 보다보다 하도 답답해서 내가 좀 해보면 안 되겠냐고 그랬다. 허락을 받아서 약간의 동작을 지도해 보였다. 일동 기립 박수를 기대하며 천천히 몸을 돌리는데 스태프들 모두 팔짱 끼고 묵묵히 지켜보며 가만히 서 있기만 하는 게 아닌가! 심지어 "저건 좀 아니잖아?" 하고 동료에게 속삭이는 연출부도 있었다. 아, 명랑액션의 길은 이토록 멀고도 험하단 말인가. 그래도 박 감독님은 나 하는 대로 그냥 내버려둔다. 아마 직접 연출하기가 귀찮기 때문이리라. 들기로는 마지막 장면이 매우 복잡한 카메라 워크와 현란한 편집으로 이루어진 액션 신이라는데 저런 자세로 어떻게 찍으려는 건지…… 걱정된다.

—류승완(우정출연, 영화감독)

9월 15일

배두나 방 조명을 미리 다 세팅해놓고 나와서 놀았다. 남자 스태프들은 현장에 못 있게 하니까 하루종일 밖에 나가 족구만 했다. 맨날 정사 신만 찍으면 좋겠다.

—문형준(조명부)

9월 18일

두나 전기고문하는 장면을 찍다. 전기 잘 통하라고 귀에 침을 살짝 묻히는 장면을 찍는데 두나가 아주 몸부림을 치고 온통 난리를 부렸다. 어떤 테이크 때는 진짜 못 참겠는지, 카메라 돌아가고 있는데 "잠깐만!" 하고 소리를 지를 정도였다. 하도 치를 떨며 말을 해서 그런지 발음까지 분명치 않았다. 당연히 감독님은 거기서 카메라를 멈추지 않았고, 아마도 그 테이크를 편집에 사용할 것이다. 실감 나니까. 그렇지만 나는 몹시 기분이 언짢았다. 두나는, 제 귀에 내 혀가 닿는 게 그렇게도 싫었을까? 생각할수록 기분 나쁘네, 그거…….

—송강호(배우)

9월 19일

그에게 점점 다가가는 자신을 느끼기 시작한다.

—배두나(배우)

9월 19일

드디어 하루 앞으로 다가왔다. 전기충격으로 기절한 내가 강호 형한테 무방비로 구타당하는 장면. 무식하게 풀숏/롱테이크로 콘티를 짜놓은 감독님이나 진짜로 사정없이 때릴 테니 조금만 참으라는 강호 형이나, 정말이지 남 생각 진짜 안 해주는 인간들이다. 무슨 애도 아니고, 나도 액션 장면 얼마든지 찍을 수 있다. 그러나! 그러나 말이다, 그냥 가만 누운 채 일방적으로 맞고만 있어야 한다는 상황은 좀 다르지 않은가. 여기서 중요한 건 눈을 감고 있어야 한다는 점이다. 정작 맞을 때보다, 언제 어느 방향에서 날아올지 모르는 발길질과 주먹질을 기다리는 그 침묵과 암흑의 순간이야말로 진짜로 무서운 시간인 것이다. 게다가 그 송강호라는 명배우는 리허설 때 다르고 실제 촬영 때 다르고, 촬영 때도 매 테이크마다 다르게 연기하기로 유명하신 바로 그분 아닌가. 이건 예상도 안되고…… 미치겠다.

—신하균(배우)

9월 20일

티저 포스터 촬영 빵꾸나다. 스튜디오에 나타난 하균 씨 얼굴을 보고 기절하는 줄 알았다. 온통 멍들고 군데군데 찢어지고 이건 아주 난리가 아니다. 어떻게 된 거냐고 그랬더니 어제 촬영하다가 강호 씨한테 맞아가지고 그랬다고 한다. 영화도 좋지만 어떻게 애를 그렇게 만드나…….

—이재용(포스터 사진작가)

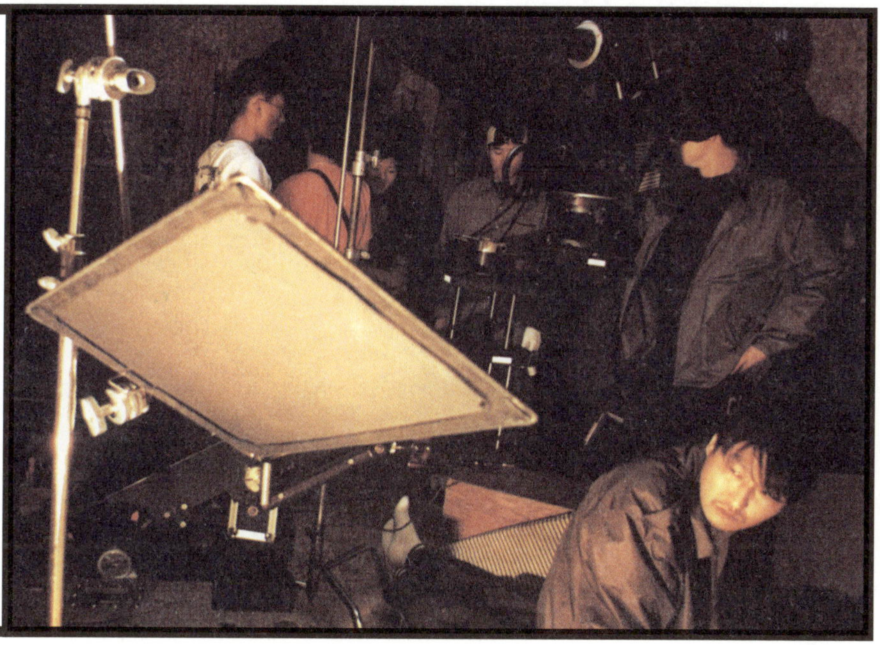

10월 9일

드디어 난곡 촬영을 마치다. 처음에 감독님이, 만든 비로 커버하기엔 너무 앵글이 넓으니 진짜 비를 기다렸다가 찍자고 했을 때, 과연 그런 방법이 가능할까 의심했었는데 무사히 해낸 셈이다. 당연히 모두들 즐거워했지만 나로서는 오늘이 최악의 날이었다. 온몸이 쫄딱 젖은 채로 이리 뛰고 저리 뛰고 있는데 촬영 김기사님이 갑자기 부르시는 게 아닌가. 가보니 저기 저 물건을 좀 치우라고 하셨다. 김기사님 손가락이 가리키는 방향을 돌아보니 거기 놓인 것은…… 그것은 정녕…… 아아!…… 한 무더기 똥이었다. 서울에 마지막 남은 대규모 빈민촌인 이곳은 화장실을 제대로 못 갖춘 집이 많아서 골목마다 아이들이 싸놓은 똥이 많다. 프레임에 들어오는 것도 아니고, 단지 감독님이 지나가다가 밟았다는 이유만으로 그걸 치우라 하시다니……. 나도 집에 가면 귀염받는 아들인데, 그래도 4년제 대학도 나오고 나름대로……. 아아! 감독이 되는 길이 과연 이토록 멀고도 험하단 말인가! 나, 그래도 이 악물고 다 치웠다.

─한장혁(연출부)

10월 15일

순창 촬영 5일차. 아침을 먹는데 갑자기 보배식당 아줌마가 쳐들어왔다. 60인분 밥값을 물어내라고 난동을 부린다. 보배식당은 이제 물렀다고 하도 스태프들이 아우성을 치는 바람에 중앙식당으로 바꾼 것이 화근이었다. 오늘 아침은 주문하지도 않았는데 자기들이 알아서 차려놓고 물어내라고 생떼를 쓰니 이거야 원……. 일단 도망부터 치고 봤는데 나중에는 촬영 현장까지 가죽 장갑 낀 어깨들을 데리고

몰려왔다. 나를 내놓으라고 스태프들한테 소리소리 지르고 나는 버
스에 숨고……. 무섭다…… 살고 싶다…….

―채화석(제작부)

10월 16일

태어나서 첫번채 운동홰 날이엇다. 역씨 아빠는 오시지 않앗다. 촤
령 가서 못 오신 것이다. 미준이 아빠(곽경택 감독)는 오셧는데…….
교장선생님이 꼭 오라고 편지까지 보내셧는데 우리 아빠는 너무햇
다. 내가 꼭뚜가시춤 추는 것도 안 보고. 미준이가 너무 부럽고 너무
슬퍼서 엉엉 울엇다. 집에 와서 〈디지몬〉 보고 잣다.

―박○○(감독의 딸)

10월 22일

뇌성마비 장애인 연기하는 것만으로도 얼마나 힘든데, 자꾸 그 차
가운 물에 들어갔다 나오라고 하는 통에 다리에 쥐가 나서 죽는 줄 알
았다. 그런데 그보다 더 나를 분통 터지게 만드는 건 박 감독님의 태
도다. 어느 배우나 그렇듯이 나 역시 한 테이크가 끝나면 감독 눈치부
터 살핀다. '이걸로 끝인가?' 혹은 '나빴나?' 그가 나를 보며 빙그레
웃는다. '아, 끝이구나!' 그가 다가와 어깨를 두드린다. "수고했다.
다리는 괜찮니?" 나는 감격해서 외친다. "괜찮습니다!" 그때 그는 이
렇게 말한다. "그래…… 그럼, 한 번만 더 해보지 않으련?"

―류승범(배우, 우정출연)

10월 24일

내가 물에 빠저죽는 장면을 직었다. 연출부 옵바들은 시체처럼 눈도 감빡이지 말고 가만이 잇으라고 하셨지만 너무 추우니까 살이 막 저절로 떨렷다. 구경군 중에 어떤 애들이 야, 잘 좀 해바바 하고 놀렸다. 그래서 나는 야, 니가 와서 해바바 하고 소리질렀다. 정식이 옵바가 두나 언니 같은 진자 배우가 될라면 이 정도는 참아야 된다고 해서 꾹꾹 참아따.

—한보배(아역배우)

11월 4일

분당 촬영. 며칠 만에 다시 찍으러 왔더니 건물에 갑자기 없던 대문이 달렸다. 연출부는 연결이 튄다며 대문을 없애야 한다고 아우성이고 제작부는 남의 집 대문을 어떻게 없애느냐고 한숨이다. 결국 집주인 승낙을 받아 일단 떼었다가 나중에 도로 붙여주기로 했던 모양인데 이번엔 어떻게 떼느냐가 문제였다. 결국 내가 나서서 떼어주었다. 도대체 이 영화는 나 없으면 어떻게 찍으려고 그러는지 모르겠다.

—노승회(키그립)

11월 6일

강호 형 집으로 설정된 분당 촬영 중이다. 집 앞길을 찍으려니 이미 계절이 바뀌어 여름 분위기가 안 난다고 난리들이다. 다른 건 어떻게 피해 가겠는데 대문 바로 앞에 선 은행나무가 문제다. 잎이 벌써 다 져버렸으니. 하는 수 없이 조화 파는 가게 가서 플라스틱으로 만든 가짜 은행잎을 잔뜩 사다가 가지마다 붙여버렸다. 여기는 이런 식으로 커버한다지만 나머지 장면들은 다 어떻게 하나……. 이무영 감독 부부가 놀러 오셨다. 댁이 근처라고 한다.

—정식(연출부)

11월 9일

이천 폐건물을 찍던 중에 감독이 또 변덕을 부렸다. 갑자기 시나리오에도 없는 장면을 만들어내더니 빨리 그걸 찍으러 가자는 거다. 신하균이 빨가벗고 히치하이킹하는 장면을 찍자는 거다. 해는 벌써 다 떨어져 가는데 장소 헌팅도 안 돼 있는 길거리 장면을 찍자니 기가 막힐 노릇이었다. 그래도 하는 수 없이 한 대여섯 명만 출발했다. 조명도, 동시녹음도 없이, 연출부, 제작부도 도착 못 한 상황에서 장소 고르고 카메라 세팅하고 신하균 옷 벗고 리허설도 없이 두 컷을 찍었다. 30분 안에 말이다. 해가 거의 진 상황에서 노출이 안 나오는데 반사판도 없어서 공책만 한 우리 그레이 카드판 뒷면을 이리저리 비춰가며 찍었다. 이건 무슨 학생들 단편영화도 아니고…… 이래도 되는 건지 모르겠다.

—기세훈(촬영부)

11월 13일

다시 순창에. 여기 촬영은 정말이지 악몽 같다. 아침에 안개 걷히면 11시, 오후에 4시 반이면 해 떨어져, 결국 밥 먹는 시간 빼면 하루에 다섯 시간도 못 찍는 셈이다. 거기다 때때로 비 오죠, 걸핏하면 흐리죠…… 찍을 분량은 엄청난데, 답이 안 나온다. 결국 '매우 복잡한 카메라 워크와 현란한 편집으로 이루어진 마지막 액션 신'은 숏 수를 대폭 줄여버렸다. 줄여놓고 들여다보니, '왜 내가 진작 이렇게 안 했지?' 하는 생각이 든다.

—박찬욱(감독)

11월 14일

다시 순창에. 여기 촬영은 정말이지 꿈결 같다. 아침에 안개 걷히면 11시, 오후에 4시 반이면 해 떨어져, 결국 밥 먹는 시간 빼면 하루에 다섯 시간도 못 찍는 셈이다. 그러니 매일 5시만 되면 촬영 쫑, 바로 식당에서 한 잔씩 걸치기 시작하면 아무리 오래 마셔도 시계 보면 기껏해야 10시 정도다. 이튿날 일찍 일어날 필요도 없으니까 마음껏 수다 떨고 원 없이 놀아도 된다. 아, 매일 이런 촬영만 했으면!

—송수인(미술팀)

11월 15일

기자들이 몰려왔다. 전라도 순창까지 내려오다니 대단한 열성들이다. 구경꾼도 없이 우리끼리 한가롭게 찍다가 갑자기 주위가 어수선해지니까 잘 적응이 안 됐다. 게다가 어떤 여자 기자 하나는 우리 오야지 의자에 허락도 없이 척 앉더니 서랍에서 과자를 마구 꺼내 먹어버렸다. 그게 어떤 과자인가. 제작부 눈치 봐가며 몰래몰래 빼돌렸던 그 '초코 찰떡파이', 다른 스태프들한테 욕먹어가며 악착같이 쟁여놨던 그 '오징어 땅콩', 아무리 먹고 싶어도 오직 오야지한테 잘 보이려는 마음 하나로 꾹꾹 눌러 참았던 그 '홈런볼'…….

—이은주(동시녹음부)

11월 16일

 야외촬영이라 별로 할 일이 없어 마니또 게임을 준비했다. 모든 배우, 스태프들 이름을 적은 쪽지를 단지에 넣고 하나씩 고르게 한 다음 자기가 뽑은 사람한테 잘해주기 게임이다. 물론 상대가 모르게 해야 한다. 모두들 너무 좋아해서 '마추위' 위원장으로서 책임감을 느낀다.

―안성현(미술부)

11월 21일

 모두 마니또 때문에 난리들이다. 틈만 나면 자기 마니또가 어떤 문자 메시지를 보냈느니 무슨 선물을 전해왔느니 온통 그런 얘기들 나누느라고 야단법석이다. 현장에 웃음꽃이 끊이지 않는다. 나도 강호 오빠한테 밤마다 문자를 보내고 있다. 오늘은, "좋은 꿈 꾸세요. 당신의 마니또로부터". 그나저나 내 마니또는 누굴까, 궁금해 죽겠다.

―권수경(분장팀)

11월 27일

 드디어 '마니또의 밤'이 열렸다. '마추위'의 활약은 대단했다. 며칠에 걸쳐 모든 배우 스태프들을 일일이 인터뷰해서 현장편집기로 편집하고 커피숍 빌리고 대형 모니터 설치하고 음식 준비하고 다했다. 인터뷰 내용은, 각자 자기가 뽑은 사람을 밝히고 그 사람을 칭찬하고, 이 영화를 만드는 감회가 어떤지를 밝히는 내용이었다. 이름 뽑은 순서에 따라 릴레이되는 식이었는데 그동안 그토록 궁금해했던 이름들이 공개될 때마다 장내는 폭소의 도가니로 변하곤 했다. 내 평생 가장 많이 웃어본 한 시간 반이었다. 공교롭게도 서로 상대방 이름을 뽑은 두 사람, 즉 마니또 커플이 탄생하면 데이트 비용 5만원을 지원하는 제도도 있었는데 소품팀 석호 형하고 내가 뽑혔다. 사람들 앞에서 진한 키스를 해야 돈을 준다는 조건이었기 때문에 하는 수 없이 해버렸다.

―김양수(촬영부)

11월 29일

길고도 길었던 순창에서의 마지막 날이자 〈복수〉 전체 촬영 종료일. 열아홉 나이에 생전 처음 일해본 영화 현장도 이젠 빠이빠이다. 배우, 스태프 언니 오빠 들과 기념 촬영하고 차로 돌아오는데 눈물이 나려고 했다. 하늘도 내 맘을 아시는지 비가 왔다. 첫 촬영 때도 그러더니. 첫날이나 끝 날 비오면 흥행이 잘된다는 충무로 말이 있고 하니 우리는 두 배로 잘되겠다고 사람들이 한마디씩 하자 감독님은 그건 비 오면 촬영 공치니까 자위하려고 충무로 사람들이 지어낸 얘기라고 하셨다. 그래도 우리 〈복수〉를 많은 사람들이 봐줬으면 좋겠다. 뭐니 뭐니 해도 내 첫 작품인데…….

―김보연(의상팀)

1월 8일

보배식당 아줌마가 또 전화했다. 매일이다. 미치겠다. 오늘은, 자기 시아주버니가 청와대 출입기잔데 거기다 얘기해서 영화사를 박살내버리겠단다.

―채화석(제작부)

2월 26일

〈복수는 나의 것〉 소리를 만드느라 연일 밤샘이다. 감독은, 이 영화가 그림 바깥에서 많은 일들이 벌어지고 따라서 그것들을 소리로 다 표현해야 한다고 주장한다. 말은 멋있지. 하지만 그 얘긴, 다시 말해 골탕 좀 먹어보라는 거다.

─김창섭(사운드 디자이너)

2월 29일

내심 짐작은 했지만 막상 사실로 확인하고 나니 괜히 화가 막 난다. 조명부 ○○○과 미술팀 ○○○, 연출부 ○○○과 동시녹음팀 ○○○. 〈복수는 나의 것〉 현장에서 탄생한 두 커플…… 아! 현장에서 나한테 잘 보일까 무서워 눈만 마주치면 슬금슬금 피하곤 했던 그 많은 남자 스태프들 얼굴이 주마등처럼 스쳐지나간다. '찍히면 죽는다' 나? 내가 나이 좀 먹었기로서니 그렇게까지 괄시를 하다니! 다음 작품 〈YMCA 야구단〉에서는 좀더 분발해야겠다. 거기는 일단 야구단이 많이 나오니까 남자 숫자도 충분히 확보된다고 봐야 한다. 다섯 팀만 나와도 벌써 마흔다섯 놈 아닌가. 생각만 해도 가슴이 설렌다.

─송종희(분장)

3월 1일

분당 이무영네 놀러 갔다가 밥 먹으러 나가는 길이었다. 차 타고 우리가 촬영했던 동네를 지나치게 되었는데, 장수영(이무영의 아내)이 제법 센티멘탈하게 한숨 쉬며 하는 말. "이제 완전히 봄인가봐……. 저 은행나무 좀 봐요, 새 잎이 다 났잖아……."

난 이렇게 중얼거렸을 뿐이다. "그렇네……."

—박찬욱(감독)

■■■ 《씨네21》은 영화만 하나 만들면 꼭 이런 글을 요구한다. 한창 후반작
업 막바지에 제작일지 청탁을 받게 마련이라 감독들이 이만저만 골탕을 먹
는 게 아니다. 그래도 세월이 흐르고 다시 읽으니 이제는 다들 어디 가서 한
가락씩 하고 있는, 당시의 조수급 어린 친구들 얼굴이 막 떠오른다. 괴로웠
지만 이런 글 하나쯤 써놓길 잘했다.

여섯 개의 명장면

그나마 비교적 덜 나쁜 장면에 부치는 코멘트

#1＿테러리스트들이 나타난다. 느닷없다. 그래서 운명적인 등장으로 느껴진다. 가혹하게 내리쬐는 일광과 황량한 풍경, 이따금씩 부는 모래 먼지 바람 따위를 불안정한 구도로 잡아낸다. 도착은 소리로만 표현되고, 다음 순간 이미 담배를 피우고 있는 아저씨들 모습이 퍽 어쭙잖다. 천천히 걸어 나가면 텅 빈 화면, 이어서 또 텅 빈 화면에 한 아저씨 출현. 첫 번째 일격도 화면 밖 소리로만. 동료의 공격에 자기가 놀라는 아저씨의 저 엉거주춤 안무. 얼떨결에 베인 양손을 내려다보며 예정된 운명의 장난에 기막혀하는 동진. 다시 차례차례 일동 프레임 아웃.

#2＿지옥의 용광로 불과 더러운 바닥에 버려지는 물의 상반된 이미지. 모두들 귀마개를 쓰고 있지만 류만 필요없다. 귀머거리니까. 세상과 단절된 자의 무표정한 얼굴. 따돌림당한 사나이, 모두들 교대할 때 혼자 남아 계속 일한다. 관객들 귀청을 찢어버릴 듯한 소음, 특히 프레스기에서 규칙적으로 울려 나오는 금속성 굉음과 프레임 군데군데 묻은 녹색의 조화. 소외된 노동의 이미지. 지겹도록 반복되는 단순 노동의 비인간성은, 가장 스트레이트한 앵글의 고정 카메라에 의한

풀숏/롱테이크, 시네마스코프 사이즈에 의해 부각되는 인물의 왜소함, 되풀이해서 프레임 인/아웃하는 동작으로 강조된다.

#3__죽은 딸을 만난다. 사진에서 갑자기 딸 모습이 사라졌는가 했더니 방 안에 나타나 있다. 익사했으므로 흠뻑 젖었음은 당연지사. 안았을 때 아빠 허리를 감아 죄는 아이의 다리는 어떤 느낌을 주었을까? 전 같았으면 사랑으로 충만했을 심장이 지금은 그 축축한 차가움으로 오그라들었을까, 아니면 아이의 죽음에 운명적으로 사로잡힌 제 꼴이 측은해졌을까. 수영을 일찍 배워둘 걸 그랬다며 후회하는 꼬

맹이의 한마디는 너무 어리석어 우습다. 너무 우스워 슬프다. 하지만 꼬맹이는 이 영화에서 가장 큰 피해자면서도 결코 남의 탓을 하지 않는 유일한 인물이다.

#4__동진이 영미를 고문한다. 전기기술자 출신이니까 그 점을 십분 활용한다. 전기고문이 여기서 제격인 이유는, 상대 몸에 접촉하지 않아도 된다는 것이다. 아마추어 고문자/살인자인 동진에게는 그 점, 큰 위안이 되었을 것이다. 하지만 약간의 터치는 불가피하다. 전극을 연결하기 전에 피부를 좀 적셔놓아야 하기 때문이다. 수치심과 모멸감에 몸서리를 치는 영미를 보라, 이건 상징적인 강간. 이 긴 신에서 동진은 일말의 주저도 없는 악마에서 죄의식으로 몸부림치는 범인 사이를 순간적으로 왔다갔다한다. 영미는 불쌍한 동시에 우스꽝스럽다. 한마디로 '그로테스꽝'.

#5__두 사나이가 드디어 마주섰다. 물이 차가워 그런지 무서워 그

런지 몰라도 류는 몹시도 떨어댄다. 처음엔 오히려 동진이 죄지은 사람처럼 미안해하는 표정이다. 그는 이 철천지원수를 살려줄 것인가. 묶은 손을 풀어줄 때도 그렇고, "너 착한 놈인 거 안다. 그러니까……"할 때까지만 해도 용서의 분위기가 지배한다. 그러나 "……내가 너 죽이는 맘 이해하지? 응? 그렇지?"로 가면…… 이런 말이 어딨나, 자기가 죽일 놈한테 애걸복걸 동의를 구하다니. '그렇지만' 이 들어가야 할 자리에 '그러니까' 접속사가 웬 말인가. 무심한 익스트림 롱숏과 격렬한 클로즈업의 충돌.

#6_단신 쳐들어간 류는 순식간에 세 명을 제압해버린다. 겁이 없기 때문이다. 더 잃을 게 없는 노동자의 체념, 체념이 만들어준 무자비성. 부패하는 녹색이 지배하는 지옥 분위기의 공간에서 류는 평화로운 얼굴로 묵묵히 일을 처리한다. 언제나 꾹꾹 눌러 참기만 해야 하는 류의 분노와 증오가 분수처럼 뻗치는 핏줄기로 표현된다. 그 외견상 냉정함과 내면적 격렬함이 드라이아이스와 핏물의 대조로 비유된다. 공장에서의 단순 반복 노동처럼 방망이질을 해대는 류의 모습에서 나는, 자기 죄로부터 구원받기 원하는 인간이 더 큰 죄악을 수단으로 삼으려 하는 어리석음을 본다.

■■■ '스스로 생각하는 명장면 베스트 6'을 골라 해설까지 하라니, 어딘진 몰라도 꽤나 사람 쑥스럽게 만드는 매체였다. DVD 만들 때 오디오 코멘터리하는 기분으로 썼을 것이다. 누군가 영화는 못 보고 이 글만 읽는다면 정말 대단한 영화 나온 줄 알겠다. 뭐 하긴 그러라고 쓰긴 했다.

최소의 표현, 최대의 효과

영화와 언어

무성영화가 아닌 다음에야 어느 영화에나 대사가 있게 마련이지만 아주 가끔은 정말 말이 한마디도 없는 영화도 만들어진다. 예를 들어 러셀 라우즈 감독의 1952년작 〈도둑〉이나, 83년에 만들어진 뤽 베송의 데뷔작 〈마지막 전투〉에는 효과음도 있고 음악도 들리지만 유독 말은 없다. 등장인물들이 벙어리여서가 아니라 고립된 상황에서 별로 말을 할 필요를 느끼지 않기 때문이다. 이 감독들은 그 고립감을 부각시키기 위해 인물들이 지껄일 대사를 하나도 부여하지 않는다. 1927년 〈재즈 싱어〉 이래, 영화 속 언어에 익숙해진—음악은 무성 시대에도 있었다—관객들, 특히 말 많은 할리우드 영화를 좋아하는 사람들에게 있어서 이는 고문이나 다름없지만 그 고통을 대가로 그들은 적어도 주인공의 심정만큼은 절감할 수 있었던 것이다.

그 정도는 아니어도 내가 2002년에 발표한 〈복수는 나의 것〉 역시 무척 말수가 적은 영화라 하겠다. 여기에는 몇 가지 이유가 있었는데 우선 너무나 당연하게도 두 주인공 중 하나인 '류'가 농아이기 때문이다. 따라서 그는 완전히 침묵이고 때때로 대사가 반드시 필요할 경우 간단한 수화로만 의사를 표현한다. 대개의 경우 그는 상대의 말을 듣기만 하는 태도를 취할 수밖에 없는데, 따라서 이 수동성은 캐릭터를 결정짓는 가장 큰 요소로 작용하게 된다. 아마추어 미술가로서 류가 잠재적으로 지닌 표현에의 욕망은, 이 언어표현 불능의 조건으로 말미암아 깊숙이 억눌린 끝에 육체적인 폭력의 양태로 분출하게 된다. 녹색으로 물들인 그의 머리카락 역시 그가 언어라는 표현의 도구를 상실한 데서 나타난 반작용의 증거라는 점까지 주의한다면, 영화에서 한 인물이 말을 못하는 상황이라는 것은 단순히 대사에만 국한된 문제가 아님을 알 수 있으리라.

두 번째, 한국영화에 만연한 설명의 과잉 상태를 극복하기 위해 미니멀리스틱한 태도를 취해보려고 했던 데 연유한다. 사실은 그런 까닭으로 류가 벙어리로 설정되었다. 어쩌면 본말이 전도된 일이지만 당시 나는 그만큼 상업영화들의 수다에 신물이 나 있었던 셈이다. 현재 세계에 공개되고 있는 상업영화의 90퍼센트는 대사량을 절반으로 줄여도 충분히 이야기를 전달할 수 있거니와 오히려 그렇게 했을 때 예술적으로 훨씬 우수해지리라고 나는 믿는다. 그러나 정확히 말해 그런 영화들에 내가 염증을 느꼈던 것은, 단순히 말이 많다는 사실보다는 그런 영화일수록 영화의 핵심적인 내용들을 꼭 말을 통해서 전달하려고 한다는 점에 있다. 극에서 남자가 여자를 사랑한다면 사랑에 빠진 사람 특유의 행동과 표정을 통해 그것을 보여주어야지, "당신을 사랑합니다"는 식의 대사로 해결하려 들어서는 곤란하지 않겠나.

영화라는 매체에는 대사 말고도 수없이 많은 고유의 언어가 존재한다. 먼저 배우가 있다. 그 또는 그녀는 각본가의 녹음 재생기가 아니다. 몸과 얼굴을 가진 존재로서 배우는 때로는 그저 가만히 앉아 있기만 하는 방법을 통해서도 천 마디 말을 능가하는 감정을 표현할 수 있다. '동진'이 집에서 강력반장을 만나는 장면에서 둘은 한동안 아무

말도 하지 않는다. 단지 동진이 리모트 컨트롤러로 전동 커튼을 작동시킨다든가 헛기침을 요란하게 한다든가 하는 작은 동작만이 있을 뿐이다. 그러나 앉은 자세를 포함하여 이 모든 행위는 동진으로 하여금 어쩔 수 없이 거만한 자본가의 본성을 노출하게 만든다.

동진이 테러리스트들에 의해 살해당하는 마지막 장면에서도 그런 예를 발견할 수 있다. 5분 가까운 시간 동안 관객은 말 한마디 듣지 못한 채 처참한 살인 장면을 지켜보아야 하는데 이 상황과 심리 상태를 대사로 표현하고자 했다면 정말 수십 줄이 필요했을 것이다. 특히 자기 가슴에 꽂힌 테러 조직의 판결문을 읽어보고자 애쓰는 동진의 표정은 주인공의 죽음을 묘사하는 여느 영화의 장면과는 달리 몹시 우스꽝스럽다. 송강호의 이런 비상식적인 연기에 의해 이 죽음은 처절함과 슬픔에 더해 인생의 부조리함까지 드러내는 순간으로 변모할 수 있었다.

다음으로 감독은 영상과 음향, 음악이라는 도구를 사용할 수 있다. 〈복수는 나의 것〉에서 류와 동진의 집치레를 보자. 좁은 면적에 온갖 싸구려 잡동사니들이 가득한 류의 방과 넓은 면적에 거의 텅 비다시피한 동진의 방을 비교해보면 두 사람의 내면 풍경까지 절로 드러난다. 물질적으로 훨씬 풍요로운 자본가의 마음속이 오히려 빈곤하더라는 이야기가 말 없이도 전달될 수 있는 것이다. 아니면 류가 공장에서 해고당하는 장면을 보자. 거기서 그와 간부 직원은 펜을 주고받고 지문을 찍고 일어나 가고 하는 따위의 침묵의 연기만을 하고 있다. 모두들 점심 먹으러 가고 홀로 남겨진 해고 노동자 류의 심정은 텅 빈 사무실을 울리는 뻐꾸기 시계 소리가 대신 알려준다.

셋째, 앞서 예로 든 두 외국영화의 경우와 마찬가지로 인물의 고립감, 내지는 소통 불능성을 드러내기 위해서였다. 여기 나오는 사람들은 하나같이 타인과의 건강한 관계 맺기에 실패하고 있다. 특히 두 남자 주인공이 그렇고, 두 남자 상호 간의 관계는 더 그렇다. 동진이 류의 집에서 잠복하며 그를 기다리는 장면에서 송강호는 한참 동안 정말 말 그대로 가만히 앉아 있기만 한다. 동진의 집 앞에서 잠복하는 류 역시 마찬가지다. 두 개의 공간은 세 번 교차편집된다. 이때 관객에게는 둘의 증오와 분노가 고스란히 전해진다. 더구나 서로 상대의 집에 가 있으면서 동시에 목운동을 하는 순간에 이르면 상호 간의 반목에도 불구하고 그 둘은 결국 닮아가고 있다는 사실마저도 상징적으로 표현이 되는 것이다. 이렇듯 영화는 편집이라는 수단을 가지고도 이야기를 한다.

그렇다면 〈복수는 나의 것〉에서 얼마 되지 않는 대사는 어떻게 사용되었던가. 역시 '최소의 표현으로 최대의 효과를' 이라는 미니멀리즘의 원칙이 적용되었다. 그 가장 좋은 예를, 동진의 죽은 딸이 유령이 되어 아빠를 방문하는 장면에서 찾아볼 수 있다. 긴 신 전체에서 대사는 딱 한마디인데, "아빠, 나…… 수영 좀 일찍 배울걸 그랬나봐……"이다. 몹시도 비현실적인 일종의 판타지 장면에 사용되기에는 지나칠 정도로 동심의 리얼리티를 주장하고 있는 이 대사에는, 자신의 죽음을 오직 자기가 헤엄을 칠 줄 몰랐던 탓으로 돌리는 아이의 무구함이 나타나 있다. 이는 류와 동진이 각기 자신의 불행을 누군가 다른 이 때문이라고 규정하고 점점 더 악의 수렁에 빠져드는 모습과 선명히 대비되면서 영화의 주제를 전면에 부각시킨다.

또한 동진이 류를 살해한 직후 전화를 받는 장면이 있다. 난데없이 팽 기사의 아들이 결국 숨을 거두었다는 병원 측의 전언이다. 팽 기사

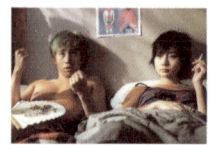

는 동진이 해고한 노동자이고, 그는 가족을 동반해서 자살했고, 동진은 우연히 목격한 그 참사 현장에서 유일하게 숨이 붙어 있던 아들을 구해 입원시켜놓았던 터다. 동진은 그 현장에서 자신의 의도와는 상관없는 자본가로서의 정체성을 깨달았던 바 있다. 즉 전체 종업원들을 실업자로 만들지 않으려고 누군가를 눈물을 머금고 해고해야 했지만 그 행위가 한 가족의 몰살을 결과했다는 이야기. 자본주의 사회에서의 자기 정체성을 자각하는 고통은 한 소년을 구함으로써 일단 구원받을 수 있을 것처럼 보였다. 그 아이의 구출은 동진으로서는 마지막 남은 희망이다. 류와 그 애인 '영미'를 죽이고도 그 희망은 유효한 줄 알았다. 바로 그 순간 걸려온 전화. 아이가 죽었다는 소식은 그것을 무효화한다. 이때 그가 내뱉는 한마디, "전화 잘못 거셨습니다". 마지막 희망의 존재 자체를 부인하는 그는 이제 정말 악마로서의 자본가로 새출발하려는 자세를 취하기 시작한다. 그 부정의 결심은 마침내 자기가 죽인 류의 시신을 토막 내 암매장하는 데서 절정에 이르게 된다. 그리하여 이것은 간단한 한마디로 표현할 수 있는 가장 끔찍한 결말이 된다.

　이 영화에서 유일하게 수다를 떠는 사람이 있으니 바로 영미다. 애인인 류에게 유괴라는 범죄의 정당성을 강변하는 장면에서 그녀는 혼자 영화 전체 대사의 절반을 읊조리고 있다. 게다가 또 이 대사의 절반은 거의 무의미하다. 방금 한 말을 되풀이하기 때문이다. 그런데 왜 그렇게 긴가. 그건 그녀 자신조차도 이 범죄의 정당성을 믿지 못하기 때문이다. 그러니까 자꾸, 강박적으로 한 얘기를 또 하고 또 하고 한다는 말이다. 이럴 때 대사는 어떤 내용을 '전달'한다기보다는 심정을 '표현'한다. '어떤' 말을 하느냐보다는 '어떻게' 말하는지가 중요한 경우다. 말하는 '스타일'로 말하는 것이다.

비슷한 양상이 같은 영미에 의해 두 번 더 반복된다. 동진에게 붙잡혀 고문당하는 장면에서 가사 상태의 그녀는 신음에 가까운 횡설수설을 늘어놓는다. 자기를 죽이면 처절한 보복이 기다리고 있다고 한다. 이 역시 대부분 무의미하다. 뿐만 아니라 신뢰조차 가지 않는다. 동진도, 형사들도, 심지어 관객도 이 말을 믿지 않는다. 실없는 소리, 허풍으로 받아넘길 뿐 업신여긴다. 그러나 한참 후, 동진을 죽이러 온 테러리스트들의 얼굴을 잡은 화면에 이 말은 보이스 오버로 다시 들려온다. 이때만큼은 누구도 그 말에 담긴 진심을 의심할 수 없다. 후회가 된다. 진작 귀담아 들어둘걸……. 그러나 이때의 대사마저도 그 내용이 중요한 것은 아니다. 벌써 한 번 들은 말, 중요할 게 뭐 있겠는가. 다만 여기서는 그녀의 귀환이 중요할 따름이다. 내용이 뭐가 됐든, 이미 죽은 여자의 '음성' 그 자체가 무서운 것이다. 이 장면에서의 영미의 말은 '다이얼로그'가 아니라 '사운드'의 일종이다. 언어를 그렇게 사용하는 가장 극단적인 예가 영화의 마지막에 나타난다. 칼을 맞고 죽어가는 동진이, 이미 자기가 토막 내버린 류의 시신을 보며 무어라 웅얼거리기 시작한다. 어떤 항변 같기도 하고 절규로 들리는가 하면 질문이 아닌가 싶기도 한, 그러나 절대로 한마디로 알아들을 수 없는, 결국은 조금 긴 단말마의 신음에 불과한 그 소리는 주제가의 배음 역할을 하면서 엔딩 크레딧이 끝나고 나서까지 이어진다. 그 소리는 '효과음'이고 '음악'이다. 그러나 또다시, 전혀 알아들을 수 없음에도 불구하고 그것은 분명히 이 영화에서 가장 중요한 '대사'이기도 하다.

〈복수는 나의 것〉은 전형적인 하드보일드 영화다. 하드보일드 영화에서는 무엇이든 행동에 의해 묘사되고 표현된다. 이 비정하고 냉혹한 세계에서는 심지어 대사조차도 '성대의 행동'일 뿐이다.

■■■ 어느 국어학자의 회갑기념논총에 실렸다. '영화에서의 언어 문제'라는 주제로 청탁을 받고 썼다. 영화감독이 영화는 안 찍고 참 별 데다 글을 다 써 댄다, 하시겠지만 이해해주시기 바란다. 거절하기 힘든 관계였다.

하드보일드 리얼리즘

장르, 제목, 메시지

장르

그것은 본래 문학에서 왔습니다. 〈복수는 나의 것〉을 규정하는 데 있어 '필름 누아르' 라고 안 하고 굳이 '하드보일드' 란 말을 쓰자는 건, 유독 이 땅에서 '누아르' 란 형용사가 엉뚱한 뜻으로 오, 남용되고 있기 때문이기도 하지만, 무엇보다도 이 영화에서 누아르 장르의 시각적 모티브들을 별로 채용할 생각이 없기 때문입니다.

아시다시피 챈들러나 해밋, 맥베인, 또는 헤밍웨이에는 일종의 리얼리즘이 선명합니다. 예컨대 어느 강력반 형사가 "여름이란 내게, 시체가 빨리 썩는 계절 그 이상도 이하도 아니다"라고 중얼거릴 때 거기 존재하는 유물론적 리얼리즘 말입니다. 하드보일드 소설을 영화로 번역했다고 할 수 있는 필름 누아르 장르가, 시각적인 면을 한층 강조하느라고 상대적으로 덜 리얼리스틱해진 건 저로서는 좀 불만이었죠. 멋을 부린달까 폼을 잡는달까, 뭐 그런 면이 저하고는 안 맞더라는 겁니다. 그래봐야 비평가들은 〈복수는 나의 것〉 역시 '넓은 의미에서의 필름 누아르' 로 분류하겠지만 말이죠. 하여튼 사람들이 동의하든 안 하든 저는 이 영화가 어떤 리얼리즘을 보여주고 있다고 생각합니다. 물론 그것은 세상을 황량한 사막으로 여기는 자의 리얼리즘일 테지요. 그런 사람일수록 오히려 센티멘털해지기 쉬운 법, 그것만큼은 조심하려고 합니다. 사막이란 본디 건조하고 비정하고 간결하고 엉뚱하고 부조리하고 모호한, 그리고 예측불허의 공간이거든요. 각본도 대사도 지문도 최소한으로만 썼습니다. 어디까지나 감정은 독자와 관객의 몫이니까요.

제목

그건 본래 구약에서 왔습니다. 신약의 「로마서」도 「신명기」를 인용하고 있으니까요. 'Vengeance Is Mine.' 뭐 좀 잘못됐다고 해서 너희끼리 보복하고 응징하고 그러지 말라는 신의 말입니다. 다시 말해 정의는 내가 세운다, 이거죠. 복수의 독점을 선언한 셈이지만 따지고 보면 신의 입장에서 누구한테 복수한다는 건 확실히 우스운 일일 테고, 따라서 이 말의 뜻은 그냥 '복수 같은 거…… 하지 마'가 됩니다. 이는 사실 세상 모든 복수극의 테마이기도 하죠. 그래서 하드보일드 펄프 픽션 작가인 미키 스필레인은 자신의 유명한 '마이크 해머' 시리즈 중 하나로 『복수는 나의 것』을 썼던 거구요. 또 하나 제가 아는 작품으로 이마무라 쇼헤이 감독의 〈복수는 나의 것〉이 있습니다. 한 연쇄살인범의 실화를 거의 다큐멘터리 같은 기분으로 재현한 영화였죠.

솔직히 말해서 남의 영화 제목을 갖다 쓰는 짓은 별로 하고 싶지 않았지만, 어차피 스필레인도 쇼헤이도 옛 책에서 훔쳐온 건데 뭐 어때, 싶었습니다. 그런데 큰일났습니다. 혹시나 하는 마음에 IMDB를 뒤져봤더니 믿을 수 없게도 같은 제목으로 무려 7편의 영화가 올라와 있는 게 아닙니까. 1912년에 만들어진 미제 무성영화서부터 80년대 필리핀 영화에 이르기까지! 그나마 제가 유일하게 알고 있던 이마무라 쇼헤이의 작품은 빠져 있으니, 저희 것은 세계영화사상 최소한 아홉 번째의 〈복수는 나의 것〉이 되는 셈입니다. 형편이 이러하므로 한국판 〈복수는 나의 것〉의 영어 제목은 아무래도 다른 무엇으로 해야겠습니다.

메시지

그것은 본래 구성에서 왔습니다. 무슨 얘기를 하느냐보다 어떻게 얘기를 하느냐가 먼저였던 거죠. 영화를 반으로 갈라, 앞에서는 범죄자가 그런 범죄를 저지르지 않으면 안 될 딱한 사정을 보여주고 뒤에서는 그가 범죄 피해자로부터 쫓기는 이야기를 한다, 이러면 불쌍한 놈이 불쌍한 놈을 쫓아다니는 불쌍한 영화가 될 수 있지 않을까 생각했습니다.

범죄자는, 왜 나는 아무리 노력해도 이렇게 어려운데 저들은 저렇게 놀기만 하면서 호의호식할까, 생각합니다. 피해자는, 왜 다른 부자도 많은데 하필이면 나를 노리나, 알고 보면 나, 보기보다 가난한데 도대체 왜 이러는가, 하며 억울해합니다. 여기에는 억울한 놈투성입니다. 범죄자는, 그렇게까지 나쁜 짓을 저지를 맘은 없었는데 왜 상황이 이렇게 돌아가나, 어리둥절해합니다. 피해자는, 결국 그놈이 악의를 가지고 저지른 일이 아니라는 사실을 알아내고서도 왜 나는 복수를 멈출 수 없나, 의아해합니다. 이게 아닌데, 이게 아닌데…….

살다 보면 누구나 인생이 좋은 쪽으로든 나쁜 쪽으로든 내 뜻대로 안 풀린다는 사실을 깨닫게 됩니다. (물론 대개는 나쁜 쪽으로 그렇죠.) 이 영화는 그 얘기를 다루고 있습니다. 우리의 선의에 반해 작용하는 운명의 힘, 거기에 맞서 싸우다 스러져간 사람들, 바로 우리 모두의 이야기가 아닐 수 없습니다. 바로 제 이야기이기도 합니다. 이렇게 슬픈 영화 찍고 싶지 않았습니다. 밝고 명랑한 영화 만들고 싶었지만 저를 이쪽으로 이끄는 운명의 힘에 그만 무릎을 꿇고 말았던 것입니다.

■ ■ ■ 영어 제목은 나중에 〈Sympathy for Mr. Vengeance〉로 지어졌다. 이무영 감독과 함께 만들었는데 롤링스톤즈를 존경하는 뜻에서 노래 〈Sympathy for the Devil〉에서 앞부분을 따오고, 나는 모르는 무슨 애니메이션 제목에서 Mr. Vengeance를 모셔왔다. 해외 반응이 좋았기 때문에 〈친절한 금자씨〉 영어 제목도 〈Sympathy for Lady Vengeance〉로 지었다. 그랬는데 베니스 영화제를 가보니 이탈리아 배급사 측에서 그저 〈Lady Vendeta〉라고 해놓은 게 아닌가. 그걸 본 영국과 미국의 배급사 타르탄 필름에서 저희도 〈Lady Vengeance〉로 줄이겠다고 해서 그러라고 했다.

빨리 찍는 건 중요하지 않아

어떻게 만들어졌나 1

〈달은... 해가 꾸는 꿈〉과 〈삼인조〉를 끝내고 꽤 긴 휴지기가 있었는데 무엇을 고민하며 보내셨나요?

___난 왜 명필름 같은 데서 전화 안 오나…… 뭐, 그런 것들.

명필름에서 『DMZ』 소설의 영화화를 연출 제의했을 때 응한 이유는 무엇입니까?

___원래 분단 문제를 다룬 영화에 한이 맺힌 사람이었습니다, 저는. 데뷔 전, 처음으로 남이 연출할 각본을 써준 적이 있습니다. 서베를린에 사는 남한 방송국 특파원이 콩쿠르에서 우승한 이북 출신 여성 플루티스트를 인터뷰하러 동베를린으로 간다, 사랑에 빠진다, 남북한 정보당국에 의해 강제로 이별한다, 이런 얘기였죠. 저로서는 유일하게 써본 로맨스 이야기였어요. 그만큼 자료 조사도 많이 하고 오래 걸려 힘들게 썼습니다. 그런데 탈고 며칠 후 신문에 박광수 감독께서 〈베를린 리포트〉를 만든다는 발표 기사가 나오자 영화사는 곧바로 이 작품을 버렸던 것입니다. 베를린에서 벌어지는 연애 이야기라는 것 말고는 하나도 닮은 점이 없었는데 그리되더군요. 그 감독님 그 사건으로 충격받아 데뷔도 포기하고 이민가 버리셨습니다.

그 다음 〈삼인조〉 직후 기획한 논픽션 영화가 있습니다. 〈스파이 대소동〉. 평양에서도 포기한 저능아 간첩이 권총 강도 짓을 하고 다니다가 체포된다는 스토리였죠. 너무나 무능해서 반국가, 이적 행위를 하고 싶어도 못한 자였는데 다른 일로 체포되어 국보법 위반으로 사형당했다는 점이 기가 막히게 재미나서 영화화하고 싶었는데 그때만 해도 모두들 "웬 간첩? 너 미쳤니?" 이러는 바람에 각본도 못 써보고 포기해야 했습니다.

그리고 마지막으로 〈간첩 리철진〉. 이무영과 저는 가장 사랑하는 각본이었는데 영화사에서 최악이라는 평가를 받자 홧김에 감독직을 자진 사퇴했던 적이 있습니다. 나중에 장진 감독이 멋지게 새로 써서 온 세상 사람들한테 엄청나게 칭찬을 받았지요.

그러니 제가 이 영화를 거절할 수가 있었겠습니까?

김현석, 이무영, 정성산, 박찬욱 감독이 각색에 참여했는데, 그 역할과 내용에 대해서 말씀해주시겠습니까?

__현석 씨는__ 내가 한국에서 제일 좋아하는 직업 각본가입니다. 그러나 그는 이 소재를 다루기에는 너무 착한 사나이입니다. 따라서 너무 악한 사나이 이무영이 투입될 필요가 있었죠. 지금의 3부 구성을 포함해 굵직한 것들 대부분을 함께 만들었습니다. 그와의 공동 작업에서 어떤 아이디어를 누가 냈는지를 가리는 일은 불가능합니다. 예를 들면 이런 식입니다. 글이 막혀서 조용합니다. 제가 방귀를 뀌어 침묵이 깨집니다. 이무영이 입을 엽니다. "우진이가 여기서 방귀를 뀔까?" 물론 썰렁한 농담이죠. 그런데 그때 제가 이렇게 말하는 겁니다. "정말 그럴까?" 끝으로 성산 씨는, 평안도 말을 비롯해 북쪽 사람들 사고방식, 행동 양식 따위에 관한 훌륭한 조언을 많이 해주었

습니다.

각색 과정에서 감독으로서 가장 역점을 둔 부분은?
__좀 줄일 것, 그리고 좀 웃길 것.

베르사미 소령의 성을 바꾼 의도는?
__남자 배우들만 데리고 일할 생각을 하니까 막막해서.

분단 문제를 주제로 한 이야기를 대중영화로 풀어간 것 같은데, 감독으로서 가졌던 부담은 어떤 점이었는지, 또 가장 경계하신 부분이 있다면?
__이런 생각들을 했습니다. '부담감 같은 거 가지면 안 돼!', '감독이 너무 부담스러워하면 영화 망치는 거야!', '……그래도 부담감이 자꾸 생기면 어쩌지?', '(머리를 쥐어뜯으며) 난 아무 부담 없다아!!!'

8~9개월의 각색 과정 중 재미난 에피소드는 없었나요?
__연출부 중에 이종용과 박진우 두 친구가 있었습니다. 종용이는 너무 쿨한 취향이라, 웬만하면 쓸데없이 감상적이라거나 지나치게 설명적이라거나, (뭐라고 이유를 못 대겠으면) 어쨌든 깬다라는 이유로 기껏 만들어놓은 장면을 빼자고 하기 일쑤였죠. 반대로 다정다감한 진우는 뭔가 슬픈 장면, 폼나는 장면을 더 만들어 넣자는 쪽이었고요. (종용이는 〈삼인조〉 출신이고 진우는 훗날 〈선물〉에 참여했으니 다 성격대로 가는 게 아닌가 하는 생각이 지금 드네요.) 그러니까 저는

일하기가 아주 편했습니다. 어떤 장면을 넣을까 또는 뺄까 하는 고민이 생겼을 때 그 둘한테 물어보기만 하면 되니까요. 다시 말해, 종용이가 넣자고 하면 그건 반드시 넣어야 하는 장면이고 진우가 빼자고 하면 그건 정말 빼야 하는 장면인 겁니다.

각색 과정 중 개인적 어려움이 있었다면?

기나긴 각색 과정이 다 끝나가던 어느 날, 심재명 대표께서 아주 슬픈 표정을 지으며 제게 말했습니다. "그렇게 강제규 감독과 반대로만 가긴가요? 다 알면서……."

크루 구성에 있어서 원칙이 있었다면?

김상범 편집기사말고는 프로덕션에 다 맡겼습니다. 그런 면에서는 명필름 하자는 대로 하면 다 잘될 거라는 믿음이 있었으니까요.

이병헌, 송강호, 이영애, 김태우, 신하균, 김명수 등이 메인 캐스팅이었는데, 캐스팅 과정에 대해 알고 싶습니다.

어떤 과정을 겪으면서 그들이 이 영화에 들어오게 되었는지는 잘 모릅니다. 특정 배우들에 관해 명필름이 물어오면 좋다 싫다 의견만 밝혔을 뿐이죠. 송강호 씨가 망설일 때 등을 밀어준 사람이 최민식 씨와 김지운 감독이었다는 말은 나중에야 들었습니다. (두 분, 고맙습니다.) 이영애 양은 여러모로 보아 이 역을 해낼, 세계에서 하나밖에 없는 배우였습니다. 당연히 제일 먼저 선택되었죠. 김태우 씨는 당시 매니저였던 조선묵 선배가 자꾸 신인배우 하나를 남성식 역으로 써달라길래 미친 척하고 "에이— 그건 곤란하지. 김태우나 주면 모를까……" 했던 게 성공한 경우. 신하균 씨는 단지 나이가 많다는 이유만으로 만나보기조차 거부하다가 실물 보는 순간 매료되어 바로 정해버렸습니다. 이병헌 씨 캐스팅 과정은 잘 모릅니다. 다만 아는 건 첫 촬영 전날 전화해서 "연기 감이 안 잡혀서 이 작품 못 하겠어요" 하는 바람에 기겁했던 일이죠. 나중에 병헌 씨가 술자리에서, 겁주려고 한번 해본 소리였다고 고백했을 때 저요, 정말 상 엎을 뻔했습니다. 김명수 씨는 원래 라인업에 없었는데 뒤늦게 합류하게 된 케이스

입니다. 영화사에서는, 등장 장면이 많지 않으니까 출연료 적게 줘도 되는 배우를 캐스팅하려고 했던 모양인데 제 생각은 달랐습니다. 잠깐 나오지만 얼마나 중요한 역할인가요. 그 연기 잘하는 네 배우와 맞서서, 즉 4대 1로 붙어서 절대 밀리지 않는 정도가 아니라 오히려 압도해야 되는데. 하는 수 없이 직접 전화해서 얘기했습니다. "돈 요거밖에 못 주는데, 할려면 하구 말려면 마……. 근데 해주면 안될까?"

캐릭터, 연기자별 연기 지도 계획 및 역할에 대해 연기자와 나누었던 의견 조율 내용은?

연기 지도는 무슨…… 제가 많이 지도받았습니다. 이병헌과 얘기하면서 배운 내용을 송강호한테 써먹고 김태우한테서 얻은 생각을 내 것인 양 신하균한테 말해주고…… 이런 식으로 돌고 돌다 보니 나중에는 모두가 같은 방향으로 가게 되었죠.

처음으로 전체 분량을 사전 스토리보드화하신 줄로 아는데, 큰 방향과 의도에 대해 말씀해주시죠.

___방향은 이겁니다. 여러 말 안 해도 크루들, 배우들이 알아서 이해하게 한다. 의도는 이겁니다. 촬영 전날 밤, 잠을 좀 자자.

판문점과 돌아오지 않는 다리를 모두 세트로 지었는데, 세트 설계 과정 시 가장 중점을 둔 부분은?

___쓸데없이, 카메라에 잡히지도 않을 부분에 돈 안 들도록 조심한다.

시네마스코프 사이즈 구현을 위해 슈퍼35 촬영기법을 사용하였는데, 촬영감독과의 의견 조율 내용에 대해 알고 싶습니다.

___로케이션 스카우팅 다닐 때, 왠지 광각으로 잡힌 바닥 앵글이 자꾸 떠오른다길래 나도 그렇다고 했습니다. 클로즈업이나 롱숏에서, 팍팍 들어가고 쭉쭉 빠지는 식으로 과감하게 가자는 얘기도 나눴던 것 같습니다. 말수 적은 촬영감독이고 스토리보드도 있으니까 뭐 긴 얘기는 별로 필요 없었죠. 원래는 걱정을 많이 했었지만, 처음 한두 숏을 찍고 나니까 10년 전부터 그 종횡비로만 찍어온 사람들처럼 자연스럽게 적응되어버렸습니다.

로케이션 스카우팅 과정은 어땠나요?

___'비상 출동 후 산속 야간 수색' 장면을 찍은 곳이 가장 극적으로 발견된 장소입니다. 한참 둘러보다가 결국 포기하고 그냥 돌아가려는데 조감독인가 촬영 퍼스트인가가 조금만 더 들어가보자고 해서 갔다가 찾아냈던 겁니다. 그 근처에서 먹은 우거짓국 때문에도 가장 기

억나는 동네죠. 갈대밭 장면은 본래 낮 시간으로 설정되어 있었습니다. 그런데 임재영 조명감독님이 한 제안을 받아들여 밤으로 바꾼 것입니다. 훨씬 힘들어질 게 뻔한 일을 자청하는, 그런 크루들의 자세 덕분에 영화가 훨씬 볼 만해졌다고 생각합니다. 캠프 보니파스와 중감위의 스위스군 캠프만큼은 실제 현장에서 찍으려고 노력했으나 무산된 경우입니다. 갑자기 새로 찾아내려니 국방부가 그렇게 미울 수 없었죠.

총 58회의 촬영을 했는데 촬영 내용과 과정은 어떻게 운용되었나요?

___ 잠깐 나가서 인서트 몇 숏 찍고 온 날 빼면 아마 더 적은 횟수였을 겁니다. 난이도를 감안하면 퍽 효율적으로 진행되지 않았나 생각합니다. 명필름의 노련한 운용 덕이겠죠. 가장 중요하다고 할 수 있는 북 초소에서의 총격 장면은 편집을 해가면서 몇 번이고 보충 촬영했습니다. 그리고 대질심문 장면은 원래 야외에 지어놓은 세트에서 찍기로 했다가 촬영 사흘 전에 가서야 실내로 바꿨죠. 벽을 마음대로 뗐다 붙였다 할 수 없게 지어진 옥외 세트에서는 그 복잡한 내용을 해결할 수 없어서였습니다. 너무나 당연히 실내에 똑같은 세트를 지었어야 하는 건데 어찌된 일인지 아무도 그 생각을 못 했던 것입니다. 그래서 부랴부랴 한 요구를 제작자가 흔쾌히 받아들여줘서 얼마나 고마웠는지 모릅니다.

가장 힘들었던 촬영은?

___ 날씨 때문에 좀 속 썩은 정도? 돌이켜보면 너무 쉽게 진행되어서

좀 이상할 지경입니다. 그냥 놀 거 다 놀고 잘 거 다 자가면서 공무원 출퇴근하듯 현장을 오가다 보니 일 다 끝나 있더란 겁니다. 각 부서가 저마다 제 일들을 알아서 잘해주니까 감독은 닐니리, 만고 땡.

기억에 남는 촬영 에피소드는?

이영애 양이 세수하고 거울 보는 장면 찍을 때 일입니다. 얼마나 예쁘던지, 임재영 조명감독님이 모니터 보면서 뇌까리기를, "대거……!"

연기를 하는 모습에서 느낀 배우들은 어땠나요?

좋은 배우가 연기 잘하는 모습을 가만히 지켜보노라면 숭고하다는 기분이 듭니다.

녹음 과정 중에서 아쉬웠던 점과 만족스러운 점이 있다면?

동시녹음이 별로 좋지 않은 경우 그림을 보면서 입 모양 맞춰 더빙하는 일을 해야 합니다. 업계에서 ADR이라고 부르는 작업이죠. 대개 연기할 당시의 감정에 훨씬 못 미치게 마련인데 우리는 많은 노력 끝에 비슷하거나 때로는 오히려 더 나은 결과를 만들어낼 수 있었습니다. 송강호의 "야, 야…… 그림자 넘어왔어. 조심하라우"는 특히 그랬습니다.

남북한 소대원들의 총격전 믹싱 때에는 논란이 많았습니다. 음악과 효과음 사이의 밸런스 문제였어요. 결국 네 주인공의 심정을 대신하는 김광석의 '음성'과, 그들을 못살게 구는 체제를 상징하는 '총성'이 같은 크기로 섞이게 했습니다. 말하자면 그 두 소리는 서로 싸우는

거죠. 여기서 가사 따위는 들리든 말든 상관없어요. 중요한 건 총성에 지지 않으려고 안간힘을 다해 외쳐대고 있다는 그 느낌이란 말입니다. 악몽과도 같은 카오스의 분위기. 그 의도는 북 초소가 총격을 당하는 대목에서 더욱 잘 살았습니다. 넷이 우정을 나누었던 그 공간이 양측 병사들에 의해 처참하게 박살나고 있는데요, 말하자면 또다시 체제에 의한 공격인 셈입니다. 그때 총성에 의해 압도되어 거의 들리지 않는 김광석의 처절한 목소리는 어느 배우 못지않게 감정을 표현하고 있습니다. 그러니까 내 얘기는, 노래가 연기를 하게 하고, 노래가 잘 안 들리게 함으로써 감정을 전달한다는 것입니다. 여기에 하나 또 중요한 요소는 엑스트라 병사들의 절규입니다. 그 병사들은 누구입니까, 체제를 대표하는 존재지만 그들 또한 우리의 주인공들과 똑같은 개인이기도 합니다. 우정의 공간을 박살내고 있지만, 그 친구들은 또 무슨 죄가 있겠습니까? 무슨 원한들이 사무쳐서 저리도 악에 받쳐서 소리지르고 쏘아대나요? 결국 증오보다는 두려움 아닌가요? 나는 관객들이 이렇게 말로 정리해내지는 못해도, 알게 모르게 그 모든 감정을 다 느꼈으리라고 생각합니다.

컴퓨터 그래픽이 꽤 많이 활용되었는데 아쉬운 장면과 가장 만족스러운 장면은?

물론 마지막 숏에서 가장 빛을 발했다고 봅니다. 화공작전은 컴퓨터 그래픽이 없었다면 아예 생각도 못할 장면이었고요. 아쉬운 건 이수혁 그림자가 군사분계선을 넘어가 있는 숏. 애초에 컴퓨터그래픽에 의존하려고 계획하지 않았다가 광선 상태 때문에 할 수 없이 아무렇게나 찍어놓고 그림자 길이를 늘렸는데 역시 화질이나 색감이 좋지 않게 나왔더군요.

〈이등병의 편지〉는 시나리오 각색 때부터 선곡되어 있었는데 그 의
도는?
　영화의 제2부에서는 남북한 병사들 사이의 동질성과 이질성을 각
각 부각시키면서 거기서 희극적이거나 비극적인 감정을 자아내는
일이 관건이었습니다. 여기서 〈이등병의 편지〉는 동질성을 부각시
키는 쪽으로 작동하죠. 남북한의 그 엄청난 차이에도 불구하고 군바
리라면 누구나 눈물을 찔끔거리지 않을 수 없는 노래니까요. 미사일
이니 뭐니 하는 말다툼의 적대감을 단번에 뛰어넘는 어떤 공통의 그
리움 같은 게 거기 있습니다. '부모님께 큰절하고 대문 밖을 나설
때' 안 우는 놈 있겠습니까? 다시 한번 강조해두거니와 관객을 울리
기 위해서가 아니라 극중 인물들을 울리기 위해서였다는 겁니다. 그
건 엄연히 다른 문제죠. 또 하나의 이유는, 수혁이처럼 자살한 김광
석, 요절함으로써 영원한 청춘의 이미지를 획득해버린 김광석이 불
렀으니까.

오랜 친구인 조영욱 음악감독과 음악작업을 했는데, 그 과정과 결
과에 대해 알려주세요.
　조영욱을, 영화를 해치지 않으면서 판도 많이 팔아먹는 절묘한 선
곡자 정도로 여기는 사람들이 더러 있는데 참 안타까운 일이 아닐 수
없습니다. 그는 어디까지나 사운드트랙의 프로듀서입니다. 음반에서
프로듀서란 뭡니까, 영화로 치면 감독 아닌가요? 작곡가를 작품이 요
구하는 방향으로 리드하면서 아주 구체적인 가이드를 제공하고 아이

디어를 일관성 있게 관철시키는 게 그의 일이고, 그는 그 일을 썩 잘 하는 사람입니다. 영화음악가에게 가장 중요하게 요구되는 자질은, 대사나 숨소리, 효과음, 때로는 침묵까지를 음악의 요소로 파악하는 태도와 그 요소들을 잘 운용하는 능력일 것입니다. 그리고 드라마와 영화의 리듬을 잘 파악하는 능력입니다. 음악 자체보다 그것이 들고 나는 위치를 정확히 지목하는 작업, 흔히 스포팅spotting이라고 하는 그 일을 해내는 데 있어 조영욱보다 뛰어난 음악감독은 한국에 없습니다. 음악을 넣는 일보다 빼는 일을 잘하는 것, 볼륨을 올리기보다 내리는 일을 중시하는 것, 조영욱은 그런 데 강한 음악감독입니다.

  '라스트 신(흑백사진 장면)'의 콘티 계획과 의도, 그리고 결과에 대해서 어떻게 생각하는지요?

  다른 장면은 다 몰라도 여기만큼은 설명하고 싶지 않아요. 그냥 열어놓아 두고 싶은 거죠. 그러니 무슨 유권해석 같은 '연출 의도' 말고, 나도 한 관객으로서 영화 보면서 느낀 몇 가지만 밝혀두렵니다. 정말 개인적이고 주관적인 것들 말이에요. 그 사진은 언제나 내게 이런 생각을 불러일으킵니다. 첫째, '쟤들이 차라리 저 때처럼 서로 모르는 사이로 계속 지냈다면 죽고 죽이는 그 비극이 없었을 텐데……. 잘 있다가 건강한 몸으로 제대했을 텐데…….' 정지된 이미지는 그 시간을 고정해두고 싶어 하는 안간힘의 표현인지도 모르겠군요. 둘째, 저들이 그 네 주인공이 아니라 그들의 평범한 후배들로 보일 때, 또 군사분계선을 상속받아 끝없이 저러고 서 있는 게 아닌가 하는 우울한 상념. 셋째, 미국인 관광객을 향한 이수혁의 제스처를 보며 나도 모르게 외치고 싶어지는 말, "니들이 우리 아픔을 알어? ……가버려!"

기술 시사 후 감독으로서 소감은?
___배우와 크루들이 좋아해주니 너무 행복해서 울고 싶었습니다. 그러나 한편으로 이런 생각도 들었죠. '언젠가는 그들이 별로 안 좋아하는 영화를 찍어야 할지도 몰라. 이 기분에 안주해서는 안 돼.'

이 영화를 통해서 감독이 궁극적으로 이야기하고 싶었던 것은?
___전쟁을 막자.

관객들이 누가 누구를 쏘았고, 몇 발을 쏘았다는 등 그 내용에 대해 설왕설래한 경우가 많았는데 감독으로서 어떤 생각이 들었나요?
___영화가 너무 명료하게 설명되어버리면 그 감독은 재미없어서 어떻게 사나요?

여러 리뷰와 비평 중에서 이의를 제기하고 싶었던 내용이나 인상적이었던 것이 있다면?
___남북관계의 변화에 관련해서, 시류에 편승한 기획이라는 비판에 대해서는 대꾸할 가치도 못 느낍니다. 이수혁의 자살에 관련해서, 적 병사와의 우정을 불편해할 관객을 배려해서 주인공에 처벌을 가했다는 분석은, 언뜻 들으면 뭔가 멋진 것 같지만 내 뜻과는 아무 상관도 없습니다. 그런 건 〈텔마와 루이스〉를 놓고, 남성에게 지지 않으려는 여성 주인공을 응징하는 결말이라고 했던 일부 페미니스트들의 주장과

다르지 않아요. 수혁의 자살은, 내가 나도 모르게 데뷔작부터 일관되게 끌고 온 '죄의식'이라는 테마의 표현일 뿐입니다. 이 모든 비극은 자기로부터 비롯되었다는 점을 그는 잘 알고 있으니까요. 또 이 영화를 남과 북의 대결이 아니라 개인과 체제의 대결이라는 측면에 집중시키려고 했던 의도의 소산이기도 하고요. 영화 전문가도 아닌 백기완 선생께서 "그건 자살이 아니라 체제에 의한 살해였다"라고 말할 때 나는 이명세 감독이 강한섭 평론가의 글을 읽으면서 느꼈을 법한 기쁨을 맛보았답니다.

관객 반응 중에서, 인상적이었거나 기억하고 싶은 것이 있다면?
__홈페이지 게시판에 어떤 아주머니께서 올린 글 중에 이런 게 있었습니다. 남북한 병사들 다 죽었는데 어떻게 마지막 흑백사진 비슷한 장면에서는 다시 살아나서 보초 서고 있느냐는, 이거 뭔가 잘못된 거 아니냐는……. 맞습니다, 그 친구들 다시 살려놓고 싶어서 그 장면 만든 거 맞습니다.

감독의 입장에서 〈공동경비구역JSA〉를 연출하기 이전과 이후 달라진 점이 있다면?
__겁 없이 택시를 자주 타게 됩니다.

〈공동경비구역JSA〉는 감독에게 어떤 의미를 갖는 영화인가?
__때로는 영화가 현실에 큰 영향을 주는 수도 있구나 하는 점을 느끼게 해주었습니다. 제 손을 떠나자마자 걷잡을 수 없을 지경으로 파장을 불러일으키더군요. 모든 신문의 사설들이 이 영화를 다루었습니

다. 국회의원들이 단체로 영화를 관람하고 저와 배우들과 함께 사진
을 찍고 싶어 했습니다. 전 국민이 이 영화 결말의 쓰라린 감정을 음
미했습니다. 앞으로 제 인생은 이 영화로부터 자유롭지 못할 듯합니
다. 그러니 어서 다른 영화를 찍어야겠습니다.

■■■ "대거!"란, 북한 사람들이 경탄할 때 쓰는 말. 정성산 씨한테서 배웠
다. 영화에서도 잘 들어보면 송강호와 신하균이 고소영 사진 볼 때 그 말을
하고 있다.
김광석, 나와 같은 학번이다. 만난 적은 없고. 〈공동경비구역JSA〉 음악을 만
드느라 그의 노래들을 한 5백 번쯤 들었을 뿐이다. 그때는 몰랐는데, 김광석
이 죽었다는 소식을 듣자, 우리는 그가 있어서 80년대를 버텨냈는지도 모른
다는 생각이 들었다.
택시 얘기는 돈이 좀 생겼다는 뜻이다.

'나'를 죽이다

어떻게 만들어졌나 2

〈공동경비구역JSA〉를 작업하시기 전에 〈간첩 리철진〉과 〈아나키스트〉를 준비하셨던 것으로 알고 있습니다. 그 두 작품을 거쳐서 〈공동경비구역JSA〉를 만들고 싶었던 이유와 그 두 작품이 주제 면으로나 〈공동경비구역JSA〉에 어떻게 반영되어 있는 것 같습니까?

___ 〈간첩 리철진〉은 제작사와의 의견 차이 때문에 그만뒀고, 〈아나키스트〉는 〈공동경비구역JSA〉를 만드느라 양보해야 했습니다. 전자는 주위 사람들한테 가장 혹평을 들었음에도 불구하고 희한하게도 나로서는 지금까지도 단연 애착을 가지고 있는 각본이고, 후자는 나도 좋아하면서 바깥에서도 폭넓게 좋은 평을 들었던 물건입니다. 물론 둘 다 내가 연출할 생각으로 썼지만 감독이 교체되면서 전혀 새롭게 리라이팅되었죠. 같은 얘기를 가지고 나 아닌 사람이 만지고 연출을 했을 때 얼마나 달라질 수 있는가를 실감했습니다. 만약에 〈토탈 리콜〉을 버호벤이 아니라 원래대로 크로넨버그가 만들었다면 어떤 영화가 나왔을까요?

〈공동경비구역JSA〉와 연결되는 지점이라……. 〈간첩〉은 물론 분단 문제를 다룬다는 점에서, 즉 주제랄까 내용 면에서 연장선상에 있다고 하겠고, 〈아나키스트〉는 감독의 태도 내지는 자세, 즉 얼굴 정색하고 신중하게, 어른스럽게, 이른바 '완성도'라는 걸 좀 높게 가보려고 했던 점이 비슷합니다. 전자에는 송강호를, 후자에는 이병헌을 캐스팅하고 싶었는데 결국 한 영화에서 둘을 한꺼번에 만나게 되었네요.

〈공동경비구역JSA〉는 많은 영화를 만들고 싶다는 감독님의 바람 아래에서, 혹은 3편의 장편영화 속에서 어떤 의미를 가지는 작품입니까?

먼저 첫 번째 질문에 대해 답하자면…… 너무 오래 걸렸죠. 1년 반이니까. 이래가지고야 평생 몇 개나 찍겠나…… 걱정이 아닐 수 없죠.

다음…… 처음으로 할리우드 B무비의 영향에서 벗어나려고 했던 작품이죠. 아주 의식적으로 노력했습니다. 이 작품의 성격이 그런 걸 요구했던 탓도 있지만 B스러운 영화는 사람들이 존중해주지 않는다는 걸 깨달았기 때문이기도 합니다. 한마디로, 우습게 보는 거죠. (물론 내가 철저하게 그쪽으로 밀어붙이지 못했던 것도 이유가 되겠지만요.) 따라서 〈공동경비구역〉처럼 가능하면 많은 이들에게 가능하면 감동적으로 전해주고 싶은 이야기를 가진 영화는, 그 많은 사람들이 원하는 웰메이드의 방식으로 만들 수밖에 없었습니다. 즉, '그렇게 해야 당신들이 내 얘기를 귀기울여 듣겠다면 그렇게 해주겠다' 입니다. 그건 한번 마음먹기가 어렵지, 하려고만 하면 그리 어려운 일은 아니니까요……. 이제까지의 행보로 보아 앞으로 내 영화 인생은—닐 조던이나 데이비드 크로넨버그의 선례를 좇아—성격이 완전히 다른 두 세계, 즉 메인스트림과 인디펜던트를 넘나드는 쪽으로 전개되지 않을까 하는 생각도 듭니다.

〈삼인조〉라는 제목도 그렇지만 〈공동경비구역JSA〉도 참 무미건조한 제목이라는 생각이 듭니다. 제목은 어떻게 생각하셨습니까?

___데뷔 때의 실수 이후, 멋 부리지 않은 제목을 선호하게 되었습니다. 그때도, 워낙 충무로가 제목을 중시하는 편이라 본래 내 취향과는 다르게 멋을 많이 부려본 경우였습니다. 이번 원작 소설 『DMZ』는 그게 '비무장지대'라는 뜻인데 내용에 전혀 어울리지 않는 이름이었지요. 그래서 어차피 개명이 필요한 상황이었고, 처음 제가 주장했던 건 그냥 〈JSA〉였는데, 너무 불친절한 것 같아서 프로덕션의 주장을 따라 보충했습니다. 제목뿐 아니라 생활에서도 스트레이트한 태도를 중시하는 성격이에요. 아리따운 제목을 찾느라고 교보문고 가서 시집들 뒤적이는 짓은 나하고 안 맞습니다.

처음 박찬욱 감독님의 〈공동경비구역JSA〉의 제작 소식을 들었을 때, 남북문제라는 소재 면에서 상당히 의외라는 생각이 들었습니다. 어떻게 이런 소재를 택하게 되었습니까?

___명필름의 제의를 받아들인 것뿐입니다. 물론 받아들인 데에도 이유는 있겠죠. 이른바 80년대 세대로서, 내가 가진 시대에 대한 생각을 표현하고 싶었습니다. 모두가 혁명을 얘기하던 시절 B무비와 히치콕에 탐닉하던 나와, 인터넷이니 벤처니 매트릭스니 뭐니 떠드는 지금 이런 영화를 만들고 있는 나는 결코 딴 사람이 아닙니다. 자신이 당대의 유행에 거슬러 가고 있는지를 끊임없이 확인하고 승인해야 되려 맘이 편해지고 안정감이 생기는, 그런 타입이니까요, 나는.

남북문제를 영화로 접근하는 데 있어 장르로서의 선택 문제를 떠나 이것은 이데올로기적으로 무시, 혹은 계몽적 태도 등의 함정에 쉽게 빠질 수 있는 소재입니다. 감독님이 가장 경계한 것은 무엇입니까?

　거의 자문자답이군요. 바로 말씀하신 그대롭니다. 아무런 정치적 입장도 밝히지 않는 태도는 몹시 기회주의적인, 한마디로 밥맛없는 것일 테고, 반대로 감독이 어떤 교훈을 관객에게 주입하려는 모습처럼 추한 것도 없으니까요. 다만 '계몽'이란 표현에 대해서는 조금 조심스럽군요. 현대 철학에서 그건 여전히 뜨거운 화제고, 거기 대한 내 생각도 자꾸 변하고 있기 때문이죠. '정서적으로 불편한 뉘앙스를 풍기지만 정치적으로는 아직 유효하다고 본다'는 정도만 지적하고 넘어가도록 하겠습니다.

　영화적 완성도를 떠나 단지 이데올로기나 남북문제에 관한 측면에서만 본다면 최근의 〈간첩 리철진〉이나 〈쉬리〉에 대해서는 어떻게 생각하십니까?

　누군가 〈쉬리〉를 놓고, '오락을 위해 분단을 소재주의적으로 착취했다'고 해도 강제규 감독이 화를 내지는 않으리라고 봅니다. 표현이 좀 그래서 그렇지, 그런 의도는 죄가 아니거든요. 제임스 본드 류의 냉전적 선악 이분법에 근거한 이야기였다면 그런 흥행은 어림도 없었을 테니까요. 저 유명한 최민식의 '햄버거論'은 그 예술성 여부와는 상관없이 정치적으로도 대단한 강펀치 라인이었음을 부인할 수 없습니다. 〈간첩〉의 경우는, 오랜 터부를 깨고 남파 간첩을 동정이 가는 인물로 묘사했다는 점이 중요합니다. 아마 세간의 호평도 거기서 비롯된 것이겠지요. 그런 면에서―장진 감독도 잘했지만―원안을 작성한 영화사 기획진의 공헌 역시 절대적이었다는 점은 꼭 지적해두고 싶습니다. 〈공동경비구역JSA〉는 어디 하늘에서 뚝 떨어진 영화가 아닙니다. 앞의 두 선배가 닦아놓은 길을 그저 몇 발짝 더 갔을 뿐입니다.

이데올로기적 편향성 면이나 계몽적 태도에서 절제를 했다는 점은 〈공동경비구역JSA〉의 큰 미덕이 아닌가 합니다. 통일 문제에 대해서는 어떻게 생각하십니까?

민족주의를, 특히 한국인의 과도한 민족주의 성향을 몹시 두려워하는 쪽입니다. 그래서 〈아나키스트〉 각본에서도 의열단원들이 독립운동의 차원을 넘어 무산자 혁명을 추구하는 무리임을 강조했던 것이고요. 그렇다고 본능적으로 우러나는 민족 감정까지 억눌러야 한다는 주장을 하려는 것은 아닙니다. 다만 통일의 당위성을 강변하기보다는 논리적으로, 현실적으로 분단 상황은 몹시 불편한 것이라는 사실을 설득하는 방향으로 풀어가야 한다고 봅니다. 그리고 통일을 논하기에 앞서 전쟁의 회피가 중요하다는 점을 역설하고 싶군요. 잘 못 느껴서들 그렇지, 한반도는 언제라도 전쟁이 벌어질 가능성이 매우 높은 지역이거든요.

작품 준비하시면서 남북문제에 관련된 과거의 작품들을 많이 보셨을 텐데요. 그중에서 가장 인상에 남았던 작품은 무엇이었습니까?

한 편도 안 보았습니다.

박찬욱 감독님을 떠올릴 때마다 먼저 따라오는 것이, 발간한 저서나 각종 지면에의 기고를 통해서, '영화광 감독'이라는 일종의 고정

관념입니다. 그래서 분명 그러한 영화광으로서의 영화 보기와 경험
이 작품 속에 녹아 있을 것이란 짐작을 하게 됩니다. 그렇다면 〈공동
경비구역JSA〉 작업에 들어가시면서 염두에 두었던 작품이나 감독은
있습니까?

___전혀 없습니다, 언제나 그렇듯이. 염두에 두기는커녕 조금이라도
기성의 영화와 비슷한 표현이 나오면 가차 없이 삭제하느라 바빴습
니다.

감독님 개인에게 있어 판문점이 갖는 (의미가 아니라) 이미지는 무
엇입니까?

___영화에도 나오거니와, 낮고 좁은 콘크리트 턱 하나를 사이에 두고
코앞에 마주선 두 남북 병사의 모습입니다. 그중 하나가 이렇게 뇌까
리지요. "야, 야…… 그림자 넘어왔어. 조심하라우."

소재도 소재지만 예산이나 캐스팅 면에서 〈공동경비구역JSA〉는 대
작입니다. 어떤 특별한 부담감 같은 것은 없었습니까?

___촬영이 끝나갈 무렵 제작자로부터 서울 관객 51만 명이 손익분기
점이란 얘길 듣고 기절하는 줄 알았습니다. 약간의 예산 초과 때문에
슬쩍 귀띔을 해주려고 했던 그 제작자는 오히려 내가 너무 충격을 받
고 심란해하는 모습을 보더니, 그런 문제에 너무 신경쓰지 말라고, 작
품의 퀄리티만 생각하라고 위로해줬습니다. 내 어깨를 다독이는 그
의 손길을 느끼면서, '이거 입장이 바뀐 거 아냐?' 하는 생각이 뇌리
를 스치더군요……. 좌우간 나는 아직도 이게 블록버스터라기보다는
'돈을 들일 만큼 들여 제대로 만든 소품'이라고 여기고 있습니다.

〈달은...해가 꾸는 꿈〉과 〈삼인조〉는 박찬욱 감독님의 스타일에 대한 개성적인 고민이나 자신이 만들고 싶어 하는 영화에 대한 자의식이 많이 느껴지는 작품이었습니다. 그런 점에서 본다면 〈공동경비구역JSA〉는 그런 느낌은 덜한 것 같습니다. 이 작품은 감독님 자신의 어떤 고민들이 반영된 작품이라고 생각하시나요?

___ 나를 죽이려고 애썼습니다. 표현보다는 소통을, 소수 마니아보다는 다수 대중을, 자의식보다는 테마를, 연출보다는 연기를, 스타일보다는 감정을, 미학보다는 정치학을 중시하고, 그리하여 결과적으로, B가 아니라 A가 되게 하려고 했죠. 그렇게 감독의 존재를 영화에서 최대한 지우려고 치열하게 노력한 데 대해, 결과와 상관없이 자랑으로 여기고 있습니다.

감독님의 이 세 작품을 하나로 묶을 수 있는 주제나 키워드가 있다면 무엇일까요?

___ 물론 '죄와 구원'입니다. 가톨릭 전통에서 성장해서 그런지—현재는 신자가 아니지만—어려서부터 그런 문제에 관심이 컸던 편입니다. 스코세이지나 페라라가 생각나나요? 하지만 뭐 그 사람들처럼 친척과 이웃까지 온통 가톨릭인 그런 환경에서 자라난 건 아니고, 한국 가톨릭이 이탈리안이나 아이리시와는 정서가 많이 다르니까 그 영향력의 크기는 많이 떨어지겠죠. 또 하나는 '악순환적 폭력'의 문제일 텐데, 이는 폭력으로 죄를 저지르고 폭력으로 구원을 모색함을 일컫는 말입니다. 이 역시 범죄와 갱스터의 세계에서 자라난 뉴욕의 그 두 '폭력의 사제'들과 비교할 일은 못 됩니다. 내 경우는 국가와 계급 권력에 의한 폭력에 몸서리치며 그것에 대한 저항의 방법으로 다시 폭

력을 택할 수밖에 없었던 한국 현대사의 비극이 중요했지 않았나 생각해봅니다. 물론 그런 면이 늘 영화에 드러나지는 않지만 내면엔 깊게 자리하고 있지요.

이수혁, 오경필, 남성식, 정우진, 소피 중에서 감독님 자신의 페르소나라고 할 수 있는 인물은 누구입니까?

그중엔 없습니다. 있다면 중립국감독위원회의 스위스군 대표 보타 소장입니다. '안락의자' 인류학자이고 행동하지 못하는 휴머니스트인 그의 우유부단함, 그의 절름발이 지성, 냉소적인 성격은 나와 흡사합니다.

소피라는 인물은 중립국감독위원회에서 파견된 최초의 여군이라고 나옵니다. 소피는 〈공동경비구역JSA〉에 등장하는 인물들 중에서 정체성에 대한 고민을 하는 유일한 인물입니다. 그래서 약간은 일차원적이고 단지 우연한 계기를 통해 친구 사이가 된 남자 군인들에 비해서 아버지에 대한 기억을 경유하여 엘렉트라 콤플렉스를 지닌 인물로 묘사됩니다. 특별히 여군으로 설정한 이유가 있습니까? 중립적이어야 할 시나리오 내러티브상의 개연성 이외에 중립국에서 온 여군이 이 영화의 담론에서 차지하는 의미는 무엇입니까?

원작 소설에서는 남자였던 역할입니다. 여자로 바꾼 이유는 간단합니다. 철저한 이방인으로 만들기 위해서죠. 남북 대치의 현장에 엉뚱하게 떨어진 스위스인, 그것도 한국인들이 그토록 혐오하는 혼혈아, 게다가 남자들만의 사회에 나타난 여성……. 거기서 그녀는 모두가 미워하는 사람, 내 편이라고는 하나도 없는 고독한 관찰자가 될 수 있는 거죠. 남부의 깡촌에서 레드넥들에게 둘러싸인 뉴욕 출신 흑인 탐정처럼 말이에요.

〈공동경비구역JSA〉의 이데올로기적 색깔을 선명하게 드러내는 장면은 바로 과거 한국전 당시의 거제도 포로수용소 얘기를 하며, 남과 북 어디에도 동조하지 않았다는 76명에 대한 얘기를 할 때입니다. 그것을 통해 감독님은 어떤 메시지를 전하고 싶었던 것입니까?

___글쎄요. 내 정치적 노선이라고까지 할 수는 없겠고…… 마음 깊은 곳에서, 그들을 영원한 아웃사이더, 방랑하는 화란인, 또는 일종의 무정부주의자로 신비화, 낭만화하고 싶어하는 욕망이 있었음을 부인하기는 힘들군요. 나는 최인훈 『광장』의 영향을 많이 받은 세대입니다. 그래서 그 소설의 엔딩과 이 영화의 전사前史를 포개놓고 싶어 했던 겁니다. 그러나 욕심이 조금 지나쳤습니다. 영화에서 보타 장군이 소피에게 거제도를 설명하는 장면은 너무 설명적으로 보입니다. 잘 알고 있었지만 그냥 넣었습니다. 그렇게 선택했습니다.

소피는 왜 자기 아버지의 사진을 접어놓으면서까지 아버지의 존재를 무시하는 걸까요? 스위스라고 하는 중립국에 거주하면서도 아버지가 인민군 장교였다는 사실이 문제가 되었던 걸까요?

___무시가 아니라 증오입니다. 원작에도 나오지만, 스위스라는 곳에서 전혀 쓸모가 없는 한국어를 가르치느라 아이를 무척 학대하지 않았을까 생각합니다. 그래서 각색본 초고에서는 소피가 제네바로 돌아가 양로원을 방문하는 장면으로 이야기를 마무리했던 것입니다. 그 버전에서 소피는, 혼수상태에 빠진 늙은 아비의 손톱을 깎아주면서

긴 세월에 걸친 반목을 끝내고 있었습니다.

소피라는 역할로 왜 이영애 씨를 캐스팅하셨습니까? 그녀가 방송이나 CF를 통해 가진 이미지는 〈공동경비구역JSA〉에서의 역할과는 분명 상반되는 지점이 있다고 보여집니다.

상반된다고요? 너무 예뻐선가요? 예쁜 것도 죄인가요? 이 역할로 누구를 기용할지에 대해서는 고민하고 자시고도 없었습니다. 백인과의 혼혈아, 법대 출신의 지성인, 능란한 영어 구사력, 연기력…… 달리 누가 있겠습니까? 한 가지 더 든다면 영애 씨가 글래머 배우가 아니란 점이 있습니다. 지나친 섹스 어필은 여기서 해가 된다고 봤거든요. (미안해요, 영애 씨.) 주위 사람들이 여자라서 깔본다는 점 빼놓고는 소피가 어디서도 여성성을 노출하지 않기를 바랐습니다. 남자가 해도 전혀 다를 바 없는 여성 역할, 그것이 내가 생각한 소피였습니다. 남성성을 과시하지 않는 남성 역할은 허다한 데 반해, 여자 주인공들은 왜 꼭 여성성을 팔아야 할까요? 또, 〈어 퓨 굿맨〉에서의 데미 무어 같은 덩치보다는, 영애 씨처럼 불면 날아갈 것같이 생긴 사람이 이를 악물고 불의에 대항하는 모습이 더 멋지지 않은가요?

진상을 조사하기 위해 파견된 군인이 여자일까를 고민하면서, 감독님이 사실은 〈공동경비구역JSA〉를 퀴어 시네마로 만들기 위해서인 것은 아닐까라는 생각을 하기도 했습니다. 어떻게 생각하십니까?

역시 《키노》군요! 날카로운 질문이기는 하나, 노코멘트하렵니다. 다만, 그런 해석을 언제라도 간단하게 부인할 수 있도록, 남성식이 고소영 사진을 가지고 다니는 장면을 넣었다는 얘기 정도만 하고 넘어

가지요. 내게 있어서 그건, "군대 영화에 호모 섹슈얼 코드를 배치하는 건 너무 상투적이고 진부한 발상 아닙니까?" 하고 누군가 힐난해올 때를 대비한 카드 같은 겁니다.

"총을 빨리 뽑는 건 중요하지 않아. 중요한 것은 얼마나 침착하냐야"라는 대사를 번갈아 사용하면서 이수혁과 오경필은 하나가 됩니다. 그 대사는 어떻게 떠올리신 겁니까?

___지금 읽어보니 그 대사, 〈용서받지 못한 자〉에서 진 해크먼이 삼류 작가에게 하는 소리하고 되게 비슷하네요? 오경필 분량을 먼저 찍어놓고 한참 후에 이수혁 분량을 찍을 때 현장에서 갑자기 떠오른 발상이었습니다. 똑같은 숏을 맥락에 따라 전혀 다른 의미를 지니도록 여기저기 재활용한다는 전략을 계속 수행하면서, '그림뿐이 아니라 대사도 그렇게 해보면 어떨까?' 하고 생각해본 거죠. 그때, 빨리 콘티를 수정해주기를 기다리는 조감독을 보면서 속으로 이렇게 중얼거렸던 기억이 나네요. '빨리 찍는 건 중요하지 않아. 중요한 건 영화가 얼마나 극장에 오래 붙어 있느냐야.'

이병헌과 송강호는 어떻게 캐스팅하였으며 특별히 요구했던 점은 무엇입니까? 특히 송강호 씨는 〈쉬리〉에서 남측 경찰로 출연하였고 〈반칙왕〉 등의 작품을 통해 코믹한 이미지가 강한 것이 사실입니다. 그런데 송강호 씨는 〈공동경비구역JSA〉에서 가장 침착하고 사건을 전반적으로 관장하는 인물이라 캐스팅에 많은 위험 부담이 있었을 것이라고 생각합니다.

___나는 늘 병헌 씨가 지나치게 계산하고 준비하지만 않으면 훨씬 더

좋은 배우가 될 거라고 생각해왔습니다. 그래서 그렇게 유도했고, 그 결과 그가 이제까지의 어떤 영화, 드라마에서보다 뛰어난 연기를 보여주는 데 나도 한몫했다고 자부합니다. 5명의 주요 등장인물 중에 가장 연기하기 까다로운 배역은 역시 수혁이었습니다. 제가 원했던 것은 '가장 건강하고 평범한 젊은이'인데, 배우 입장에서는 가장 평범한 연기가 가장 특별하게 어려운 법이니까요. 그 일을 완벽하게 해낸 병헌 씨에게 박수를 보내고 싶은 심정입니다.

송강호는—사람들이 뭔가 잘못 알고 있는 것 같은데—뛰어난 코미디언이 아니라, 뛰어난 배우입니다. 그의 독창적인 인물 해석, 예측불허의 변화무쌍한 연기는 한국영화사에서 독보적인 것입니다. 어느 배우가 어느 역할에  맞을까 하는 문제를 놓고 편협한 사고를 하는 경향이 있습니다. 내 생각으로는, '좋은 배우는 뭘 해도 어울린다'가 정답입니다. 장담하건대, 강호 씨나 병헌 씨처럼 훌륭한 배우라면 아마 역할을 바꿔 해도 좋았을 겁니다. 김태우와 신하균 칭찬도 하고 싶은데, 안 물어주시니 답답하네요.

영화는 엇갈리는 진술 속에서 관객과의 추리 게임을 벌인다기보다, 무언가를 숨기고 있는 듯한 남과 북 병사들의 망설이는 모습에서 과연 숨겨진 비밀이 무엇일까 하는 의문점을 끝까지 맴돌게 하다가 마지막 3부에서 해소시켜줍니다. 왜 이야기를 3부로 나누었으며, 어떤 방식으로 1, 2, 3부를 구성하였습니까?

1부에서 관객은 다짜고짜 총격전의 결과부터 전해 듣습니다. 그 원

인은 오리무중입니다. 이때의 미스터리 장르적인 분위기는 일종의
속임수 같은 것이죠. 이에 반해 2부는, 마치 전혀 다른 영화기라도 하
다는 듯 수수께끼 따위는 안중에도 없습니다. 그저 남북한 병사들이
만나 사랑에 빠지는 과정을 때로는 유머러스하게 때로는 애틋하게
묘사할 뿐이죠. 하지만 관객은 이 에피소드들을 편한 맘으로 구경할
수 없습니다. 그 친구들이 결국에는 서로 총을 마구 쏘아 죽거나 다쳤
다는 사실을 관객은 이미 잘 알고 있으니까요. 언제나 조마조마한 마
음으로 이 우정을 지켜보아야 한다는 점, 남북 교류와 화해의 제스처

를 지켜보는 우리의 심정과 뭐가 다릅니까. 3부에 이
르러 시점의 주체는 다시 소피가 됩니다. 이제 그녀가
파악한 진실이 전해집니다. 이방인의 눈을 통해 보이
는 것이기에 병사들이 서로를 쏘는 모습은 더욱 슬퍼
지는 것입니다.

그 촬영 순서는 어떠하였나요? 촬영이 진행되면서
구성상 변경된 부분은 없습니까?

2부를 먼저 찍었습니다. 영애 양이 연속극 〈불꽃〉을 촬영 중이었기
때문에 그가 없는 분량부터 시작했던 거죠. 변경은 없었습니다.

소피가 처음 파견되고 간부급으로 보이는 한국군 장교가 "전쟁은
그리 쉽게 일어나는 게 아냐", "중립은 없어, 선택만 있을 뿐이야"라
며 한 장병을 윽박지르고 정강이를 걷어차는 장면에서는, 오히려 김
명수가 연기한 북측 장교의 모습보다 더 위압적이고 악질적입니다.
군대 상층부에 대한 일종의 비판이나 혐오로 보이는 이 장면이나 소

피를 계속적으로 아니꼽게 바라보는 그 모습을 떠올려볼 때, 감독님은 군대에 대해서 어떻게 생각하십니까?

___남한군에 대해서만 유독 적개심을 가진 건 절대 아니라는 점을 밝혀두고 싶군요. 표 장군은 남북한 모두의, 그리고 군부를 넘어 체제 전체를 대표하는 인물일 뿐입니다. 분단으로 이익을 보는, 변화를 원치 않는 세력을 상징하는 존재라는 이야기입니다. 그가 북측 장교보다 위압적이고 악질적으로 묘사된 이유는 단 하나입니다. 계급이 높기 때문이죠!

군대 얘기라면, 문제는 남북 공히 징병제를 채택하고 있다는 데 있습니다. 가고 싶은 사람만 가는 군대라면 나 같은 자가 굳이 악감정을 가질 이유가 없겠죠. 감군과 지원병제로의 전환이 절실하게 필요합니다. 그러니까 빨리 통일이 돼야 한다니까요!

영화 속에서 보수언론이 보기에 다분히 친북적인 요소가 많이 눈에 띄는 것이 사실입니다. 그래서인지 〈공동경비구역JSA〉는 특별히 자극적이고 성적인 묘사가 전혀 없는데도 18세 관람가를 받았습니다. 어떻게 생각하십니까?

___이 인터뷰가 진행 중인 현재, 재심을 신청해놓고 기다리는 상황이라, 무어라 입장을 밝히기가 곤란하군요. 다만, 이 얘기는 하고 싶습니다. 북한 사람들 중에 딱 두 사람에 대해서만 애정을 가지고 묘사했을 뿐입니다. 나는 북의 체제를 전혀 좋아하지 않습니다.

저는 음모 이론에서 보자면 이 영화의 내러티브 자체가 하나의 거대한 속임수가 아닌가 하는 생각이 들었습니다. 즉 우연히 지뢰를 밟

게 되어 서로 교류하게 되면서 그들의 죽음은 예정되어 있었고, 소피의 파견은 그저 들러리가 아니었나 하는 것이죠. 그건 바로 남한군의 간부급으로 보이는 자가 처음부터 사건에 대해 아무런 동요도 하지 않는 데다 미군과 함께 운동장을 돌고 있던 소피를 은밀히 쳐다보는 장면에서 느꼈습니다. 어떻게 생각하십니까?

터무니없다고 생각합니다.

3부의 마지막 대치 장면에서 꼭 정우진을 죽여야 했을까요?

죽어도 그냥 죽는 게 아니라, 8발씩이나 맞고 두개골이 터지고 손가락이 떨어져 나가고 하는 식으로 처참하게 죽어야 합니다. 우리의 마음 깊숙이 자리한, 내면화된 빨갱이 포비아가 일시에 폭발하는 순간이니까요. 역설적이게도, 폭력은 언제나 상대에 대한 공포에서 나오는 거니까요.

남성식과 이수혁이 굳이 자살하는 이유는 무엇입니까?

주인공이 죽는 걸 몹시도 싫어하시는군요? 남성식이 혼수상태에 빠졌다는 대사는 나와도 끝내 운명하셨다는 말은 없습니다. 좀 위로가 되시나요? ……사실은 이수혁도 죽지 않는 결말이 준비되어 있었습니다. 사건 후 5년, 민간인이 된 수혁이 비행기를 타고 나이로비로 갑니다. 다시 군사 교관이 되어 아프리카에서 활약하고 있는 경필을 만나기 위해……. 해피엔딩이지만 역시 또 제3국에서 만날 수밖에 없다는 점에서 언해피엔딩이죠. 편집실에서까지 고민하다 여럿의 의견을 좇아 지금의 결말을 채택했는데, 잘한 짓인지 아직도 의심스럽습니다. 난 그게 참 마음에 들었거든요.

선물을 주고받는 사이가 되어서도 남성식은 "우리 속고 있는 거 아냐? 이상해"라며 소심한 생각을 가지고 있고, 기념사진을 찍을 때도 김일성과 김정일의 사진을 애써 가리려고 무진 노력을 합니다. 왜 4명이 함께 찍은 사진은 없는 것일까요? 우진에게 선물하려고 군대에서 미술 도구도 준비할 정도면 특별히 카메라를 따로 준비해서 함께 찍고자 했을 텐데요.

___내가 김씨 부자가 좋아서 이런 영화를 만드는 건 아니다, 이거죠. 그렇다고 그들이 싫어서 그 장면을 만든 것도 아닙니다. 여기서 그들은 어느 특정 지도자가 아니라 모든 체제의 상징일 뿐입니다. 호오를 떠나 그들은, 바로 그런 의미에서 단호히 배제되어야 했던 겁니다. 자동 셔터 타이머를 사용하지 않은 건 남성식을 따로 두려고 했기 때문입니다. 결국 비극은 그의 광기에서 시작되니까요.

이수혁이 죽는 장면에선 카메라 워크로 볼 때 개인적으로 브라이언 드 팔마의 〈칼리토〉에서 알 파치노의 죽음을 떠올렸습니다.

___이거 죄송해서 어쩌죠? 드 팔마의 그 장면이 어땠는지 잘 기억나지 않네요. 〈공동경비구역JSA〉에서는 아마 지미집이라는 장비를 사용해서 빙글 도는 카메라 효과를 낸 숏 얘기가 아닌가 싶네요. 〈칼리토〉에 그런 회전 화면이 있었는지는 몰라도…… 어쨌든 그 장면은 1부에서 남성식이 투신하는 순간과 쌍을 이루는 것입니다. 성식이 흘린 피의 자국이 아직 선연한 그 자리에서, 성식을 자살로까지 몰고 갔다는 죄의식 때문에 죽어야 하는 수혁의 감정을 분명히 하기 위해서 동일한 테크닉을 사용한 거죠. 둘 다 얼굴을 거꾸로 하고 있는 순간이라는 데 주목해주십시오. 그 얼굴을 바로 찍으려면 카메라가 거꾸로 서야 합

니다. 그러면 배경이 뒤집히죠. 다름 아닌, '개인과 체제의 갈등' 테
마의 재등장입니다.

이수혁 병장은 분명 현재 90년대의 군인임에도 불구하고 언제나
한대수나 김광석의 음악을 즐겨 들습니다. 〈삼인조〉에 삽입된 들국화
의 노래도 그러했지만 이렇게 약간은 시간 차가 있는 선곡을 하신 것
은 감독님 개인의 취향이 반영된 것은 아닙니까? 그리고 최근 한국영
화들이 〈접속〉〈약속〉 등의 멜로영화는 물론이고 최근의 〈죽거나 혹
은 나쁘거나〉에 이르기까지 외국곡을 삽입하는 것이 관례처럼 되어
있는데, 박찬욱 감독님은 그렇지 않은 것 같습니다.
__ 민족주의자여서가 아니고, 서양 팝 음악은 너도나도 다 쓰니까 그
러는 거죠, 뭐. 묵은 노래들을 쓰는 이유도 별거 없습니다. 요즘엔 노
래 같은 노래가 드무니까. 전인권, 한대수, 김광석의 노래들이 발표된
지는 좀 됐어도 시대에 뒤떨어진 음악은 아니잖아요? 고전이 달리 고
전인가요, 언제 들어도 좋으니까 고전이지.

남성식이 자신의 애인이라고 속이면서 꺼내놓는 사진은 바로 고소
영의 사진입니다. 북쪽의 군인들이 고소영이라는 배우에게 반할 거
라고 생각하셨습니까? 많은 배우들 중에서 고소영을 택한 이유가 있
습니까?
__ 명필름에서 초상사용 허락을 가장 쉽게 얻을 수 있는 여배우는 전
도연과 고소영이었는데, 둘 중에 이북 남자들 취향에 더 어필할 수 있
는 쪽은 후자라고 판단했습니다. (미안해요, 도연 씨.) 다만 본인이
추천한 사진은 못 썼습니다. 너무나 스타답게 연출된 작품이어서, 평

범한 군바리가 제 애인 사진이라고 내놓기엔 적당치 않았거든요. (미안해요, 소영 씨.)

개인적으로 기억에 남는 장면은 남성식의 여동생을 조사하고 그 여동생이 일을 하기 위해 인형 복장을 하고 무대로 나가고 난 뒤, 무대 뒤에 남은 소피를 보여줄 때였습니다. 그것이 흔한 직업은 아닌데 어떻게 생각하신 겁니까?

___놀이공원 말씀이군요. 첫째, 무미건조하고 살풍경한 군기지와 가장 대조를 이루는 장소를 골랐습니다. 둘째, 이런 비극은 나 몰라라 하고 즐겁게 놀아나는 세상 사람들의 무관심을 보여주고 싶었습니다. 소피가 "이 병장 일, 걱정 안 되나 봐요?"라고 묻자, 수정인 아주 캐주얼하게 답합니다. "저, 수혁 씨 심각하게 생각 안 해요." 셋째, 실물을 보고도, '저 얼굴, 어디서 본 것 같은데⋯⋯?' 하고 고개를 갸우뚱하면서도 당장은 잘 생각나지 않을 만큼, 적당히 소란스럽고 들뜬 분위기가 필요했습니다. 좀 알아볼 만할 때 수정이가 동물 가면을 뒤집어쓰는 것도 바로 그래서죠. 넷째, 가면을 쓴 채로 "제 얼굴에 뭐가 묻었나요?"라고 묻는 장면은, 내가 좋아하는 종류의 유머를 잘 보여주고 있습니다. 비록 시사회에서 단 한 명의 관객도 웃지 않았지만.

〈공동경비구역JSA〉를 슈퍼35미리로 촬영한 이유는 무엇이고 어떤 효과를 얻을 수 있었다고 보십니까?

___우선 명필름의 제안이 있었습니다. 시네마스코프를 시도해볼 수 있는, 한국에서는 흔치 않은 기회인데, 그걸 마다할 감독은 없겠죠. 정식 시네마스코프 방식은 비용이 엄청나게 들거든요. 카메라 대여료

도 비싸고 라이트도 몇 배나 동원해야 하죠. 애너모픽 렌즈는 심도가 무척 낮기 때문이에요. 안 그래도 야외 밤 장면은 거의 개방 노출로 가다시피 하는 한국 현실에서 그런 방식은 현실적으로 불가능에 가깝다고 할 수 있죠. 따라서 보통 카메라에 약간 손만 보면, 그냥 쓰던 렌즈 그대로, 밝게 쓸 수 있는 슈퍼35야말로, 정식 시네마스코프를 대체할 수 있는 경제적인 대안인 것입니다. 요즘은 할리우드에서도 많이들 쓰고 있죠.

그럼 시네마스코프 비율은 뭐가 좋으냐? '와이드 스크린' 하면 꼭 무슨 〈아라비아의 로렌스〉 같은 영화에나 어울리는 방식이라는 선입견이 있지만 꼭 그런 것은 아닙니다. 물론 시네마스코프로 우선 시원한 야외 롱숏을 얻을 수 있습니다. 〈공동경비구역JSA〉에서는 갈대밭이나 설원 같은 야외 로케이션에서 진가를 발휘했죠. 하지만 뜻밖에도 이 종횡비는 둘째, 네 병사들이 어울리는 장면이 많은 이 영화에서 그룹 숏을 찍기에 적당했습니다. 셋째, 역설적으로 시네마스코프는 과감한 클로즈업을 요구합니다. 좌우가 넓은 관계로, 다른 사람 안 걸리는 단독 숏을 잡으려면 천상 팍팍 들어가줘야 한다는 거죠. 그렇게 빅 클로즈업으로 밀고 들어가서 두 눈만 딱 잡을 때 이 종횡비는 빛을 발합니다. 더구나 그런 용감한 클로즈업과 대담한 롱숏이 맞부딪치는 순간은 어떻습니까. 그야말로 레오네적인 편집의 쾌감이 살아나는 거죠.

영화의 처음과 곳곳에 배치된 올빼미의 시선은 무엇을 의미하는 것입니까?

__올빼미__가 아니라 수리부엉이입니다. 그놈은 첫째, 목격자입니다.

중립적이고 가치 평가를 하지 않는 냉혹한 역사의 신. 둘째, 그것은 동시에, 반대로, 이성이 잠든 밤에 활동을 시작하는 광기의 상징이기도 합니다. 셋째, 그 눈동자의 생김새는 이 영화에서 즐겨 사용한 원형 모티브에 해당됩니다⋯⋯. 혹시 헤겔이 말하는 '미네르바의 부엉이'를 떠올리고 하신 질문이라면, 대답은 '절대로 아닙니다'입니다.

영화의 성격상 〈공동경비구역JSA〉는 판문점이나 '돌아오지 않는 다리' 등 가상의 세트 위에서 촬영되었습니다. 실제의 공간을 그대로 재현하는 것 외에 특별히 어떤 식으로 공간을 구성하였습니까?

능력이 닿는 한 최선을 다해 실제 현장에 가깝게 재현하려고 노력했을 뿐입니다. 이건 〈슬리피 할로우〉가 아니니까요. 예외가 있다면 북 초소의 지하 벙커 정도? 실제로 그런 게 있는지 어떤지도 모르면서 은밀한 불륜의 분위기를 연출하고자 설정한 공간이었죠. 사무실과 병실 모두에 블라인드 커튼을 설치하고 그 그림자를 인물들 얼굴에 드리우게 한 것도 괜히 토니 스콧 흉내를 내려고 해서가 아니었습니다. 진실과 허위가 뒤섞인 상황을 묘사하는 데 있어, 그 줄무늬 그림자는 꽤 효과적이었죠.

모든 사건은 밤에 일어납니다. 밤 장면의 촬영은 어떤 방식으로 접근하였습니까?

'고독'입니다. 주인공들에겐 죽고 사는 문제인데, 체제는 그러거나 말거나 자기가 미리 정해둔 결론을 향해 그냥 가는 거죠. 그런 뜻에서 갈대밭, 성식의 투신, 수혁의 자살 장면 등이 (각본과는 다르게) 밤으로 바뀌었습니다.

카메라가 남과 북을 바라보는 시선은 어딘가 다르지 않나 하는 느낌을 받았습니다. 내러티브뿐만 아니라 카메라를 가지고 남과 북이라는 공간에 대해 어떤 원칙으로 접근하셨습니까?

__반대입니다. 남과 북을 구별하지 않고 똑같이 바라보는 것이야말로 관건이었죠. 이 영화에서, 인물을 둘러싼 공간은 곧 체제를 뜻합니다. (그 엄청난 차이에도 불구하고) 개인의 휴머니즘을 억압할 수밖에 없는 체제라는 점에서 남북한은 공통점을 가지고 있으니까요.

중반부에 오경필이 외국인 관광객의 모자를 집어주면서 부감으로 잡아냈던 장면을 라스트의 흑백사진 장면으로 교체하면서, 편집을 통하지 않고 프레임의 크기를 훨씬 뛰어넘는 사진을 훑어가는 카메라 시선의 이동을 통해 보여주려고 했던 건 어떻게 떠올린 아이디어입니까?

__영화 중반부, '판문점 투어' 장면이 먼저였죠. 바람에 날아간 관광객의 모자를 인민군 병사가 주워준다. 미군 안내 장교는, 남한에서는 그걸 받아오는 행위만으로도 죽을죄가 된다고 조크한다……. 국가보안법 철폐 투쟁에 동참하기 위해 만든 장면이었는데 그 이유만으로는 편집 과정에서 버티기 힘들다고 봤습니다. 그것은 드라마에 영향을 주는 에피소드가 아니었고, 따라서 러닝타임을 줄여야 할 상황이 닥치는 순간 제일 먼저 잘려 나갈 게 뻔하니까요. 그래서 어떤 편집자나 제작자도 자르자는 얘기를 못 꺼낼 정도로 멋진 재활용을 해야겠다고 마음먹었던 겁니다. 네 병사가 서로 모르던 시절에 우연히, 그것도 미국 관광객에 의해 찍힌 사진으로 영화를 마무리한다면 제법 아이로니컬하지 않을까…… 그런 계략이었죠.

감독님이 생각하시기에 〈공동경비구역 JSA〉에서 감독님의 욕심이 반영된 가장 명장면이라고 할 만한 장면은 무엇이라고 생각하십니까?

＿단연 '쪼꼬파이' 신입니다. 쥐뿔도 가진 것 없으면서 오직 자존심 하나로 버티는 북조선 사람들의 오기가 잘 표현되었습니다. 가장 간단한 편집과 미장센 속에서 오직 배우들의 연기만으로 강렬한 느낌을 만들어냈죠. 엄숙함과 유머가 뒤섞여 있다는 점도 마음에 듭니다.

촬영 중 가장 NG가 많이 났던 장면은 무엇입니까?

＿믿기지 않겠지만 북에서 보낸 편지가 땅바닥에 떨어지는 장면입니다. 자꾸 프레임을 벗어나는 바람에 스무 번 넘게 찍었죠. 나머지는 모두 몇 테이크 안 갔습니다. 돈 많이 들인 영화치고는 필름을 퍽 적게 쓴 영화인 셈이죠. 스태프와 배우들이 모두 선수라서 가능했던 일입니다.

처음에 구상을 하고 콘티를 짜셨을 때와 비교해서 현장에서의 느낌이나 상황을 통해서 가장 많이 변경되었던 장면은 무엇입니까?

＿병사들이 이별을 아쉬워하는 장면과, 소피와 수혁이 헤어지는 장면입니다. 준비 다 해놓고 찍으려고 할 때 갑자기 생각이 바뀌었습니다. 뭔가 어색하고 상투적이고…… 하여간 맘에 안 들었죠. 현장에서 카메라나 편집은 물론이고, 대사까지 몽땅 바꿔버렸습니다. 스태프들과 배우들까지 머리를 맞대고 하나하나 상의해서 고쳤죠. 눈물이 나도록 감동적인 순간이었습니다. 내 머리 하나만 믿고 갈 때에 비해 얼마나 마음 든든하던지!

　다음으로 구상하고 있는 작품은 무엇입니까? 있다면 간단한 소개를 부탁드리겠습니다. 그리고 언제쯤 우리가 볼 수 있을까요?

　둘 중 하나가 될 것 같습니다. 〈박쥐〉라는 제목을 가진 흡혈귀 영화는 차라리 종교영화에 가까운 공포영화입니다. 송곳니가 뾰족한 사람은 하나도 안 나오지만 악마는 직접 등장할 예정입니다. 유괴범과 아이 아버지의 입장을 비교하는 제목 미정의 또 한 편에서는 계급 문제를 다룹니다. 지독하게 비정한 미니멀리즘 영화죠. 둘을 다 찍고 나면 인혁당 사건을 다큐멘터리적으로 재현하는 작업을 하고 싶습니다. 뭐가 됐든 다음 작품이 언제 나오느냐고요? 그건 여러분이 〈공동경비구역JSA〉를 얼마나 많이 봐주느냐에 달려 있습니다.

■■■ 언제나 집요했던 《키노》와의 서면 인터뷰. '제목 미정' 영화는 훗날 〈복수는 나의 것〉이라는 이름으로 발표된 바로 그 작품. 〈박쥐〉는 그래도 일정이라도 잡혔지만 인혁당 영화는 기약도 없이 마냥 연기만 되고 있다. 〈그때 그 사람들〉 사태를 지켜보면서 또 '멀었구나……'고 생각했다. 마음의 짐이다.

인공기 휘날리며

촬영 중에 생긴 일

이번 영화에는 북한 장면들이 좀 필요했다. 오랜 물색 끝에 지방의 어느 사립대 본관이 채택되었다. 지난날 어떤 독재자가 관여했던 그 학교의 건축 양식은, 한눈에도 북의 그것과 닮아 있었다. 제작진은, 전체주의 정권들끼린 통하는 데가 있다는 이야기를 하며 조금 웃었다. 대형 인공기를 내걸고, 옥상에 김일성 주석의 교시가 적힌 글자판을 몇 개 세우는 정도의 노력만으로, 그 집은 나무랄 데 없는 개성 육군병원으로 둔갑했다. 외경을 하루 찍고 며칠 후 다시 와 내부를 찍기로 했는데, 첫날 일이 끝나기도 전에 변이 났다. 학교와 인근 경찰서에 전화가 빗발친다는 것이었다. "주사파가 학교를 점거했다!", "북의 공수부대가 침투해 지역을 장악해버렸다!"……. '무분별하게 촬영을 허가한' 행정직원들에게 교수들의 준엄한 호통이 떨어졌고, 극좌모험주의 단체로 오해받은 총학생회는 '입장이 난처해졌다'는 말만 되풀이했다. 전날 경찰에 미리 알려놓은 보람도 없이 우리는 무조건 철수해야 했고, 다시는 거기 갈 수 없었으며, 다른 마땅한 장소를 끝내 찾아내지 못한 채 결국 남은 분량을 포기할 수밖에 없었다.

멀리서 휘날리는 인공기를 발견하는 순간 그 동네 사람들의 뇌리에는, 80년대 TV에서 지겹도록 본 전공투의 동경대 점거 장면이나, 〈쉬리〉의 특수 8군단이 스쳐갔던 모양이다. 그중 몇몇은, 춘풍에 흩날리

184

는 꽃잎을 보고 낙하산 떼를 봤다고 확신했을지도 모르는 일이다. 콩
사탕이 싫다는 말을 잘못 알아듣고 만행을 저지른 공비들처럼 말이
다. 그러나 신뢰할 만한 대북 관찰자들은, 정작 그 콩사탕 일당은 미
국의 기습 공격을 몹시 두려워하고 있더라고 증언한다. 결국 휴전선
남북의 한국인들은 모두 상대방이 쳐들어올까봐 겁에 질려 있는 셈
인데, 여기서 문제는, 상대에 의한 선제공격에 대한 공포가 길어지면
길어질수록, 차라리 이쪽에서 역선제공격함으로써 그 공포를 종식시
키고 싶다는 유혹이 커진다는 점이다. 그리고 재미있는 건, 그게 바로
내가 영화 〈공동경비구역JSA〉에서 다루고 있는 얘기라는 사실이다.

■■■ 대구 영남대에서 직접 겪은 일이다. 정말 인민군 낙하산이 수백 개 내
려오는 모습을 봤다는 신고 전화가 있었다. 그 일 있고부터는 UFO 안 믿는
다. 그런 거 다 환각이다.

'당신'에게 들려주고 싶은 이야기

셀프인터뷰

영화가 마무리되어가는 요즘, 심정이 어떤가요?

실로 1년 반이 걸렸습니다. 순수 제작비만 30억원 넘게 쏟아부었습니다. 이제 와서 드는 생각이라고는 그저, '기껏해야 100분짜리 오락을 위해, 너무 많은 돈과 사람들의 피땀이 착취되는구나' 뿐입니다. 얼마 전 폴리 작업을 보러 양수리 종촬에 갔었는데…….

폴리가 뭐죠?

왜 문 여닫는 소리, 발걸음 소리 같은 걸 만들어서 효과음으로 쓰잖아요, 그걸 폴리foley라고 합니다. 대개의 한국 감독들은 그 녹음 현장에는 잘 안 가보는데, 이번 사운드 작업을 맡은 '블루캡'의 김석원 사장이 한번 와보는 게 좋겠다고 해서 갔었죠. 그 복더위에, 소음 때문에 에어컨도 꺼놓은 채, 두꺼운 군복을 입은 폴리 아티스트가 (벌떡 일어서더니, 동작을 흉내내며) 권총을 뽑으면서 뒤로 나자빠지는 동작을 되풀이하고 있더군요. 김사장님의 주문도 가관이었습니다. "좀더 정신 나간 사람이 넘어지는 소리를 내보지", "무릎에 총 맞은 사람이 넘어지는 소리는 이것과는 좀 다르지 않을까?". 그 사람들은 관객들에게 조금이라도 그럴듯한 넘어짐의 세계를 열어주기 위해, 눈곱만큼이라도 진일보한 넘어짐의 예술을 창조하기 위해, 수십 번이고 수

백 번이고 넘어지고 또 넘어지고 있었던 겁니다. 어떤 영화가 한 만 명밖에 손님이 안 들었다고 칩시다. 작품성이고 나발이고, 참 허망하지 않겠습니까? 어떻게 만든 물건인데⋯⋯. 그때 나는 또 한번 생각했습니다. 흥행은 망쳐도 좋으니까 내 예술만 챙기면 된다고 생각하는 감독이 있다면 그 인간은 좀 나쁘다.

언제부터 그렇게 흥행을 중시하는 감독이었던가요, 당신이?

잘 안 먹혀서 그렇지, 한 번도 상업적이고자 하는 노력을 게을리해본 적이 없습니다. 그리고 참고로 말해두겠는데, 또 그렇게 모욕적인 질문을 하고 싶다면 그러기 전에 다시 한번 잘 생각해보는 게 좋을 겁니다. 그 말을 꺼내는 순간, 당신은 오늘 인터뷰의 마지막 질문을 던지고 있는 자신의 모습을 발견하게 될 테니까요.

그럼 그 '잘 안 먹힌' 이유는 뭐라고 보십니까?

작품 외적인 이유도 많았겠지만 그런 얘긴 하나마나고⋯⋯. 영화가 재미있어야 한다고 생각할 때, 그럼 누구에게 재미있는 거냐는 질문이 뒤따르게 됩니다. 그냥 뭉뚱그려서 '관객'이라고 하지만 그것은 얼마나 다양한 개인들로 구성되어 있습니까. 그들은 서로 상반된 취향을 갖기도 하죠. 그럼 누구한테 맞출 것인가. 30만 명과 상의해가면서 영화를 찍을 수 없다면, 결국 믿을 건 나밖에 없는 겁니다. 내가 재미있으면 다들 재미있어할 것이란 믿음. 모든 작가는 창조자이자 첫 번째 감상자기도 한데, 이제껏 수많은 영화들을 보면서 자연스레 생겨난 기준에 의해 자기 작품도 호오가 판가름날 수밖에. 결국 상업적인 영화를 만드는 작가와 그렇지 않은 작가와의 차이는 거기서 오는 게 아닐까요? 사실 한국 감독들 영화 만드는 실력은 다 거기서 거기. 다만 〈더 록〉 같은 영화를 좋아하니까 〈쉬리〉를 만드는 거고, 오즈나 브레송을 좋아하니까 〈강원도의 힘〉이 나오는 것뿐. 결국 내놓는 영화는 감독의 기준에 따라 달라지는 거고, 그 기준은 남이 만든 다른 영화들이 만들어준 거죠. 간단한 이치입니다. 그런데 문제는 내가 좋아하는 영화들과 대중이 좋아하는 영화가 많이 어긋나 있다는 점이죠.

당신이 좋아하는 영화들을 대중이 싫어하는 이유는 뭔가요?
여러 면에서 그렇지만 가장 치명적인 건, 유독 한국의 기자, 비평가들이 그토록 중시하는, 이른바 '완성도'의 문제가 아닐까 합니다. 난 돈 많이 들여서 잘 다듬어진, 명배우의 열연이 돋보이고 물 흐르듯 자연스럽게 스토리가 전개되며 기술적으로 한 치의 흠도 없는, '웰메이드' 영화에 흥미를 느끼지 못합니다.

결국 또 B무비 얘기군요. 그렇게 좋은가요?
모든 면에서 평범하기 그지없는 내가 왜 예술의 영역에서는 그렇게 별난 취미를 가지게 됐는지 참 알다가도 모를 일입니다. 영화를 신물 나게 보던 영화광이 마지막으로 정착하는 게 그런 영화들이라고 하지만 난 아주 초창기부터 거기 빠졌죠. 일단 그렇게 되고 나면 잘 돌이켜지지가 않아요. 그래서 난 세상의 모든 영화감독들을 D 렉터와 B렉터로 나눌 수 있다고 봅니다. 전자는 렉터 박사Doctor고 후자는 렉터 학사Bachelor죠.

　사람들이 〈쇼크 코리도〉보다 〈벤허〉를 좋아하는 건 당연하지 않은 가요?

　솔직히 말해, 아무리 생각해도 왜 그런지 이해가 안됩니다. 난 새뮤 얼 풀러의 한 편을 윌리엄 와일러의 전편과도 바꿀 생각이 없거든요. 음악이나 미술, 문학에서도 그 대중과의 괴리는 마찬가지입니다. 결 코 내가 높은 예술 취향을 가졌다는 잘난 체가 아닙니다. 톰 웨이츠가 비틀스보다 위대하다고 볼 수는 없으니까요. 오히려 나로선 매우 괴 로운 골칫거리죠. 게다가 B무비를 좋아한다면서, 이율배반적이게도 장르영화는 싫어하니 그것도 문제입니다. 예를 들어 류승완이는 장 르영화를 만드니까 사람들이 좋아하지 않습니까? (고개를 절레절레 흔들며) 그런데 난…….

　잠깐. 얘기가 나왔으니 말인데, 〈죽거나 혹은 나쁘거나〉의 성공을 지켜보면서 기분이 어떠신지요?

　본인 못지않게 어리둥절합니다. 이러다 내가 〈공동경비구역JSA〉의 감독으로서가 아니라 류승완의 영화 스승으로 후세에 기억되는 게 아닌가 하는 두려움에 떨고 있죠.

　〈죽거나 혹은 나쁘거나〉를 좋아하나요?

　물론. 하지만, 좀 아쉬운 건 있습니다. 더 '쎄게' 가야 했다고 생각 합니다. 교사에게 린치를 하는 장면도 속시원하게 아주 구체적으로 묘사하고. 눈을 파내는 행위도 손가락이 아니라 (옆에 있던 포크를 집 어들고) 이런 걸로 그냥 푸욱……!

(서둘러 말을 끊으며) 이제까지 만든 두 작품에 관해 좀 말해주시죠.

내가 만든 영화는 두 편이 아닙니다. 작년에 35밀리로 30분짜리 단편을 만들었으니까 2와 3분의 1편이 맞죠. 먼저, 데뷔작 〈달은...해가 꾸는 꿈〉은 스타일리스트로서의 가능성을 따져본 영화였습니다. 그때 내가 그랬죠. 그래서 줌아웃/트랙 인 따위의 테크닉도 쓰고 좀 기교적이고 현란한 문법을 구사했습니다. 상업영화로서는 꽤 실험적인 시도도 많았고. 따라서 내용에서는 지독하게 통속적으로 가려고 했습니다. 극저예산 영화로서 시장에서 살아남을 길은 그것밖에 없다고 판단했으니까요. 류승완이도 그런 면에 반해서 무작정 날 찾아왔던 거고. 비평 쪽에서는 완전히 무반응이었고 흥행도 형편없었습니다. 지금 보면 그 영화에서 보이는 감상주의와 치기가 한심스럽지만, 게다가 이승철 없이는 영화를 만들지 않겠다던 제작자가 밉기도 하지만, 어쩌겠습니까, 지나간 일인데.

〈삼인조〉는 또 전혀 다른 분위기던데요?

이십대에 데뷔를 한 것까진 좋았는데 4, 5년을 놀다 보니 울분이 많이 쌓였죠. 지금 돌이켜보건대, 그래서 그렇게 난폭한 영화를 찍고 싶어 했던 게 아닌가 하는 생각이 드네요. 그밖에도 그 사이 많은 변화가 있었습니다. 우선 새로운 친구들을 좀 사귀었는데, 그중 이훈이란 자가 날 많이 바꿔놨던 것 같아요. 그 친구 덕분에 엉뚱한 유머와 드라이한 분위기를 좋아하게 되었죠. 〈달콤한 포로〉와 〈마스카라〉를 찍고 요절해버렸지만 영향은 여전합니다. 그리고 이무영을 만나 함께 각본을 쓰면서 이후니어스한 분위기가 더 짙게 깔리게 된 겁니다.

이무영 씨와의 작업을 더 자세히 설명해주시죠.

퍽도 많이 썼죠, 둘이서……. 〈삼인조〉 〈공동경비구역JSA〉 말고도 지금 이무영이 감독 데뷔작으로 준비하고 있는 〈휴머니스트〉, 결국은 남이 만들었지만 처음엔 내가 만들려고 했던 〈간첩 리철진〉 〈아나키스트〉, 그밖에 아직은 서랍 속에서 썩고 있는, 그러나 언젠가는 만들고야 말 열두 개의 이야기들……. 우리의 강점은 빠르다는 겁니다. 한 사흘이면 뚝딱, 한 편 나와요. 그래서 각자의 성을 따서 '박리다매'라는 브랜드도 만들고 각본을 싸게 팔겠다고 소문을 냈는데 영 주문이 안 들어오네요. 이거 꼭 써주세요.

알겠습니다……. 본론으로 돌아와, 〈삼인조〉는 어땠나요?

역시 별로 높은 평가를 받지는 못했지만 아까 말한 '관객으로서의 나'가 좋아하는 영화입니다. 그 영화의 주제는 '사람은 외로운 게 무서워서 자꾸 동반자를 찾게 되지만 아무리 그래봤자 결국 인생은 혼자 가는 것이다'인데, 그게 잘 살았으니까요. 애초 생각보다 덜 난폭한 영화가 된 까닭은 김민종이라는 배우의 캐릭터 때문인데 그럼에도 불구하고 난 그가 연기한 내 주인공에 애정이 갑니다. 내 분신과도 같은 배역을 연기한 이경영도 맘에 들고요. 다만 스타일을 추구하는 태도에 대해 혐오감을 가지게 된 나머지 형식적으로 좀 밋밋하게 갔던 건 실수였다고 봅니다. 차라리 처음에 계획했던 대로 굉장히 거칠고 과격하게 갔더라면 상업적으로나 비평적으로 성공하지 않았을까 하는 생각이 들어요. 상업성을 잃을까봐 얌전하게 만들었더니 좀 어정쩡해진 거죠. 거 참 어려운 일이에요. 상업성을 고려했는데 상업에 실패하면 망신살이 뻗치는 거죠.

요약하자면, 〈달은… 해가 꾸는 꿈〉은 내용에서, 〈삼인조〉는 형식에서 실패한 셈이군요?
뭐 실패라고까지 말하고 싶지는 않지만…… 아무래도…… 꼭 그런 건 아니지만…… 쩝…… 그렇다고 할 수도 있겠다고 보는 시각도 가능하다는 생각이 이따금 드는 걸 막을 수는 없겠죠……. 다시 한번 중요한 건, 자신의 기준에 맞추는 겁니다. 관객에게 아부하려고 하지 말고 죽이 됐든 밥이 됐든 내가 보고 싶은 영화를 만드는 수밖에 없는 거예요. 그걸 진심을 가지고 해내면 그 진심이 관객에게도 전달된다고 봅니다.

드디어 신작 얘기를 할 순서로군요……. 〈공동경비구역JSA〉도 전의 두 편처럼 B스러운가요?
잠깐, 내 귀여운 단편, 〈심판〉에 관해서는 안 물어보나요?

시간상 단편은 생략하죠.
이거야 원……!

다시, 〈공동경비구역JSA〉도 전의 두 편처럼 B스러운가요?
절대 아니죠. 30억 들었다니까요! 관객이 싫어하는 걸 알면서도 그 돈으로 B를 만든다는 건 죄악이에요, 죄악! 웰메이든지 어떤지는 몰라도 어쨌든 그 완성도란 걸 좀 높여보려고 꽤나 애를 쓴 편입니다.

하기 싫은 일을 한 셈이네요?

처음엔 그랬죠. 미학적 노선이라기보다는 일종의 생존을 위한 전략이나 정책에 가까운 정치적 결정이었으니까요. '이 작품을 유작으로 삼지 않으려면 억지로라도 완성도 높은 영화를 만들어야 한다. 몸이 잘 안 따르더라도…….' 그런데 각본을 쓰기 시작하면서 그런 건 기우에 지나지 않다는 사실을 알게 됐습니다. 촬영 현장에서나 후반 작업 중에도 그렇구요. 어느덧 이 일을 즐기고 있는 자신의 모습을 발견하게 된 겁니다.

어떻게 해서 그런 일이 일어나게 되었을까요?

아마도 소재 때문일 것입니다. 아시다시피 이건 작게 보면 분단의 고통을, 넓게 보면 개인과 체제 사이의 충돌을 다룬 이야깁니다. 따라서 상당히 조심스럽게 접근하게 되더군요. 엉뚱한 재치나 프티 부르주아적 아방가르드 취미, 지식인적 급진주의 같은 건 끼어들 자리가 없죠. 관객들에게 꼭 전해주고 싶은 이야기가 있기 때문에, 한 명이라도 더, 조금이라도 더 감동적으로 봐줬으면 좋겠다는 마음 때문에, 그들을 당황시킬 수 있는 어떤 예술적 시도도 하기 싫었습니다. 그저 흥행에 성공해야겠다는 욕심과는 다릅니다. 결론은 같더라도 동기가 달라요. 맘에 없는 아부가 아니라 절실한 부탁입니다. 예전 영화들이 '내'가 하고 싶은 얘기였다면 이 영화는 '당신'한테 들려주고 싶은 얘깁니다. 그러니 당신이 좋아할 말투와 태도를 택하는 건 너무나 당연한 노릇입니다.

명필름이라는 프로덕션의 요구 때문은 아닌가요?

메인스트림에의 합류를 결정한 바에야 메인스트림답게 놀아야죠.

신작이 전작들과 다른 점을 하나 더 든다면?

요즘 배우와 연기에 관해 생각을 많이 하고 있습니다. 두 번 세 번 되풀이 보게 되는 영화들이 어떤 공통점이 있나 하고 궁리해봤더니 '뛰어난 연기'가 답이더라구요. 아니, 연기보다는 배우가 정확한 표현이겠군요. 연기를 특별히 잘하지 않았어도 배우가 가진 매력만으로도 먹어주는 영화가 많으니까요. 그래서 이번에는 배우를 받쳐주는 연출, 연기를 도와주는 편집을 하기로 마음먹게 된 겁니다. 그러다 보니 자연히, 강렬한 작가의 개성을 노출한다거나 무슨 뛰어난 연출력을 과시한다거나하는 일과는 거리가 멀어졌죠. 그리고 지금은 그런 면에서 어느 정도 자부심을 느끼고 있습니다. 특히 네 병사가 함께 나오는 장면들은 한국영화에서 특히 취약했던 앙상블 연기를 보여주고 있어서 좋습니다. 그리고 TV 출신의 이병헌, 김태우를 남한군으로, 연극 출신의 송강호, 신하균을 인민군으로 한 배치 역시 지극히 성공적이었습니다. 면밀하게 계산된 연기를 아주 절제하면서 하는 남한군 측과 동물적인 본능으로 예상을 깨는 연기를 보여주는 인민군 측의 대조가 선명하거든요. 원작 소설에서 남자였던 스위스군 장교를 여자로 바꾸면서, 서늘하고 지적인 분위기의 이영애를 캐스팅한 것도 적중했구요.

배우들이 꽤나 맘에 드시나보죠?

두말하면 잔소리.

각자의 개성을 평가한다면?

이영애는 관찰자 역할에 잘 어울리는 크고 아름다운 눈을, 이병헌은 대한민국의 가장 건강하고 평범한 젊은이를 연기하는 데 적합한 건치를 가졌죠. 송강호의 매력은 복잡하고 모순적인 캐릭터임을 단박에 드러내줄 수 있는 짝짝이 눈에 있구요. 김태우의 그 커다란 귀는 유약하고 섬세한 성격을 표현하는 데 제격이고, 신하균의 송아지 같은 눈망울에는 선량함과 두려움이 가득합니다. 이들과 함께 일할 수 있었다는 건 내게 있어 기적과도 같은 행운이었죠.

남북 정상회담 덕에 흥행이 잘되겠네요?

북한 얘기라면 아주 신물이 나서 영화관에 안 올지도 모르죠……. 난 차라리 서해 교전 같은 냉전 이벤트 직후에 개봉되기를 내심 바랐습니다. 지금처럼 화해 무드에 편승한다는 오해를 받느니, 반통일적 보수반동수구 세력이 활개칠 때 "조까!"그러면서 이 영화를 척 내놓고 싶었던 거죠. 작가는 언제나 시대 분위기를 거스르며 가고 싶어 하는 존재니까요.

■■■ 이제는 없는 어느 잡지에 실린 자문자답 인터뷰. 〈공동경비구역JSA〉 개봉 직전에 썼을 테지. B-스피리트를 배반하는 영화를 만들어놓고 미리 변명하고 있다는 인상이다. 욕 먹을까봐 지레 겁먹었나보다.

왜 하필이면

《씨네버스》 셀프인터뷰

    신작 〈올드보이〉의 각본 작업을 거의 끝내간다는 박찬욱 감독을 압구정동의 한 커피숍에서 만났다. 머리카락이 많이 자란 걸 보니, 〈올드보이〉에서의 정사 장면 구상을 얼마나 처절하게 하고 있는지를 실감할 만했다. 똥배도 많이 자란 걸 보니, 운동도 못 하고 얼마나 집요하게 노트북 앞에만 앉아 있었는지 알듯도 했다. 보기 드물게 화기애애했던 그와의 만남을 여기 전한다.

    왜 하필이면 이 커피숍에 자주 옵니까?

    그야 물론, 커피를 무한정 리필해주기 때문이죠. 다른 집에 비해 한 잔 값이 좀 비싼 것 같아도요, 아홉 잔만 마신다고 쳐도 결과적으로 여기가 훨씬 싸게 먹힙니다.

    그래도 집필은 충무로의 모 호텔에서만 하신다고 들었습니다. 왜 하필이면 충무로입니까? 경력을 시작했던 당시, 그 시절에 대한 향수 때문인가요?

    그 동네 음식값이 싸기 때문입니다. (고개를 갸우뚱하더니) 그런데…… 숙박 및 요식업계 잡지에서 나오셨나요? 《시내뻐스》…… (기자가 준 명함을 다시 꺼내 들여다보며) …… 아, 운수업계였지!

저희는 '독자를 영화의 진수성찬 파티로 모셔다드리는 교통수단'을 표방하고 있습니다만…….

(고개를 끄덕이며) 아항!

본론에 들어가겠습니다. 왜 하필이면 일본 원작입니까?

이야기만 좋다면 화성인이 쓴 소설이라도 가져다 씁니다. 이 원작이 아주 보편적인 성격을 가졌기 때문이지, 꼭 일제라서 고른 건 아니라는 말씀.

왜 하필이면 만화입니까?

이야기만 좋다면 만화 아니라 만담이라도 상관없죠. 이것이 심오한 심리묘사를 담고 있었기 때문이지, 꼭 만화여서 고른 건 아니라는 두 번째 말씀.

왜 하필이면 『올드보이』입니까?

사실 더 만들고 싶은 만화는 『멋지다 마사루』와 『아즈망가 대왕』이었습니다만 도저히 원작을 능가할 자신이 없어서……. 『올드보이』를 택한 이유는, 영문을 모른 채 핍박당하는 사람의 이야기이기 때문입니다. 누가, 왜, 자기를 이토록 증오하는지 그는 모릅니다. 내 각본에서 한마디 인용하자면 "이제부터 네 인생을 통째로 복습해봐"입니다. 그리하여 우리의 주인공은 무려 15년 동안 복습을 강요당합니다. 관객 여러분께도 이 영화를 보고 나와서 최소한 15분 동안 자기 인생을 되돌아보시기를 정중히 권유하는 바입니다. 천만 명에 15분씩이면 토탈 285년이 넘거든요? 285년의 반성, 멋지지 않아요? ……싫으시면 말고.

왜 하필이면 주인공이 15년 동안 감금되어 있습니까?

《시내뻐스》는 그 많은 기자 중에 '왜 하필이면' 당신 같은 사람을 '하필이면' 나한테 보낸 거지? (잠시 짜증을 누르더니) ……10년이면, 또 "왜 하필이면 10년입니까?" 이러실 거 아닙니까? (짜증을 한 번 더 누르더니) ……물론 이유야 있죠, 미리 밝힐 수가 없어서 그렇지. 그나저나 하고많은 것 중에 '왜 하필이면' 그런 걸 물으실까……?

(집요하게) 왜 하필이면 요즘 흔해빠진 '막판 반전' 장르입니까?

(퉁명스럽게) '초반 반전' 보다 재미있으니까요.

(더 집요하게) 왜 하필이면 한국에서 별로 인기 없는 스릴러입니까?

(말려들어) 〈올드보이〉, 스릴러 아니에요! 코믹 에로 싸이콜로지컬 미스터리 서스펜스 멜로드라마란 말예욧!

(싹 무시하고) 왜 하필이면 또 복수극입니까?

(기다렸다는 듯이) 뭐, 겉만 보고 두 남자의 대결, 복수가 복수를 낳는 악순환을 다룬 영화니까 또 비슷한 영화 만드는 거 아니냐고 할 수도 있겠죠. 〈올드보이〉를 두고 〈복수는 나의 것〉의 자매편이라고 부른대도 상관 안 합니다. (점점 언성을 높이며) 그런 선입견 때문에 흥행을 우려하는 사람들이 있다면 나로서는…….

(말을 끊으며) 누가 흥행을 물었습니까? 그런 얘기가 아니라…….

(진정하고) ……복수심은 가장 강렬한 극적 동기를 제공합니다. 소

포클레스나 셰익스피어나 도스토예프스키를 보세요. 왜 열 번인들
못 하겠습니까? (아무리 생각해도 억울하다는 듯) ……〈복수는 나의
것〉과 이것이 자매편이라고요? 그렇다면 자매는 자매이되 성격이 아
주 딴판인 자매겠죠. 드 팔마의 〈시스터즈〉에서의 두 자매처럼. '복수
심은 건강에 해롭다'는 주제를 담은 전작에 비해, 이번에는 '이로울
수도 있다'를 주장하고 있으니까 반대되는 성격이죠. 그리고 사실 따
지고 보면 여기서 복수는 소재에 불과합니다. 진짜 테마는 역시 '구
원'의 문제가 아닐까 합니다. 게다가 꽤나 미니멀했던 전작에 비해
신작은 제법 럭셔리하답니다. 대사도, 음악도, 색채나 카메라 움직임
도 풍성한 영화죠. 전작이 '무반주 첼로 조곡'이었다면 신작은 '브란
덴부르크 협주곡'입니다. 결국 〈올드보이〉는 〈복수는 나의 것〉이 둔
부자 언니인 셈입니다. 늦게 나온 자식이 어떻게 언니가 되냐고요?
그야 최민식이 송강호보다 다섯 살이나 형이니까 그렇죠.

왜 하필이면 최민식입니까?

그의 눈동자가 귀엽기 때문입니다. 그는 한국영화계 최고의 장난꾸
러기입니다. 〈취화선〉에서조차 가장 좋은 장면들은 늘 장승업이 부러
짓궂게 구는 모습을 묘사하는 순간이었죠. 이 귀여운 남자가 벌이는
피의 모험은 나를 흥분시킵니다. 이런 배우라면 극중에서 아무리 잔
인한 폭력을 휘둘러도 미워 보이지 않으리라 믿습니다. 말하자면 이
영화에서의 최민식은 그 자신이 폭력의 희생자이자 행위자인 동시에
어쩌면 해독제 같은 존재입니다. 심지어 이 영화의 도입부는 〈파이
란〉에서의 최민식에 대한 오마주라고 볼 수도 있을 정도입니다.

왜 하필이면 정정훈 촬영감독입니까?

어찌된 일인지 난 한 번도 한 촬영감독과 두 작품을 찍어보지 못했습니다. 아, 〈복수는 나의 것〉과 인권위 단편영화 〈믿거나 말거나, 찬드라의 경우〉를 찍은 김병일 촬영감독은 예외로군요. 그와 〈올드보이〉도 하고 싶었지만 눈물을 머금고 〈스캔들〉로 보내야 했습니다. 이재용처럼 뛰어난 감독과 일해볼 수 있는 기회를 막고 싶지는 않았으니까요. 정정훈은 〈데우스 마키나〉를 편집한 김상범 형이 강력하게 추천했습니다. 그가 찍은 그림이라고는 단 한 숏도 본 적이 없지만 난 상범이 형 말은 무조건 따르는 사람이니까 무턱대고 전화를 걸었습니다. 만나보니, 나보다 나이가 어리다는 사실이 퍽 마음에 들었습니다. 중요한 일도 때로는 그런 식으로 흘러가는 게 인생입니다.

왜 하필이면 류성희 미술감독과 조영욱 음악감독입니까?

전자는 류승완(〈피도 눈물도 없이〉)과 봉준호(〈살인의 추억〉)의 추천으로, 후자는 자천으로 그리 되었습니다. 셋 다 믿을 만한 사람들이니까요. 특히 조영욱의 경우, 이번 영화를 맡겨주는 조건으로 〈찬드라〉의 음악을 거저 해준다는, 밀실에서의 딜이 있었죠. 류성희 미술감독은 목소리가 매력적이라는 점이 중요하게 작용했습니다.

마지막 질문입니다. (음흉한 미소를 지으며) 〈복수는 나의 것〉이 박스 오피스에서 부진했던 것에 대해 어떻게 생각하시는지요?

(갑자기 손을 들고 큰 소리로) 아가씨, 계산서!

골드보이

《씨네 21》 셀프인터뷰

우선, 〈올드보이〉를 만들어놓고 제일 뿌듯해하시는 부분은?

두 시간 안쪽으로 끊었다는 겁니다. 앞으로 봉준호, 이재용, 강우석, 이런 감독님들 만나면 이렇게 얘기해주려구요. "어유~ 어떻게 두 시간 넘는 영화를 만들어요, 그래? 나 같으면 힘들어서 못하겠네……."

그럼 〈올드보이〉는 정확한 러닝타임이……?

한 시간 오십구 분 삼십팔 초.

(한숨 한 번 쉬고) ……또 하나의 복수극이라…… 물리지도 않나요?

왜—여기서 실명을 밝힐 수는 없음을 이해하시고— '연애박사' 허모 감독한테는 그렇게 안 물으면서 나만 갖구 그러나요?

그래…… 비슷한 영화 또 만들기가 그렇게도 싫다더니 이 어인 일인지요.

글쎄, 허진호도 자기가 비슷한 영화를 또 만들었다고는 생각 안 할 걸요?

그렇다면 〈복수는 나의 것〉과 〈올드보이〉의 차이는, 〈8월의 크리스마스〉와 〈봄날은 간다〉의 차이와 비슷한 건가요?

아, 거 왜 자꾸 죄 없는 허진호 감독을 물고 늘어지는 거요?

아니, 제가 언제…….

(손을 홰홰 내저으며) 아, 그대가 꼭 연애박사 허모 감독의 두 편을 〈봄날은 8월을 거쳐 크리스마스로 간다〉라고 부르고 싶다면, 그러든지 말든지……. 내 두 편을 〈복수는 올드보이의 것〉으로 통칭하든지 말든지!

뭐 그런 걸 가지고 화를 내구 그러십니까?

내 말은, '주먹대장' 류모 감독이나 '총잡이' 강모 감독한테는 안 하는 질문을 왜 나한테만 자꾸 해대느냐 이겁니다. 연달아 복수극 두 편 만든 게 무슨 죕니까? 아니 막말로, 내가 뭐 사람을 찌르기를 했어요, 무슨 사기를 쳤어요? 이래 봬두요, 내가…….

(잽싸게 말을 끊으며) 아, 찌른단 말이 나왔으니 말인데요…… 〈올드보이〉도 또 꽤나 잔인한 장면을 많이 담고 있다던데……그런 게 그렇게 재미있으십니까?

남자 여자 만났다 헤어지고 뭐 그러는 얘기보다는 재미있습니다. 왜, 뭐, 불만 있나요? 연애박사 허모 감독은…….

(또 말을 끊으며) 언제까지 이렇게 잔인한 영화들만 찍을 생각인가요? 로맨틱코미디나 이런 쪽으로는 영 자신이 없으신가 보죠?

아, 박찬욱판 〈영어완전정복〉 말인가요? 폭력영화를 즐겨 찍던 감독이 방향 급선회해서 내놓은? 어허, 잘 모르시는 모양인데…… 저요, 별로 로맨틱하지는 않아도 코미디는 벌써 하나 찍었답니다. 일명 〈네팔어완전정복〉, 또는 〈국가의 영광〉, 때로는 〈위대한 산〉이라고도 불리는 〈믿거나 말거나, 찬드라의 경우〉가 바로 그것입니다. 〈여섯 개의 시선〉 중 하나의 에피소드죠. 참고로, 오해 없으시기를 바라며 한 마디, '여섯 마리 개들의 시선'이 아니라, '감독 여섯 명의 시선'입니다. 이달 14일 대개봉, 되겠습니다. '내 멋대로 찍었다, 네 멋대로 봐라', '대표영화, 대표감독', 〈장화, 홍련〉의 명가 청어람 배급 전격 결정! '골라먹는 재미─푸짐한 뷔페 같은 컴필레이션영화'. 즐거운 영화관람은 예매로…….

(얼굴에 묻은 침을 묵묵히 닦으며) ……끝났나요?

그러니까 제 말씀은, 〈올드보이〉는 별로 잔인하지…… 뭐, 좀 난폭한 장면이라고 해두죠……. 어쨌든 그다지 난폭한 영화가 아니라 이겁니다. 시사 때 뒤에 서서 가만히 보면요, 극중 인물들이 뭐 좀 해보려고 그러면 바로 눈 가리기 모드로 돌입하는 여성분들이 더러 계시거든요? 근데요, 그거 다 불필요한 행동입니다. 괜히 아까운 연기만 못 보고 놓치는 짓이라고 할 수 있죠. 이 영화요, (적어도 비주얼의 차원에서는) 전혀 안 잔인합니다. 물론 〈복수는 나의 것〉 때 데인 가슴, 다 이해합니다. 죄송하게 생각하기도 합니다. 하지만 너무 잔인한 장면이 많을까봐 〈올드보이〉를 안 보려고 하시는 분들, 마음 놓으셔도 됩니다. 저요, 인간 박찬욱, 완전히 거듭났습니다. 〈복수는 나의 것〉 만든 게 무슨 전과도 아니고, 제게도 갱생의 길을 찾을 기회를 좀

주십쇼. 〈올드보이〉에 이런 대사가 나옵니다. 바로 제 심정을 표현한 말이죠. "아무리 짐승만두 못한 감독이어도 살 권리는 있는 거 아닌 가요. 네?!"

그 짐승만두 못한 분이 어떻게, 배우들과는 잘 지내셨나요?

아항, 강혜정 양과의 스캔들 얘기 못 들으셨구나? 어유, 그때 스포 츠신문 막느라구 고생한 생각하면……. 그게 어떻게 된 일인가 하면 말이죠…….

(재빨리 끼어들어) 최민식 씨는 어떤 배우죠?

재밌는데, 그 얘기……. (반응이 없자, 마지못해) 최 선배요? 글쎄 요…… 그의 얼굴은 그 자체로 스펙터클입니다. 어떤 의미에서 〈올 드보이〉는, 최민식의 풍모를 전시하는 일종의 갤러리라고도 볼 수 있 습니다.

최민식 씨는 송강호 씨와 어떻게 다르던가요?

강호 씨가 드 니로 타입이라면 최 선배는 파치노 타입이라고나 할 까요?

좀더 구체적으로…….

그냥 알아서 새겨들으세요. 예술가들끼리 비교는 무슨 비굡니까? 그저 최민식이라는 배우에 관해 이렇게만 말해둡시다. 그 헤어스타 일 하고도 주책스러워 보이지 않는 사십대가 그 말고 누가 있겠냐고, 장도리로 남의 이빨을 뽑을 때조차도 따뜻해 보이는 사람이 또 어딨

겠느냐고, 나는 훗날 〈올드보이〉를 오직 그와의 공동 작업이라는 의
미로만 기억할 거라고.

유지태 씨는요?
그야 물론 길다는 거죠. 걸을 때 보면 꼭 젊은 날의 피터 오툴 같다
니까.

……길다구요? 그게 단가요?
그 말에 다 들어 있어요, 말은 길면 안 좋아…….

그래두 몇 마디만 더…….
정 그렇다면……(한참 생각하다가)……가늘다는
거죠.

몸이 길면 가는 거 아닌가요? 같은 소리를…….
어허, 몸이 아니라 눈이!

배우가 눈이 가늘면 뭐가 좋은데요?
뭐에 좋다는 게 아니라, 그냥 나하고 닮았기 때문에 맘에 든다 이거
지……. 지태 씨는 무용과 요가로 단련된 그 긴 몸을 우아하게 움직
이죠. 극중 이우진이라는 자가 지닌 기품이 거기서 나와요. 하지만 어
떤 땐 조금 야비한 면을 내비치기도 하죠. 재산과 교양에 의해 감춰진
악마가 잠깐씩 모습을 드러내는 순간들…… 성장을 멈춰버린 애어
른, 어떤 의사도 진단해내지 못할 만큼 잘 위장된 정신이상의 징

후……. 유지태는 이런 성격을 완벽하게 표현해냈던 겁니다. 그 긴 몸과 그 가느다란 눈으로…….

강혜정 양의 매력은 뭐죠?

그야 물론 살짝 걷어 올라간 윗입술이죠. 감독들이 대개, 남자고 여자고 함께 일할 배우 얼굴을 유심히 관찰하잖아요. 어떻게 찍어줄까하고. 그래서 현장에서 그걸 써먹게 되는데, 이번엔 유지태가 혜정 양을 보는 시점 숏이 그런 경우였어요. 비스듬히 뒤에서 바라본 그녀의

얼굴 클로즈업이죠. 그때 그 살짝 걷어 올라간 윗입술이 보통 매력적으로 느껴지는 게 아니에요. 그 숏, 편집실에서도 참 좋아했죠.

그 입술 말고는 없나요?

일단 말귀를 잘 알아듣습니다. 그거 되게 중요한 거거든요. 감독하고 대화가 되어야 뭐 연기고 뭐고 하지 않겠어요? 다음으로는, 연기에 군더더기가 없습니다. 불필요한 동작, 쓸데없는 표정을 만들어서 하지 않는다는 거죠. 핵심만 간결하게 표현한다, 그 나이에 그렇게 연기하려고 노력하는 배우, 드뭅니다.

〈올드보이〉는 '충격적인 반전' 운운해가면서 호객 행위에 열심이던데 도대체 무슨 반전입니까? 좀 공개하면 안될까요?

까짓것 뭐…… 오프 더 레코드루다가 귀띔 한마디. 최민식은 영화의 마지막에 가서야 이 모든 사건이 꿈이었다는 사실을 알게 됩니다. 깨어나보니 감금방이었던 거죠. 그곳은 끝없이 이어지는 복도 좌우

로 늘어선 무한대 개수의 방들 중 하나, 그 전체가 바로 '지옥'이라는 가공할 결말입니다. 그럼 그걸로 끝이냐, 천만에. 방에는 벽마다 작은 문이 하나씩 있습니다. 또 다른 방으로 이어지는 문, 그러나 그 미지의 방에 들어서는 순간 당신은 무참히 살해될 수 있습니다. 거기 유지태가 기다리고 있기 때문이죠. 최후의 대격돌을 벌이는 최민식과 유지태. 두둥~ 최민식은 곧이어 유지태가 유아 시절 분리수술 중 죽은 자신의 샴쌍둥이의 체현이라는 사실, 좀더 정확히 말해 그 죄의식이 투사해 만들어낸 가공의 인격이라는 비밀을 알아내게 됩니다. 자신이 존재하는 한 그 역시 존재할 수밖에 없다는 점을 깨달은 최민식은 급기야 자살을 기도하는데……. 한편 불현듯 자기가 유령일지도 모른다는 깨달음을 얻은 유지태는 최민식의 자살 직전, 강혜정의 몸으로 스며들어갑니다. 빙의된 강혜정은 태연히 남탕에 발을 들여놓게 되고…….

실로 정훈이 만화를 방불케 하는 대단한 이야기라 아니할 수 없습니다! 엄청난 흥행 돌풍이 예상되는군요…….

(떨떠름한 얼굴로)……영광이겠습니다. 정훈이 씨한테는…….

최근 어느 일간지와의 인터뷰에서 이렇게 말한 적 있죠? (신문에서 오린 종잇조각을 꺼내들고) "……저는 흥행 공식을 알고 있죠. 다만 돈 된다고 내 색깔을 포기하는 게 싫다는 것입니다." 어디서 이런 자신감이 나오는지 궁금하군요.

그 기자 양반이, "남들 잘 안 하는 얘기를 자꾸 다루는 이유가 뭡니까?" 하시길래 답했습니다. 내가 한 말은 정확히 이겁니다. "물론 상업적으로 좀더 안전한 기획이란 건 따로 있겠죠. 하지만 아무리 그래도 '내'가 재밌는 영화를 만들어야지, 어쩌겠어요. 다시 말해, 색시도 기왕이면 부잣집 딸내미든가 돈벌이 잘하는 여자라면 좋겠죠. 그래도 사랑이 먼저지, 어떻게 그런 조건만 보고 장가를 갈 수가 있겠습니까." 이게 진실입니다. 물론 악의를 가지고 쓴 글이 아닌 줄은 알지만, 나한테는 큰 상처가 되었답니다. 이 대목에서 한 번 더 〈올드보이〉 대사를 인용하자면, "명심하세요, 모래알이든 바위 조각이든 물에 가라앉기는 마찬가지예요."

　인터뷰란 게 참 힘들죠?
　인터뷰는 영혼을 갉아먹습니다. 왜냐? 어차피 나오는 질문이라는 게 늘 거기서 거기니까 나는 수십 수백 번 같은 대답을 되풀이하게 되죠. 그 상투적인 언사를 반복하면서 나는 속으로 이런 생각을 하게 되는 겁니다. '이 얼마나 낯간지럽고 구차스럽고 구질구질하고 파렴치한 말이란 말인가…….' 언젠가는 영화사와의 계약서에 이런 조항을 넣게 될 날이 올 겁니다. '갑은 을에게 어떠한 인터뷰도 강요할 수 없다.'

　그건 너무하는 거 아닙니까?
　근본적으로 저는 '오로지 영화의 크레딧으로만 존재하는' 감독이 되고자 합니다. 그게 제 목표입니다.

　요즘 살이 자꾸 쪄서 사진발이 영 시원찮아졌다고 사진기자들이 그러던데, 혹시 그런 이유로……?

사람이 진지하게 얘기할 때는 좀 진지하게 들어주세요!

인터뷰를 안 하겠다……. 흥행 공식을 아는 감독이라 자신이 있으신가 보죠?

(애원하듯이) 생각해보세요. 제가 미쳤습니까, 공식 알면 혼자만 간직했다가 필요할 때 써먹지 그런 소리를 공개적으로 하고 다니게? 장준환 감독, 나 그런 얘기 한 적 없어요. 공식 같은 거 모르니까 그거 가르쳐달라고 자꾸 전화하지 좀 마. 그리구요 여러분, 이 기회를 빌려 한 가지 분명히 밝혀두겠는데요, 저 돈 좋아합니다.

이제 개봉을 앞둔 시점에서 무슨 돈 버는 꿈이라도 꾸셨는지요?

네, 우리 포스터가 붙은 담벼락에 생쥐 한 마리가 뽀르르 기어올라가더군요. 그러더니 글쎄 제목 활자 왼쪽에 찰싹 달라붙는 거예요, 얘가……. 어때요, 대단하지 않습니까?

생쥐가……요? 그게 도대체…… 무슨……?

아직두 모르겠어요? 참 답답한 양반일세……. 아, OLD BOY 앞에 G 한 마리가 붙으면 뭐예요, GOLD BOY 아닙니까……. 길몽도 이런 길몽이 없어요, 이거 완전 메가 히트라니깐, 메가 히트! 음화핫핫!

3

© 오게옥

3

오직 개성

독자 여러분 안녕하세요?

먼저, 왜 제가 이 글을 쓰게 되었는지, 이건 어떤 성격을 가진 글인지 잠시 설명하고 본론에 들어갈까 합니다. 영화로 치면 우디 앨런이 자주 써먹는 수법하고 비슷한 건데요. 예를 들어 그가 〈애니 홀〉의 프롤로그에서 하는 말을 요약하면 이렇습니다.

어떤 식당 음식이 맛이 없는 데다가 양마저 적다고 불평하는 손님처럼, 우리는 인생이 괴로울 뿐 아니라 너무 짧기조차 하다고 생각한다. 하지만 괴롭다면 어째서 그것이 길기를 바란단 말인가. 자기처럼 형편없는 놈을 가입시켜주는 그런 형편없는 클럽에는 가입하지 않겠다는 사람처럼, 나도 내 여자들에 대해 삐뚤어진 시각을 갖고 있다. 이제부터 내가 어쩌다 이렇게 되었는지 설명해보련다.

그런가 하면 〈에브리원 세즈 아이 러브 유〉는 보통 관객과는 거리가 먼 부르주아 이야기를 다루게 된 변명을 하기 위해서 이런 내레이션으로 시작합니다. "이 영화는 전통적인 뮤지컬 코미디와는 다릅니다. (주인공인) 우리 가족은 몹시 부자니까요".

결국 저의 이 서론도 일종의 변명이라고 할 수 있겠습니다. 서론의 결론부터 말하자면, 친애하는 박은석 편집장께서 몹시 몰상식한 청탁을 해왔습니다. 여기서 '몰상식한' 이란, 시간 여유도 거의 없이 글을 써달라고 했다는 뜻입니다. 늘 그렇듯이, 이렇게 촉박한 기일 내에 좋은 글을 써줄 이는 당신 말고는 없다는, 입에 발린 칭찬과 더불어서 말이죠. 원래 저는 그런 인간들을 제일 싫어하는데, 왜냐하면 그런 사람일수록 고료도 별로 안 주면서 마감 독촉은 불같이 해대는 법이 라는 걸 경험상 잘 알기 때문입니다. 바로 그런 영화 제작자가 나오 는 〈바톤 핑크〉는 뭐 괜히 봤나요?

술자리의 몽롱한 정신이 죄라면 죄, 일단 그 청탁을 받아들이기로 한 이상, 그 데스크에게 복수하는 방법은 한 가지밖에 없습니다. 촉박 한 기일 내에 나오는 글은 나쁜 글이라는 교훈을 확실히 깨닫도록 도 움으로써, 다시는 그런 몰상식한 짓을 못 하게 만들어주는 거죠. 못 쓰겠다는 글을 억지로 맡기면 연쇄살인이 일어날 수 있다는 교훈을 주는 그 영화에서 바톤 핑크가 그랬듯이.

영화 사상 최고의 잠언가 장-뤽 고다르의 말을 인용하고 싶어지는 군요. "감독이 자기 영화를 통해 어떤 주장을 하고 싶을 때 그것을 표 현하는 가장 효과적인 방법은, 그냥 그 말을 해버리는 것이다." 제가 한국 감독 중에 제일 존경하는 김기영은 가장 독창적인 B무비 〈살인 나비를 쫓는 여자〉에서 "의지다! 의지만 있으면 죽어도 죽지 않는 다!"란 대사를 한 백 번쯤 반복하고 있습니다. 프랜시스 코폴라도 "전 미국을 믿습니다"라는 대사로 영화를 출발시켰고, 역시 〈밀러스 크로 싱〉을 "난 우정과 성격과 윤리에 관해서 이야기하고 있단 말야"라고 말하면서 시작한 감독은 코엔 형제였습니다.

제가 쓰고자 하는 글은 무엇보다도 '직설적으로' 교훈적인 글입니 다. 앞서 말한 박은석 씨께 따로 드릴 교훈 말고도 여기에서는 독자 여러분께 향한 단순하고 쉬운 교훈이 분명하게 제시될 예정입니다.

기대하셔도 좋습니다.

B무비란 다 아시다시피 싸구려 영화입니다. 흔히 B급 영화로 번역되곤 하죠. 그냥 싸구려라고 하면 그만일 것을 굳이 B라고 말하는 까닭은, 거기에 구체적인 역사성과 미학이 있기 때문입니다. 옛날, 즉 30년대에서 50년대 사이의 미국에는 두 가지 영화가 있었습니다. 스타가 여럿 나오고 규모가 크고, 따라서 돈이 많이 들어가는 A무비와, 스타는 하나도 없고 스펙터클로서도 변변치 못한 엉터리 B무비.

모든 현상에는 그것의 물적 토대가 있는 법. 당시 미국 극장에서는 우리나라 '대한 뉴스'처럼 본편 상영 전에 뉴스를, 또는 카툰을 틀곤 했었는데, 그따위 재미없는 필름 쪼가리들을 보여주느니 아예 한 편의 영화를 통째로 선물하자는 아이디어가 누군가의 머리에서 나왔던 모양입니다. 아무리 엉터리라 해도 영화 말고는 별다른 오락거리가 없었던 당시 관객이 볼 때, 한 편 값에 두 편을 볼 수 있다는 선전은 확실히 매력적이었을 것입니다. 지금도 저 은평구에 가면 도원극장이라고 있는데, 거기서 놀라운 안목으로 선정한 동시상영 두 편은 언제나 유혹적이거든요. 하여튼 손님 입장에선 한 편 더 봐 좋고, 극장 입장에선 손님 늘어 좋은 일이었습니다.

그렇다면 영화사 입장은 어땠을까요? 그들로서는 이건 그저 좋은 정도가 아니라 정말 놀라운 경영 혁신 아이디어였습니다.

첫째, B무비는 흥행 수입을 개봉 끝난 후에 극장과 나눠 먹는 일명 '퍼센티지' 방식이 아닌, 소위 '부킹' 방식을 취하고 있었습니다. 이는 일정한 액수를 미리 받고 나중에 영화를 납품하는 입도선매라서, 전국 각 극장으로부터 거둬들인 돈을 다 모아 그 한도 내에서—물론 많은 이문을 떼어놓고—작품을 만들면 밑질래야 밑질 수 없다는 계산이 성립하는 거죠. B는 안전빵으로 장사하고, A는 사운을 걸어 돈 놓고 돈 먹는 식으로 장사하는 이중 전략입니다.

영화 산업에 필수적으로, 필요악처럼 따라다니는 도박적 성격을 최대한 보완할 수 있는 장치인 셈이죠. 더구나 당시의 할리우드 스타들은, 흥행을 보장하지도 못 하는 주제에 출연료만 엄청나게 챙겨가는 요즘 배우들과는 달리, 나오기만 하면 무조건 돈을 벌어주는 사람들이었으니, 그 시절 메이저 영화사들이 얼마나 쉽게 돈을 벌었는지 알 만하죠?

둘째, B무비는 유휴 인력을 적극적으로 활용할 수 있는 매체였습니다. 지금과는 다르게 그때의 배우, 크루들은 메이저 스튜디오에서 계약금과 월급을 받고 일하는 직원이었는데, 그 많은 사람들을 모두 A무비에 써먹을 수는 없었죠. 이런 상황에서 1년에 수십, 수백 편씩 마구 찍어대는 B무비는 기특한 수단이 되어주었습니다. 게다가 할리우드 주변에 얼마든지 널린 영화 실업자들을 위한 고용 창출의 효과까지 생각하면 사회적으로도 유익한 사업이었죠. 그것은 놀고먹어도 봉급은 나가는 스태프들을 끊임없이 부려먹기 위한 일터였고, 검증되지 않은 신인들을 테스트하기 편리한 훈련캠프이자, 불손한 자들이 유배당하는 귀양지였는가 하면, 마침내는 수명이 다한 거물들을 위한 양로원이었던 것입니다.

끝으로 B무비는 틈새시장 공략의 전초기지였습니다. A무비가 지향하는 목표는 모든 사람이 좋아할 영화를 만든다는 데 있었습니다. 그런데 이 보편성이란 이데올로기에는 커다란 함정이 도사리고 있는 법입니다. 어디에나 보편적인 속성을 싫어하는 소수가 존재한다는 점은, 모든 시장을 막론하고 보편적인 사실이니까요. 세계의 모든 커피 애호가가 스타벅스를 좋아하지는 않는 것처럼 말이죠. 그렇다고 할리우드 메이저 스튜디오 보스들이, 늘 그 사람이 그 사람인 스타 시스템, 천편일률적인 플롯, 스테레오 타입의 인물형, 하나같은 해피엔딩, 현실안주적이고 체제옹호적이고 남성우월주의적이고 인종차별주의적인 무비판의 보수주의에 신물이 난 사람들도 영화를 볼 권리가 있지 않느냐고 생각했다고 한다면 그건 장사꾼들을 몰라서 하는 소리가 아닐 수 없습니다. 그보다는 각양각색의 취향을 가진 소수 관객층을 다 모으면 그것도 놓치기 아까운 숫자였다는 인식이 맞겠죠. 고다르가 〈네 멋대로 해라〉를 헌정한 전설의 B프로덕션 '모노그램'의 사장 스티브 브로이디는 여기에 관해 가장 명쾌한 설명을 남겼는데, 그에 따르면 "모두가 케이크를 좋아하는 건 아닙니다. 어떤 사람은 빵을 좋아하죠. 그중에서도 어떤 사람들은 신선한 빵보다 말라비틀어진 빵을 더 좋아합니다."

물론 B무비가 모두 훌륭했다는 얘기는 아닙니다. 차라리 거의 대부분이 쓰레기였다고 하는 편이 맞겠죠. 기획에서 개봉까지 한 달 안에, 짧게는 보름 만에 끝나는 영화들이 오죽했겠습니까. 워낙 많이 만들어졌으니 그 가운데 이따금씩 걸작이 출현했다는 소리고, 그 걸작들에서 돈 많이 들여 만든 영화들과는 질적으로 무언가 다른 미학이 발견되었다는 이야기입니다. 자크 투르네르는 오슨 웰스가 〈위대한 엠버슨가〉를 찍고 남은 세트에서 〈캣 피플〉을 대충 찍어 제작비의 30배를 벌어들였습니다. 물론 작품의 가치로서도 결코 뒤지지 않는 걸작이었죠. 얼마나 뛰어났으면 나중에 나스타샤 킨스키라는 당대 최고의 스타를 기용해 리메이크까지 했을까요. 사실 요즘 할리우드에서 만들어지는 리메이크작의 대부분이 이 시절 B무비를 오리지널로

하고 있다는 점은 의미심장합니다.

같은 감독의 〈검은 고양이〉를 비롯하여, 〈더 플라이〉, 〈죽음의 카운트다운〉, 〈우주의 침입자〉와 〈보디 에이리언〉, 〈노 웨이 아웃〉, 〈저주받은 도시〉, 〈화성침공〉, 〈롱 라이더스〉, 〈케이프 피어〉, 〈괴물〉, 〈포스트맨은 두 번 벨을 울린다〉, 〈프랑켄슈타인〉, 〈드라큘라〉, 〈죽음의 DNA〉, 〈흡혈 식물 대소동〉, 〈건 크레이지〉……. 수십 년이 지나도 퇴색하지 않는 생명력을 지녔으되 기술적인 부실만이 흠이었던 작품들이니, 새로이 포장만 바꾸면 너끈히 상품성이 있다고 판단했겠죠. 이렇듯 오늘날 영화 역사에 길이 남을 명작들이 할리우드 B무비에

속한다는 사실은 무얼 말합니까. 돈보다는 재능이 성공 여부를 결정한다는, 예술과 비즈니스 양자에 공히 통용되는 유일하고도 영원한 명제입니다.

그때 거기서, '적은 돈에 많은 재능' 이 결합되는 방식은 이랬습니다. 어떻게 만들어도 손해 보지 않는 장사였으므로 스튜디오 보스와 기획자들은 B무비 제작진에게 과중한 압박을 행사하지 않았습니다. 말하자면 내팽개쳐둔 거죠. 돈 더 달라는 소리만 하지 않고 납기일만 제대로 맞춰주면 다 좋아! 하나 더, 모든 B무비는 장르영화였습니다. 서부극, 공포영화, 필름 누아르, 갱스터 무비, 싸이-파이……. 그렇게 빨리 만들려면 그래야 했습니다. 기왕에 있는 세트, 만들어놓은 의상, 몇 번이고 써먹은 소품들을 가지고 만들어야 하니까요. 그런 사정은 팀 버튼이 영화 〈에드 우드〉에 잘 묘사해 놓았죠.

몇몇 엉큼한 감독들은 여기서 역설적인 자유를 느꼈을 법합니다. 약간의 과장이 허용된다면, 그건 일종의 해방구였죠. 장사꾼들 관심

의 사각지대, 그 그늘에 아름다운 독버섯들이 속속 피어나기 시작했습니다. 범상한 자들이 불평하는 조건을 도리어 고맙게 여기고 잘 활용하는 소수의 천재들에 의해 걸작 B무비가 속속 발표되었습니다. 이 작품들은 가난하지만, 그럼에도 불구하고 아니, 오히려 가난하기 때문에, 더 아름다울 수 있었던 것입니다. 바로 '좋은' 나쁜 영화입니다.

경제학에서 미학이 나온다고 했습니다. 물적 조건이 상이하면 상이한 미학이 발생한다는 뜻이고, 더 쉽게 말하자면 가난한 영화에는 특유의 멋진 매력이 따라서 생긴다는 소리입니다. 저예산 영화를 단순히 경제학적 개념으로만 이해하지 말고 독특한 미학으로 이해해야 할 필요성이 여기서 대두됩니다. B렉터에게는 스펙터클보다는 인간으로, 기술적 완성미보다는 갈 데까지 가보는 극단성으로 승부를 내야 할 필요성이 절실하게 대두되기 때문이죠. 뭐가 달라도 달라야 비싼 영화와 차별성이 생길 테니까요. 첫째도 개성, 둘째도 개성, 무엇보다도 오직 개성, 이야말로 가난한 예술가의 무기입니다. (이제 제가 왜 록 음악지에 하필이면 B무비 얘기를 하고 있는지 눈치채실 만하죠?) 좋은 예가 하나 있습니다. 마이너리그의 세실 B. 드밀로 불리던 윌리엄 캐슬의 대표작 〈팅글러〉. 최악의 관람 스캔들을 일으켰던 작품이죠. 괴물이 극장 영사기사를 살해하는 장면에서 영화 속 영화는 중단됩니다. 영화 속 극장의 스크린을 꽉 차게 잡은 화면에서 영화가 중단되니, 현실의 영화 〈팅글러〉 자체가 중단된 것처럼 느껴지지 않았겠습니까. 그러고는 그 빈 스크린에 지네 비슷하게 생긴 징그러운 괴물의 실루엣을 지나가게 했죠. 당연히 관객들은 이것을 실제 상황으로 착각했습니다. 이뿐 아닙니다. 수도꼭지에서 쏟아져 나오는 핏물이

욕조를 가득 채우는 장면에 이르러, 이때까지 흑백으로 진행되던 영화가 느닷없이 컬러로 바뀌었을 때 극장은 일대 수라장으로 변하고 말았던 것입니다. 어때요, 놀랍지 않은가요? 이 모두가 50년대에 일어났던 일입니다.

B무비 미학의 적자로 현대의 저예산 인디를 상정할 수 있는 것도 바로 이 이유에서입니다. 초저예산 영화 붐을 일으킨 〈엘 마리아치〉에서 이런 광경이 목격됩니다. 영화 도입부에서 주인공 마리아치가 마을로 들어섭니다. 그는 동구 밖 노점에서 망고를 먹습니다. 원래 각본에는 사서 먹는 것으로 되어 있었지만, 시간에 쫓긴 로드리게스 감독은 돈을 주고받는 컷을 찍을 수 없었고, 대신 이런 내레이션이 추후 녹음되었습니다. "공짜로 얻어먹은 망고…… 인심 좋은 마을이다. 좋은 일이 기다리고 있을 것 같다." 이후 그에게 악몽이 펼쳐지게 됨은 물론입니다. 만약 〈저수지의 개들〉의 타란티노에게 돈과 시간이 넉넉해서, 보석상 터는 장면을 화려한 총격전과 카 체이스의 액션 연출로 찍었다면 어떻게 되었을까요? 아마도 그 영화는 세기말 영화의 진정한 출발이라는 센세이션을 불러일으키지 못했을 것입니다. 범행 모의에 이어, 범행 자체는 생략해버리고, 곧바로 경찰에 쫓기는 장면을 붙여버린 그 내러티브 전개의 대담성이야말로 모든 비평가와 영화 팬들을 열광시킨 이유가 아니었던가요? 저예산 감독에게 진정으로 필요한 재능은 이처럼 악조건을 독창적인 표현의 계기로 전환시킬 수 있는 '전화위복의 기술'입니다. 그리고 이 글을 쓰고 있는 지금의 저 역시 그 재능이 필요한 것 같구요.

어쨌든 이 원고를 맡게 된 배경과 글의 성격을 대충 설명했습니다.

이제 이 나쁜 글의 본론, 아까 말한 그 분명한 교훈을 말할 차례가 되었네요. 그런데 앗! 어쩌죠? 청탁받은 분량이 벌써 다 차버렸으니……. 어쩔 수 없군요. 여러분 이만, 안녕히 계시는 수밖에…….

내가 사랑한 B무비

리피피

빨갱이로 낙인 찍혀 쫓겨난 줄스 다신, 누아르의 꽃을 파리에서 피우다. 한마디 대사 없이 계속되는 보석상 털이 시퀀스. 관객은 그게 다 끝나야 비로소 참았던 숨을 쉴 수 있게 된다. 30분 만에.

키스 미 데들리

비열하고 무자비하고 뻔뻔스러운 탐정, 가장 마이크 해머답게 묘사된 마이크 해머. 극단적인 콘트라스트로 표현된 흑백 화면은 냉전시대의 풍경 그 자체다.

살인나비를 쫓는 여자

김기영, 꼭 그때 태어나야 했다면 프랑스나 스페인을 고르든가, 그래도 악착같이 한국이어야 했다면 한 40년 늦게 나오든가.

테레즈와 이사벨

플랑드르 회화의 '나른한 정적' 전통 속에 담긴 전복적 담론. 알랭 레네가 동성애에 관심 있었다면, 또는 데이비드 해밀턴이 천재였다면 만들었을 법한 영화. B급 저패니메이션의 소녀 학원물 같기도 하고.

드릴러 킬러

감독 자신이 연기하는 젊은 예술가의 초상. 뉴욕 밤하늘에 구멍을

뚫는 전기 드릴의 금속성 소음. 30년이 지난 지금까지 연대를 늦추지 않고 있는 각본, 촬영, 음악의 동지들.

동경 방랑자

가장 순수한 스즈키의 세계란 바로 이런 것이 아닐까? 아직 예술가적 자의식이 장인으로서의 책임감을 능가하고 있지 않았던 시절의 활동사진적 쾌감.

다크 스타

이 단편을 본 할리우드 배급업자는 USC 영화과 학생들에게 이렇게 말했다. "몇 분 더 찍어오면 극장에 붙여주지." 존 카펜터와 댄 오배넌이 데뷔하는 순간이었다.

해결사

이두용은 하루빨리 재발견되어야 한다. 아트 필름 〈피막〉, 대작 〈최후의 증인〉도 좋지만 이 영화의 하드보일드 정서야말로 이두용의 진수다. 젊은 시절의 월터 힐을 연상케 하는 파괴력.

블랙 선데이

촬영기사였던 바바의 감독 데뷔작. 바바라 스틸, 컬트 여신으로 즉위하다. 전통적인 고딕적 공포의 세계를 가장 잘 다룬 이탈리아제 표현주의.

인트루더

코먼에게는 다른 걸작들이 몇 있지만, 스스로 가장 자랑스러워하니 이것을 골라줄 수밖에. 윌리엄 샤트너의 연기만큼은 아마 코먼의 모든 작품을 통틀어 최고 수준일 듯.

본의는 아니지만 뻔뻔하게

스즈키 세이준의 60년대

  심지어 한 해에 6편까지 발표한 적이 있는 스즈키 세이준으로서는
이 1966년은 퍽 한가한 시기였을 법도 하다. 겨우 3편밖에 안 찍었으
니까. 전문 작가가 일주일에 쓴 각본을 넘겨받아서 25일 안에 촬영을
끝내고 3일 동안 편집과 믹싱을 마치는 일정이었다니 그해 세이준은
9개월이나 펑펑 놀았던 셈이다. 아마 니카츠 중역진의 입장에서는 그
가 그리 바람직한 전속감독으로 보이지 않았을 것 같다. 그들의 프로
덕션은 매주 평균 2편의 동시상영용 영화를 배급라인에 납품해야 했
으니! 이 믿어지지 않는 숫자들, 연간 500편이 넘는 영화를 만들어내
고 있었던 당시 일본에서 실제로 벌어졌던 일이다.

  흔히들 예술의 도살장으로 여기는 이런 식의 공장 시스템, B무비
생산라인에는 의외로 몇 가지 장점이 있다. 첫째, 숙련된 인력이 많고
언제나 세트를 지을 수 있는 실내 스튜디오가 확보되어 있다. 세이준
의 작품에서 발견할 수 있는 미술과 음악, 그리고 촬영과 조명의 우수
성은 언제나 감탄을 자아낸다. 60년대 그의 영화는 대개 '멀쩡한
80분과 해괴한 20분'으로 이루어지기 일쑤였는데, 전자에서는 물론
이고 치기 어린 신인의 무모한 시도처럼 보이는 후자의 경우에서도
우리는 엄청난 경험이 축적되어 이루어진 결과를 보고 있는 것이다.
그러니까 니카츠 전속 베테랑 스태프의 심리는 이랬을 것 같다. 평범

한 감독들과 함께 판에 박힌 테크닉과 미학을 몇천 번, 몇만 번 되풀이한다. 신물이 난다. 세이준을 만난다. 완전히 미친놈이다. 한 번도 안 해본 파격과 실험을 요구한다. 미친 짓인 건 분명하지만 어쨌든 지루하진 않게 생겼다. 그럼 뭐 한번 해보지, 이다. 온통 노랑 벽을 배경으로, 하늘색 슈트에 백구두를 신은 야쿠자가 흰 바지에 빨강 블레이저 재킷을 걸친 악당 보스와 총격전을 벌인다. 물론 여가수의 드레스는 파랑이다. 촌스러운 색채의 일대 향연이라고 부를 만한 〈동경 방랑자〉 얘기다. 나이트클럽 세트의 그 대담한 디자인과 뻔뻔할 정도로 광원의 근거가 없는 조명 설계, 스피디하면서도 한 치의 오차도 없는 카메라 이동은 감독 혼자 만들어낼 수 있는  것이 아니다. 〈탐정사무소 23—죽어라, 악당들〉의 전편에 깔린 그 기분 좋은 재즈의 매력은, 좋았던 시절의 할리우드 영화에서의 랄로 시프린이나 퀸시 존스를 능가할 지경이다. 〈꽃과 성난 파도〉의 그 압도적인 미장센을 지금 우리가 재현하려면 아마 촬영만 100일은 좋이 걸리지 않을까?

둘째, 빡빡한 스케줄이 아니었다면 미연에 방지되었을 엉뚱함이 있다. 즉흥성의 아름다움이다. 다음 숏을 어떻게 찍을지를 배우나 스태프들이 미리 알면 감독의 권위가 생길 수 없다는 이유로 스토리보드를 절대 안 만든다는 세이준이고 보면 일이 어떤 식으로 이루어졌을지 뻔하다. 주도면밀, 심사숙고, 노심초사의 환경에서는 절대로 〈살인의 낙인〉의 저 말도 안 되는 진행이 나오지 않았을 것이다. 세상의 그 어떤 감독도 그런 엉터리를 미리 설계할 수는 없는 법이다. 무계획인 상태에서 서둘러 찍어대다 보니 숏이 부족하고, 편집상 연결이 안 되니 점프 컷을 남발하거나 아무렇게나 대충 신을 마무리짓고 어서 다른 공간으로 넘어가버리는 수밖에 없다. 따라서 가장 효과적인 구성은 빠른 교차진행이다. 신 바이 신 각각의 완결성이 없어도 편집이 가능하기 때문이다. 그 결과 영화는 '본의 아니게' 역동적이다. 세이준의 영화는 다 그렇다. 〈관동무숙〉에서처럼, 충분히 분위기도 못 잡은 채로 어정쩡하게 서둘러 영화를 마무리지어버리고 나니 그 끝낸 자리에 기묘한 여운이 감돌기도 한다. 역시 또 본의 아니게. 또한 어색한 연기에도 그냥 오케이 사인을 내고 인물 동선이 흐트러져도 내버려두는 가운데 비로소 특유의 그로테스크함, 어디서도 볼 수 없는 괴상한 리듬이 조성된다. 요컨대 뻔뻔한 것이다. 의식적으로 어떤 영화를 만들어냈다기보다는 어쩌다 보니 어떤 영화를 만들어놓은 자신의 모습을 뒤늦게 발견하게 되었다는 상황이다. 그밖에도, 정신없이 바쁘게 찍어댄 영화가 관객에게 줄 수 있는 감동은 여러 가지가 더 있다. 예컨대 〈동경 방랑자〉의 '살무사'가 끓는 물을 얼굴 오른쪽에 뒤집어쓴 다음, 몇 개월이 지나서 왼편 얼굴에 일그러진 흉터 분장을 하고 다시 나타났을 때 즐거워 손뼉치지 않을 관객이 어디 있으랴.

셋째, 작가의 개성과 제작자의 요구가 충돌하면서 빚어지는 모순이 멋지다. 제작자의 요구란 다른 말로 장르의 요구다. 인생과 세상사의 잡다한 성격들을 고작 몇 가지 인물 유형, 플롯 구성으로 요약하는 환원주의다. 반면 작가라는 사람들은 다양성, 복잡성, 독창성, 미묘함을 필요로 한다. 이 두 가지를 세이준은 어떻게 조화시키나? 조화시키지 않는다. 그가 택한 방식은 조화가 아니라 충돌이기 때문이다. 처음에는 단지 작가적 개성의 '가미'로 시작했지만 이내 그것은 장르 관습과 '갈등'을 일으키게 되고 급기야〈살인의 낙인〉에 이르러서는 아예 '파괴'로까지 나아간다. 물론 이 사람의 경우, 장르적 쾌감에의 욕망은 억지로 주문받은 게 아니라 이미 내면화된 상태겠지만, 두 요소는 절대 어우러지지 않고 분열을 일으킨다. 서로 겉돌고 마주보며 으르렁거리고 상대 영토를 침범하려 호시탐탐 기회만 엿본다. 이 점은 촬영 스타일에서도 고스란히 드러난다. 그의 60년대 영화들은 모두 실외 로케이션 촬영 분량과 스튜디오 세트 촬영 분량을 함께 지니고 있는데, 양쪽에서 다 발군의 실력을 발휘했던 그는, 흔히 실내외를 자연스레 연결시키는 일에 골몰하는 여타 감독들과는

달리 이 두 공간을 완전히 분리해내는 데 정성을 기울였다. 이는 전적으로 조명 탓이다. 야외에서는 그가 그렇게 애호하는 순간적인 라이팅 변화 기법을 적용할 수 없기 때문이다. 세이준 영화의 조명에서는 소리가 난다.〈동경 방랑자〉라스트 신에서의 3단계 색채 변화를 보라. 그때마다 우리는 그 빛이 내는 소리, 주인공의 심리를 대변해주는 보이스 오버 내레이션을 들을 수 있다.〈관동무숙〉의 도박장 칼부림 신에서 창호지 바른 분합문이 일제히 밖으로 쓰러지면서 갑자기 붉은색 배경으로 바뀔 때,〈탐정사무소 23─죽어라, 악당들〉에서 월광으로 설정된 파란 조명의 거리를 걸어온 주인공이 시뻘건 조명의 실내로 들어서는 순간, 우리는 버나드 허먼보다 더 날카롭고 하워드 쇼어보다 충격적이며 대니 앨프먼보다 유머러스한 음악을 듣는 착각에 빠지게 된다. 그때마다 우리는 판타지의 블랙홀로 빨려들어 간다. 혹시 이런 모순어법이 허용된다면 그것은 '브레히트적인 판타지' 공간이다. 중심적 권력이 부재하는

아나키 상태, 공허한 중심과 흩어진 권력이 빚어내는 카오스 상황이 여기에 있다. 꾸준히 증가하는 양식화에의 욕망 에너지가 임계점에 도달하는 순간, 세이준은 캐릭터고 내러티브고 플롯이고 그 모든 리얼리티며 일관성을 모조리 내던져버린 채 광기에 몸을 맡기고 자폭해버린다.

세트의 흰 벽 너머 하늘엔 녹색 달이 떠 있고 잘려진 채 붉게 칠해진 나무가 을씨년스럽게 서 있는 공간에서 주요 등장인물들이 모두 모여 작별인사를 나눈다는 〈동경 방랑자〉의 엔딩은 영화사에 의해 버려진다. 새로 촬영된 라스트 신이, 사랑하는 여자가 지켜보는 가운데 악당들과 목숨을 건 총격전을 벌이는 내용인 것은 당연하리라. 그러나 동시에, 너무도 빤한 스토리를 이미지와 스타일에 철저히 종속시키는 전략을 택하고 있는 이 영화에서 세이준이, 마땅히 처절해야 할 이 마지막 장면을 온통 멋 부리는 데 다 바치고 있음 또한 당연하다. 총 맞은 악한이 요란하게 과장된 동작으로 쓰러지며 떨어뜨린 권총이 피아노 건반을 때리면서 영화음악을 대신해준다거나, 높이 던져 올린 권총을 달려가며 다시 받아 쏜다거나 하는 것들 말이다. 사실 관객이, 악한들을 모조리 처단한 주인공이 그토록 사랑하는 여인을 딱한 번 잠깐 안아준 다음 "여자와 함께는 걸을 수 없어" 한마디 남기고 표표히 사라지는 뒷모습을 보며 공감하기는 좀 힘들다. 내가 보기에 그가 여자를 버리고 떠나는 이유는 오직 한 가지다. 단지 제목이 〈동경 방랑자〉이기 때문이다. 그게 멋져 보이기 때문에 떠나야 하는 것이다. 지겹도록 반복해서 들려주는 주제가 가사가, '어디에 있든 그는 떠돌이. 언제나 방랑 중, 언제나 혼자다. 내일은 어디에 있을까? 그의 애인 바람만이 알리라. 방랑, 또 방랑. 동경의 추억이 사라질 때까지. 아~ 방랑자, 동경에서 온 사나이 (후렴 반복)' 이기 때문이다.
물론 〈동경 방랑자〉가 '아버지 세대의 위선과 탐욕을 절감하고 마지
막 가치마저 상실한 나머지 부유하는 60년대 일본의 젊은 세대의 정
서를 야쿠자 장르의 관습에 기대 표현한 영화' 라고 말하기는 쉽지만
내 생각에 그건 그냥 말일 뿐이다.

　〈지고이네르바이젠〉이나 〈유메지〉 같은 후기작들에 이렇다 할 스
토리라인이 없는 것과는 대조적으로, 니카츠 시절 스즈키 세이준의
영화 줄거리를 요약하기란 그렇게 불가능하기까지는 않더라도 전적
으로 무의미하다고 할 수 있다. 극단적으로 통속적이
기 때문이다. 은퇴한 야쿠자가 원치 않는 싸움에 휘말
린다거나 고삐리 깡패들이 괜히 막 싸운다거나 하는
그런 얘기들을 말로 늘어놓은들 무슨 재미가 있으랴.
〈살인의 낙인〉도 마찬가지. 우리는 예술에서 통속성을
극한까지 밀어붙였을 때 갑자기 부조리의 차원으로 승
화되는 현상을 여기서도 목격하게 된다. 선글라스 낀 살인청부업자
들끼리 바에 앉아서 "나는 넘버 쓰리인데 너는 넘버 몇이냐" 라든가,
"나도 어서 넘버 원이 되어야 할 텐데……" 어쩌고 하는 대사를 주고
받는 영화를 상상해보라. 때때로 "술과 여자는 킬러를 살해하지" 따
위의 멋 부리는 말들도 좀 섞어서 말이다. 무슨 일을 맡았는데 그게
음모였고 대결 끝에 몽땅 죽는다. 배신하는 여자도 둘 나오고 비참하
게 죽어가는 알코올중독 킬러도 있다. 주인공은 쌀밥 짓는 냄새를
광적으로 좋아하는 사람으로 설정되어 있다. 틈만 나면 전기밥솥 뚜
껑을 열고 한껏 냄새를 들이마신다. 뭐, 왜냐고 물을 필요는 없다.

그냥 그런 것이다. 물론 감독은 티본 스테이크 냄새를 좋아하는 것보다는 낫지 않겠느냐고, 그건 일본 킬러라는 정체성을 강조하기 위함이었다고 태연하게 인터뷰에서 대답하고 있지만 도무지 말이 안 되는 소리다. 아무리 장르영화지만 일본에 무슨 살인청부업자들이 그렇게 많아서 아무데서나 장총이고 기관단총이고 그렇게 쏘아대며 백주에 시가전을 벌여댄다는 말인가. 아무리 기습적인 공격을 받아도 가죽 장갑부터 꼭 먼저 착착 끼어주는 우리의 주인공은, 권총도 세르지오 코르부치의 스파게티 웨스턴 〈거대한 침묵〉에서 장 루이 트랭티냥이 썼던 구형 모젤에 소총용 개머리판을 철컥 하고 부착해서 사용하고 있다. 어느 모로 보나 개빈 라이얼의 〈심야 플러스 원〉을 표절한 스토리를 비롯해, 모든 면에서 무국적성의 극치를 만들어놓고 뻔뻔하게 그런 소리를 늘어놓다니 정말이지 할 말이 없다. 그러니까 해고나 당하지.

무슨 소린가 하면, 이게 저 유명한 '니카츠 영화사 사장에 의한 스즈키 세이준의 전격 해고 사건'을 일으킨 바로 그 작품이라는 것이다. 스튜디오 전속 감독으로 한 회사에서 무려 42편을 만들어온 그는 아마도 매일 똑같은 장르 붕어빵을 찍어내기가 지겨워졌던지 언제부터인가 영화마다 매우 독특한 장면들을 꼭 몇 개씩 만들어 넣곤 했다. 그러나 이 〈살인의 낙인〉에 와서는 그 정도가 지나쳐 실험 정신이 장르를 먹어버리기에 이르렀던 것이다. 극단적인 통속성이 극단적인 실험성과 만나니 뭐가 뭔지 모를 괴상한 변신합체괴물이 탄생한다. 또 하나의 처음 보는 극단이다. 앞 뒤 20분 정도만 회사가 준 각본대로 찍고 가운데 50분은 전혀 상관없는 아방가르드 영화를 만들어 끼워 넣은 꼴인데 어느 제작자가 뒷짐만 지고 있겠는가. 바로 맞고소에,

영화인 시위행진으로까지 이어진 이 일대 사건은 일개 B급 장인으로만 살아온 그를 단박에 컬트 작가로 만들어버렸다. 예술을 이해 못 하는 무식한 자본가를 성토하는 그 목소리는 아직도 여운이 남아 있지만 한편으로 나는 이해할 수 있다, 그 니카츠 사장의 그 분노를. '프리 재즈 갱스터 필름'이라느니 '변태적 걸작'이라느니 하는 말에만 현혹되지 말고 직접 눈으로 확인할 일이다, 이 영화에서 스즈키 세이준이 저질러놓은 짓을. 지나치게 비약적인 점프 컷에, 종잡을 수 없는 이야기 전개, 말도 안 되는 상황 설정, 비현실적인 조명과 그 조잡성을 자랑 삼는 특수효과들, 어처구니없는 대사와 터무니없이 심각한 포즈들……. 뭐랄까, 김기영 각본에 이대근 주연으로 세르지오 레오네가 연출한 다음 고다르가 편집한 영화가 있다면 이런 꼴일까?

상당히 알려진 배우이기도 했던 세이준처럼 연기와 연출을 병행하는 기타노 다케시, 세이준을 가장 적극적으로 미국에 소개한 쿠엔틴 타란티노, 〈살인의 낙인〉을 본받아 〈첩혈쌍웅〉에서 두 영웅으로 하여금 서로 총을 겨눈 채 노려보게 하면서 긴 장면을 이끌어갔던 오우삼, 수도 파이프에 총을 쏴서 암살하는 대목을 비롯해 몇몇 장면을 아예 내놓고 베낀 바 있는 〈고스트 독〉의 짐 자무시, 세이준 영화의 오리지널 포스터를 수집하는 일에 목숨을 건 존 존John Zorn 등, 그의 영화를 한 번이라도 본 사람이라면 누구든지 이렇게 말하게 된다. "제 경력은 스즈키 세이준의 영화를 보기 전과, 보고 난 후, 이렇게 두 시기로 나뉜다고 할 수 있을 것입니다."

단테의 오래된 城

윌리엄 캐슬

대부분의 사람들에게 무시당했지만, 나는 조 단테의 〈마티니 Matinee〉야말로 1993년에 만들어진 미국영화 중에 가장 흥미로운 텍스트라고 여겨왔다. 그 자체로 매우 뛰어난 작품일 뿐만 아니라, 장르론적 관점에서 보았을 때 진일보한 자기 패러디의 수법을 보여주었고, 어떤 의미에서는 미국영화의 광범위한 이면을 포괄하려는 영화사학자적 정열까지 드러내고 있기 때문이다. 그는 필름메이커—단테의 스승인 로저 코먼은 자기의 아이들을 '감독' 보다는 '필름메이커' 로 키우려 했다고 밝힌 바 있다—로서의 경력을 시작했던 바로 그 지점으로 돌아가서 자신의 영화적 배경을 처음부터 성찰해보려고 한다. 조 단테의 안내를 받아, 〈마티니〉를 지도 삼아, 지금은 잡초만 우거진 누군가의 고분을 발굴해보자. 거기엔 많은 부장품들이 있고, 이것으로 우리는 영화 역사의 '잃어버린 고리' 를 메울 수 있을지 모른다. 결국 이 글은 B무비와 컬트 필름에 관한 조잡한 가계도와도 같은 것이다.

〈마티니〉에서 존 굿맨이 연기한 영화감독 로렌스 울시는, 실존했던 윌리엄 캐슬을 모델로 하여 창조된 인물이다. 앞으로 소개할 그의 갖가지 장치와 수법들은 〈마티니〉에서 그대로 반복된다. 윌리엄 캐슬이야말로 〈마티니〉의 정확한 이해를 위한 열쇠이자 우리의 패밀리 트리의 수간樹幹이다.

그는 1943년부터 30여 년간 일세를 풍미한 전형적인 B무비 작가였다. 평생 59편의 극장용 장편영화를 연출하고 25편을 제작한 그는 마이너 리그의 히치콕이었다. 당시, 영화 제목보다 감독 이름이 먼저 자막으로 나오는 것은 히치콕을 제외하면 윌리엄 캐슬의 영화에서만 있었던 일이었다. 장르의 개혁자인 동시에 모방자였던 그의 1959년 메가 히트작 〈저주받은 언덕 위의 집House on Haunted Hill〉은 히치콕으로 하여금 60년에 〈싸이코〉를 만들도록 자극한 것으로 유명하다. 그리고 캐슬이 다시 〈싸이코〉를 표절해서 61년에 〈살인Homicidal〉을 만들었음은 말하나마나다. 그는 훗날 로버트 앨드리치의 〈베이비 제인에게 무슨 일이 일어났나?〉의 아류작 〈구속복Strait Jacket〉을 찍기도 했는데, 후자의 각본가는 놀랍게도 〈싸이코〉의 원작자 로버트 블록이었다. 시가를 물고 디렉터즈 체어

에 앉은 뚱보의 실루엣은 윌리엄 캐슬의 트레이드 마크였으며, 자기 영화에 카메오 출연을 즐겨했다는 점에서도 이 공포/스릴러 장르의 두 거장은 곧잘 비교되곤 한다.

극장 공간을 가장 잘 활용했던 캐슬이, 연극에서 출발했다는 점은 그리 놀랄 만한 일이 아니다. 18세에 이미 프로페셔널로서 연극 연출을 시작했고 잠시 후에는 천재 오슨 웰스가 이끌던 극장의 전속 연출자로 부임한다. 그 시절의 주연 배우는, 〈기형아들〉의 컬트 감독 토드 브라우닝이 감독한 〈드라큘라〉에서, 영화 사상 최초로 흡혈귀 백작을 연기했던 벨라 루고시. 후일 캐슬은 1년에 네댓 편을 발표하는 것쯤은 예사로 알았던 철저한 저예산의 장인답게 모든 장르를 섭렵했지

만—로버트 미첨이 데뷔한 〈낯선 사람끼리 결혼할 때When Strangers Marry〉는 필름 누아르의, 캐슬이 프로듀스한 45년판 〈딜린저Dillinger〉는 갱스터 필름의 클래식들이다. 이 두 작품 모두 〈자니 기타〉의 대가 필립 요던이 각본을 썼다—그중에서도 특히 인기를 끌었던 건 역시 공포영화였으며, 오슨 웰스와는 〈상하이에서 온 여인〉의 프로듀서로서 다시 만나게 되는 것이다. 영화 〈스탠 바이 미〉에 언급된 대로, 4, 50년대의 아이들을 밤마다 공포로 떨게 했던 라디오 연속극의 영화화 〈휘파람 부는 사람 The Whistler〉 시리즈—이 각본은 히치콕의 〈이창〉과 프랑수아 트뤼포 〈흑의의 신부〉의 원작을 제공했던 추리작가 코넬 울리치가 집필했다—와 〈크라임 닥터Crime Doctor〉 시리즈로 성가를 얻기 시작한 이래, 캐슬의 악명은 특유의 영화 외적 상술에 의해 확고해졌다.

그가 이런 발상을 하게 된 것은 앙리 조르주 클루조의 〈디아볼릭〉 때문이었다. 그 영화를 보려고 길게 늘어선 관객들을 보며 그는, 중요한 건 영화가 얼마나 무서운가보다, 무섭다는 소문이 얼마나 나느냐에 있다고 생각했다고 한다. 결국 그는 자기 작품 〈섬뜩한Macabre〉을 개봉하면서, 너무 놀라 사망한 관객에 대해 런던의 로이드 사가 '공포 보험금' 천 달러를 지불한다는 광고를 게재함으로써 대성공을 거두었다. 이후 그의 장난은 도를 더해갔다. 〈저주받은 언덕 위의 집〉에서는 객석 위로 해골이 날아다녔고, 〈13 고스트13 Ghosts〉의 입장객에게는 진짜 유령을 볼 수 있다는 특수 안경이 지급되었다. 〈사도니쿠스 씨Mr. sardonicus〉에서는 영화가 클라이맥스에 이르렀을 때 돌연 감독이 무대 위로 올라가 주인공 살인자를 죽이는 게 좋겠느냐 살려두는 게 좋겠느냐를 관객에게 물었다. 의사 표시 방법은 엄지손가락을 올리거나 내리는 식이었거니와, 이때 손가락을 올린 사람은 아무도 없었다. '놈에게 죽음을!' 반대의 결말이 아예 촬영도 되지 않았음은 물론이다.

그러나 캐슬의 트릭이 절정에 달했던 건 단연 〈팅글러Tingler〉였다. 이른바 '無예산' 공포영화로서 열광적인 컬트 팬들을 거느린 〈사지절단자〉의 악취미 감독 프랭크 헤넨로터가 생애 최고의 영화로 꼽은 이것은, 무서운 장면에서마다 객석 의자에 순간적으로 전기가 흘러 관객들을 경악케 했었다. 뿐만 아니다. 영화 중에 갑자기 불이 켜지면 주인공의 목소리로, 힘껏 비명을 지르라는 관객에

의 권고가 들려온다. 영화의 내용이, 인간이 공포를 느낄 때마다 척추에 무슨 곤충이 자라나는데 비명만이 그것의 성장을 억제한다는 것이고 보면 어쩌면 당연한 충고인지도 몰랐다. 주인공 과학자 역의 빈센트 프라이스는 영국제 고딕영화의 산실 해머

프로덕션에서도 충분한 명성을 쌓아온 사람이지만 〈팅글러〉로 해서 그의 그로테스크한 이미지는 비로소 완전히 정착되었으며, 덕분에 팀 버튼의 〈가위손〉에 과학자로 캐스팅될 수 있었다.

로저 코먼과 허쉘 고든 루이스—자칭 '영화사상 최초로 눈뜬 채 죽어가는 사람을 보여준 유혈 낭자 장르의 구루'—에 의해 '진정한 쇼맨십이 뭔지를 보여준 대가'로 칭송받던 캐슬도, B무비의 토대였던 드라이브 인 극장과 동시상영 제도, 낮 시간의 할인 상영인 마티니 쇼—조 단테의 영화 제목 〈마티니〉는 바로 여기서 왔다—의 몰락과 함께 역사의 뒤안길로 사라지는가 싶었을 무렵, 또 하나의 놀라운 프로젝트가 선보인다. 물론 자기가 연출할 생각으로 발 빠르게 아이라

레빈의 베스트셀러 소설의 판권을 확보해놓은 캐슬은, 워너와의 협상에서 애를 먹어야 했다. 트릭이나 써먹는 퇴물 삼류 감독의 이미지를 가진 그에게 감독을 맡길 수 없다는 것이 스튜디오의 입장이었고 지루한 협상 끝에 캐슬은 프로듀서로만 남고, 좋은 이미지를 가진 젊은 감독을 구해오기로 합의하게 된다. 결국 〈악마의 씨Rosemary's Baby〉는, 〈겁 없는 흡혈귀 살인자들 또는 : 죄송하지만 당신 이빨이 제 목에 박혀 있는데요〉를 막 발표한 로만 폴란스키의 할리우드 진출 첫 작품으로 만들어진다. 돈은 많이 벌었지만 캐슬은 억울했다. 스스로 보기에 윌리엄 캐슬은 많은 방과 복도를 가진 성이었다. 조잡한 트릭을 일삼는 개구쟁이 감독은 고작해야 커다란 성의 방 하나일 뿐이었다. 〈프로젝트X ProjectX〉, 〈나는 네가 한 일을 보았다I Saw What You Did〉, 〈비지 바디The Busy Body〉, 〈나이트 워커The Night Walker〉 따위의 그의 후기작들은 결코 그런 싸구려 영화들이 아니었다. 결국 그는 자기 함정에 빠진 꼴이었다. 모두가 그를 빨강 파랑 셀로판지로 만든 엉터리 입체영화 안경이나 팔아먹는 야바위로만 알았지, 정작 작품 자체의 기이한 매력을 인정해주려 하지 않았던 것이다. 거기 대한 반발이었을까, 윌리엄 캐슬은 〈악마의 씨〉의 대성공 이후 한참의 휴식 끝에 마침내 감독으로서는 유작이 될 〈생크스Shanks〉를 발표한다. 세계 최고의 마임이스트인 마르셀 마르소—그는 〈엘 토포〉의 신비주의자 알레한드로 조도로프스키의 스승이기도 했다—가 시체를 되살리는 벙어리 인형극 조종자 맬컴 생크스로 출연한 이 영화는, 놀랍게도 초현실주의적인 뉘앙스 가득한 아트 필름이었다.

캐슬이 프로듀스한 마지막 작품 〈벌레Bug〉—이것은, 또 한명의 B
무비 감독 고든 더글러스의 〈그들!〉과 함께, 〈마티니〉의 영화 속 영화
〈맨트!〉의 모델이 된 작품이다—는, 거대한 바퀴벌레가 인간을 습격
하는 장면에서 털 달린 막대기로 관객의 무릎을 간질이는 장치가 작
동되도록 계획되었다. 그러나 대소동이 벌어질 것을 우려한 극장주
들의 반대로 이 일생일대의 야심적인 속임수는 포기할 수밖에 없었
다. 이에 대해 캐슬은 이렇게 말했다 한다. "그래봤자 결국 극장의 수
없는 진짜 바퀴벌레들이 공짜로 내 일을 해줄걸?"

피의 왕좌

대부3

코를레오네 종갓집 연대기가 세 번째로 만들어진다고 발표되었을 때 대부분의 비평가들은 일제히 우려를 표명했었다. 그리고 그들은 자신의 발언에 책임을 졌다. 일관성 있는 악평의 행진. 코폴라는, 일가붙이가 모두 모인 잔칫집에서 엉터리로 극화된 자신의 일대기를 끊임없이 늘어놓아 젊은이들을 지루하게 만드는 노인네에 비교되었고, 마이클이 그토록 발을 빼고자 했던 갱 랜드가 결국에는 그를 도로 끌어들이고야 말듯이, 파라마운트는 돌아오고 싶어 하지 않는 코폴라를 잡아당겨 마지막 한 방울의 단물까지 다 빨아먹고 팽개쳤다는 소문도 돌았다. 한마디로 결코 찍지 말았어야 할 속편이라는 것이었다.

정말 그런가? 내가 동의할 수 있는 부분은 하나, 인물과 캐스팅이다. 우선 톰 헤이건이 없어졌다는 점은 이 시리즈로서는 꽤나 수치스러운 일이다. 그는 이탈리안이 아니면서 가문의 중핵에 위치했던 변호사였다. 가족 공동체로서의 패밀리가 자본주의에 적응해 나가는 과정에서 그의 역할은 절대적이었다. 침착한 사나이 로버트 듀발은 1,2편을 합쳐 가장 무시무시한 캐릭터다. 아니나 다를까, 3편에는 나를 겁나게 하는 사람이 하나도 안 나온다. 드러나게 앞에 나서지 않는다고 해서 그를 빼도 좋다고 생각했다면 착각도 그런 착각이 없다. 다음은 신세대 대부로서의 빈센트. 제2편에서, 마이클의 기업가로의 변신이 합법칙적 발전이라고 인식했던 코폴라는 이제 그 생각이 허구였다는 사실을 깨닫고 반성하기 위해 이 인물을 창조했다. 아버지 소니의 불같은 성격을 닮았으면서도 마이클 삼촌의 비정함도 배워 나가는 더 복합적인 인물이었다. 제임스 칸의 표정과 걸음걸이까지 흉내 내며 애썼지만 위대한 명배우 가문의 계보에 들어가기엔 이 쿠바 출신 미남 앤디 가르시아가 갈 길이 아직 멀다. 그리고 문제의 소피아 코폴라. 위노나 라이더의 거절로 선택의 여지가 없었다고 변명하기엔 치명적인 실수. 1편에서 세례받는 아기 역을 잘해냈다고 해서 이 역까지 그럴 수 있다고 생각했을까? 코폴라 마피아의 조직상 취약점이 아닐 수 없다.

그러나 이것이 1편의 장점을 뻔뻔스럽게 답습하고 있기 때문에 졸작이라는 평가—〈대부 히트곡 모음집〉—는 좀 곤란하다. 사실 3편은 일종의 리메이크작이라고 해도 좋을 만큼 1편과 유사한 순서와 상황과 분위기와 대사로 구성되어 있다. 하지만 코폴라와 마리오 푸조에게는 이유가 있다. 역사는 반복한다.

마이클은 그가 '범죄자가 아니라 존경받는 사업가가 되기'를 원했던 아버지의 유지를 받들어 합법적인 비즈니스와 자선 행위에 온 힘을 집중한다. 그러나 파치노 연기의 한 절정인, 첫 번째 발작 장면을 보라. 조이 자자가 알토벨로와 결탁하여 일대 학살을 전개한 후 겨우 살아난 마이클은 1편에서 형 소니와 그랬듯이, 저택 주방에서 측근과의 회의를 주재한다. 아버지가 형에게 했던 것처럼 언제나 빈센트에게 이성을 잃지 말 것을 충고하고, 자신은 더 이상 갱스터가 아니라 비즈니스맨임을 주장하던 그가 어느 순간 살의에 사로잡힌다. 번개가 번쩍이는 가운데, 마이클은 발작을 일으키며 악마와 같은 표정으로 소니나 입에 담았을 법한 욕설을 거침없이 뱉어낸다. 세 개의 점프 컷으로 이루어진 이 장면이 지닌 비장감은 어디에도 비할 바가 없다. 자신의 비천한 뿌리를 끝내 버릴 수 없는 이 사나이는, 결코 정의로운 상류계급이 될 수 없다. 그런 건 애초부터 없기 때문이다. "위로 올라갈수록 부패는 더욱 심해진다."

과거는 그에게 범죄자의 본능을 부단히 일깨우고 미래는 타락을 요구한다. 그 악순환의 고리를 끊기 위해서는 사업 자체를 전면적으로 청산하는 수밖에 없다. 아들 안소니는 예술가가 됨으로써 그렇게 하지만, 마이클은 패밀리를 위하느라 그렇게 못한다. "아버지의 자식으로 남겠지만 사업엔 관계하지 않겠습니다." 영화 전편을 통해 글자 그대로의 패밀리, 즉 가족과 조직으로서의 패밀리를 구별하지 못하는 아버지에 대해 아들은 이런 명쾌한 구별로 단절을 선언한다. 결국 완벽한 기업가가 되기만 하면 더 이상 죄를 짓지 않아도 좋으리라고 생각했던 마이클의 순진한 생각은 처참하게 배반당한다. 자본주의는 폭력에 의지하지 않고는 유지되지 않는다. 범죄 없이는 명예도, 부도 없다. 세상에 피 묻지 않은 돈이 어디 있으랴.

코폴라는 이 세 폭짜리 제단화의 마지막 패널을 셰익스피어적 비극으로 이끌어가려 한다. 리어왕처럼 늙은 마이클은, 자신이 속해 있으며 자기 뜻대로 돌아가고 있다고 믿었던 두 세계, 즉 범죄의 세계와 사업의 세계 양쪽에서 배신당한다. 리어의 두 딸 거너릴과 리건이 서로 짜고 아비를 내쳤던 것과 똑같이 마이클의 두 세계의 적들은 한통

속이다. 사랑하는 딸 코딜리어의 시신을 안고 오열하는 리어와 똑같은 모습으로, 마이클은 메리를 떠나보내야 한다. 비극 영웅들이 늘 그렇듯이, 마이클은 자신의 운명에 저항하려다 파멸하는 자다. 그에게 정해진 것은 갱스터로서의 삶이고, 친형의 살인자로서 업보를 짊어지고 살아가야 하는 시간이다. 인형이 아니라 그 줄을 놀리는 조종사가 되라는 아버지의 말을 떠올리면서 민속 인형극을 구경하는 마이클. 사촌 간의 불륜을 응징하는 그 내용을 보며 그는 빈센트와 메리의 결합을 금지시키는 인형극 조종사가 되리라고 결심하는 듯하지만, 그 자신 결국에는 인형에 불과했음을 깨달아야 한다.

영화는 마이클이 교황청으로부터 기사 작위를 받는 행사로 시작된다. 딸의 결혼식과 아들의 첫 영성체로 시작했던 전편들에 비해 이것은 대부 자신의 신분 상승 욕망, 신의 대리자에 의해 영혼을 구원받고자 하는 욕망을 보여준다. 이 소원이 이

루어진다면, 가문의 악덕은 용서받고 손에 묻은 피는 씻겨질 터. 이야기는 처음부터 종교극의 양상을 띠기 시작한다. 대주교의 경륜은 마이클의 뇌리에 새겨진 과거의 기도문과 교차된다. 작은형 프레도는 성모송을 읊조리는 도중 마이클의 부하에게 살해당했었다. 말하자면 마이클은 자신의 작위 수여 미사를 형의 위령 미사로 삼고 싶어 한 것인데, 과연 그런 일은 가능할까? 이 성모송은, 마지막에 이르러 마이클의 딸 메리, 즉 마리아의 죽음과 연결된다. 빈센트가 조이 자자를 죽일 때 쓰러지는 성모상 또한 그녀의 죽음을 예고한다. 이때 메리는 빈센트와 자기를 떼어놓은 처사에 항의하기 위해 아버지 옆으로 다가갔다가 총에 맞는다. 결국 그녀의 죽음은 마이클과 빈센트의 살인

에 대한 대속이다.

영화 시작의 기사 작위는 마지막의 오페라 〈카발레리아 루스티카나〉('시골기사', 즉 시실리의 평민 기사라는 뜻)와 조응하면서, 그 영광이 불길한 조짐에 지나지 않는 것이었음을 알려준다. 이 오페라의 각 장면들은 현실에서 벌어지는 상황의 반영이다. 마이클은 예수의 죽음 장면에서 신임 교황의 죽음을 예감한다. 오른쪽 귀를 물어뜯음으로써 결투를 신청하는 시실리 관습은 빈센트가 실제로 조이 자자에게 저질렀던 짓이다. 메리는 버림받는 여인의 장면을 보며 자기 신세를 떠올린다. 코니(맥베스 부인을 연상케 하는 역할)는 예수의 죽음과 알토벨로의 죽음을 동시에 관람한다. 특히, 패밀리를 지키기 위해 자기 대부를 죽여야 하는 그녀의 아픔은, 프레도를 죽일 때 마이클이 겪었던 것과 유사한 감정이리라.

장장 40분에 이르는 오페라 시퀀스를 통해 마이클은, 비로소 가문의 죄악에서 발을 빼는 데 성공한 아들을 대견해하는 일에만 열중하고 있다. 조금 전에 왕위를 물려준 새로운 아들(빈센트)이 대학살을 저지르고 있다는 사실을 애써 모르는 척하면서 그는 또다시 스스로를 기만하는 것이다. "내 딸을 사랑하지 말라. 적은 항상 네가 가장 사랑하는 대상을 노린다." 그는 이 말을 스스로에게 해줬어야 옳았다. 암살자의 탄환은 빈센트가 사랑하는—그는 이미 그녀를 버렸다—메리가 아니라, 마이클이 사랑하는 메리에게 가해진다. "아이들의 생명을 걸고 맹세하니, 다시는 죄를 짓지 않겠소." 그는 이 말을 말았어야 했다. 빈센트의 학살을 묵인함은 곧 죄지음이니, 이는 바로 그가 메리의 죽음을 맹세했음이다.

마이클의 절규하는 입, 11시간 50여 분의(1, 2편이 연대기순으로 편집된 〈서사시 대부〉의 가장 긴 버전은 450분) 〈대부〉 3부작이 한 공간으로 빨려들어가는 저 블랙홀은 소리까지 흡수해버린 듯 일순간 세상을 침묵시킨다. "케이, 난 세상의 공포로부터 가족을 지키기 위해 모든 것을 바쳤소." "내겐 당신이 바로 공포예요." 코앞에서 서서히 닫히면서 케이를 고독하게 만들곤 했던 마이클의 방 문짝은, 이 결산편에 이르러 마이클 자신의 고독을 상징하는 장치로 역전한다. 뭉크와 베이컨이 그려냈던 소리 없는 외침. 자신에 대한 공포, 세계와 단절된 영혼의 고통이 여기 있다.

자신이 되려고 한 사나이

북북서로 진로를 돌려라

앨프리드 히치콕의 빛나는 경력에서 특히 1954년에서 1964년에 이르는 11년간은, 경이적이라고밖에 말할 수 없는 창작의 최절정을 보여준다. 〈다이얼 M을 돌려라〉에서 시작하여 〈이창〉〈도둑잡기〉〈해리와의 트러블〉〈너무 많이 안 사나이〉〈오인된 사나이〉를 거쳐, 〈현기증〉〈북북서로 진로를 돌려라〉(이후 〈북북서〉), 〈싸이코〉〈새〉〈마니〉로 이어지는 눈부신 퍼레이드. 어느 작가도 이처럼 단 하나의 실패작도 없이 오로지 위대한 걸작만으로 11편의 필모그래피를 채운 적은 없다. 이 중에서도 〈현기증〉〈북북서〉〈싸이코〉를 연달아서 매년 제작해내는 불가사의한 괴력에는 입을 다물 수가 없는 지경인데, 정작 그 자신은 〈북북서〉를 그저 두 개의 심각한 영화 사이에서 쉬어가는 자리 정도로 여기고 있으니 달리 할 말이 없을 뿐이다.

'〈현기증〉의 최면술을 거는 듯한 아름다움과 〈싸이코〉의 음울한 영적 분위기 사이에 자리 잡은 위대한 코믹 스릴러.' 이것은 가장 히치콕적인 영화다. 여기에는 서스펜스와 유머가 이상적으로 결합되어 있을 뿐 아니라 그가 평생을 통해 추구했던 주제가 망라되어 있다. 그자신도 영국 시대의 모든 것이 〈39계단〉에 담겼다면 미국 시대의 결산은 〈북북서〉로 이루어진다고 밝히고 있듯이, 앞뒤로 만들어진 두 영화 〈현기증〉과 〈싸이코〉처럼 컬트가 아니라고 해서 이것을 단순히 가벼운 상업영화 정도로만 여겼다가는 큰코다치기 십상이다.

제목부터 우리를 혼란으로 초대한다. 〈북북서로 진로를 돌려라〉? 영화의 어디에 북북서로 진로를 돌리는 운송수단이 나오는가? 물론 히치콕의 교묘한 설정은 북서진의 항로를 보여주고 있다. 뉴욕에서 출발하여 시카고와 인디애나를 경유하고 사우스 다코타에 도착하는 나흘 밤낮의 여정이 전체적으로 그렇다. 또한 뉴욕에서도 메디슨 애비뉴에서 60번가와 플라자로, 시카고에서도 미시건가에서 공항 쪽으로 북서진을 거듭한다. 모두 북북서진은 아니다. 도대체가 north by northwest라는 방위는 지도상에 없다. '북북서'라면 north-northwest라고 한다. 즉 이 제목은 방향 지시 명령문이 아니다. 다만 영화 속에 나오는 시카고발 사우스 다코타행 항공편이 '노스웨스트 에어라인즈'임은 물론이다. 그러니 '노스웨스트를 타고 북쪽으로?' 말은 되지만 어쩌자고 그런 제목을……. 비밀은 햄릿이 가지고 있다. 2막 2장에서 그는 로젠크란츠와 길덴스턴에게 이렇게 말하고 있다. "내가 미치는 건 북북서풍이 불 때만이거든. 남풍이 불면 매하고 작은 톱쯤은 분간할 수 있단 말씀이야." 해석상의 논란이 많은 부분이지만 대부분의 셰익스피어 전문가들은, 남풍과 남동풍을 순수하고 섬세하고 사람을 따뜻하게 해주는 것으로 간주하는 데 착안한 햄릿이, 재치를 부려 자신의 광기의 원인을 주변 상황으로 슬쩍 돌리려 했다는 데 동의한다. 그리고 '매와 작은 톱'의 비유는, 전혀 다른 외양의 물건을 구별할 줄 아는 최소한 분별력을, 광기와 반대되는 정상 상태의 기준으로 삼음을 뜻한다. 히치콕은 여기서 광기에 관해 말하고 싶었던 것이다. 외양과 실제 사이의 불일치와 아이덴티티의 분별에 관해서도. 햄릿의 저 대사가 극 중 극을 공연하는 극단의 도착과 동시에 이루어짐은, 또한 〈북북서〉가 연극적인 미망의 세계를 다루려 함과 관계 있다. 셰익스피어의 대사 중간에 by를 넣고 '노스웨스트' 항공사를 등장시킨 건 히치콕의 장난일 뿐이다. 아니면 이 제목 자체도 그저 무의미이든가.

이 줄거리는 히치콕의 경력 가운데서 가장 복잡한 플롯을 보여준다. 오죽하면 케리 그란트가, "3분의 1이나 찍은 지금도 어디가 앞인지 뒤인지 모르겠다"며 불평을 해댔을까. 히치콕으로서는 극히 이례적으로 소설이나 희곡의 원작이 없는 오리지널 시나리오, 따라서 여

기에는 가장 히치콕스러운 장치들이 자연스럽게 배려되어 있다.

손힐은 영문도 모른 채 납치당한다. 그는 자기더러 미국 첩보원 캐플란이라고 부르는 타운젠드 일당에게 죽을 뻔한다. 타운젠드를 만나러 간 유엔 본부 로비에서 그는 자기가 만난 타운젠드는 진짜가 아니라는 사실을 깨닫는다. 그리고 진짜 타운젠드는 누군가에 의해 살해당한다. 살인범으로 몰린 손힐은 달아나는 길에 이브와 사랑에 빠진다. 그녀의 주선으로 캐플란과 만나기로 하지만 약속 장소엔 비행기의 기총소사만이 그를 기다리고 있을 뿐이다. 이브가 스파이 두목 반담의 정부라는 사실을 깨달은 손힐은 경찰에 자수한다. 이때 나타난 미 정보국의 책임자는 또다시 상황을 뒤집는다. 캐플란은 반담의 주의를 분산시키기 위한 허구의 인물이고, 이브야말로 정부 측에 고용된 요원이라는 것. 반담의 의심을 산 이브가 위험해졌다는 말에 손힐은 캐플란의 역할을 수행하기로 결심한다. 이브는 반담이 보는 앞에서 손힐, 즉 캐플란을 사살하는 척하고 신뢰를

회복한다. 그러나 반담의 심복 레나드(그는 반담을 사랑하는 게이. 이브를 질투한다)가 이 계략을 눈치채자 이브는 다시 위기에 처한다. 결국 손힐의 도움으로 이브는 탈출에 성공하고 반담 일당은 궤멸된다.

영화의 시작에서 우리는 뉴요커들의 분주한 모습을 담은 거리 장면을 접한다. 〈현기증〉과 〈싸이코〉에서도 협력했던 크레딧 시퀀스 디자이너 사울 바스는, 하늘처럼 푸른 배경에 수직 수평선을 그리고 만든 사람들 이름을 아래위로 오르내리게 한다. 이 추락과 상승의 수직 동세는 최후의 추격 장면, 러슈모어 산에서의 암벽 등반 장면을 미리 연상케 한다. 그리고 나서 이 선들은 그대로 맨해튼의 마천루 벽면으로 디졸브된다. 이 반사유리로 된 벽은 거리의 풍경을 포착하고 있다. 이 사각형으로 구획된 유리 조각들에 시민들은 사로잡힌 것 같다. 우리에 갇힌 가축 떼로 보이는가 했을 때 카메라는 바로 거리로 내려간다. 무리를 지어 이리저리 몰려다니는 그 모습은 역시 보이지 않는 양치기에 의해 조종되는 양 떼 비슷하다. 언제나처럼 카메오 출연한 히치콕의 코앞에서 버스의 문짝은 닫혀버리고, 사람들은 지하에서 꾸역꾸역 올라온다. 이 평범해 보이는 익명의 선남선녀들은 정말 평범하다? 히치콕의 안내를 받아 가 보는 세계는 그렇지 않다. 저 특징 없는 사람들 사이에는 비밀 첩보원, 암살자, 도둑, 금발의 악녀들이 득실거리고 있다. 우리가 이미 〈무대공포증〉〈오명〉〈현기증〉에서 경험했듯이, 히치콕 생각에 세상은 겉으로 보이는 것과는 많이 다르다.

손힐은 캐플란을, 캐플란은 반담을, 반담은 캐플란, 즉 손힐을 쫓는다. 교수와 이브는 반담을 쫓는다. 이 난마처럼 얽힌 플롯의 게임에서 우리가 제일 먼저 발견할 수 있는 특징은 인물들의 아이덴티티 혼란이다. 앤드루 브리튼이 명명한 바대로 히치콕이 애호하는 '이중 추격 플롯 구조'를 하고 있는데, 경찰이나 악한들에게 쫓기는 한편으로 자신도 누군가를 찾아 헤맨다는 이 도식을 통해 감독은 오인된 사나이의 공포를 묘사한다. 주인공은 타인에 의해 자기 아닌 또 다른 타인으로 인식당하는 나머지, 자기 아이덴티티를 찾아 여행하고 모험한다. 손힐은 캐플란을 만나려고 애를 쓰지만 사실 캐플란은 실재하는 인물이 아니다. 이는 존재하지 않는 매들린을 뒤쫓는 〈현기증〉의 스코티와 비슷한 상황이다. 손힐과 캐플란 사이의 분열은, 알고 보면 손힐 그 자신의 분열에 다름 아니다.

여기에 겉으로 드러난 모습과 실제 정체 사이에 괴리를 가지고 있지 않은 사람은 하나도 없다. 손힐은 캐플란으로 오인받고 쫓기기 시작한 이래 종반에 이를 때까지 한 번도 제대로 자기 존재를 입증하지 못한다. 영화가 마지막에 이르러도 악당들은 그가 캐플란이라는 믿음을 절대로 버리지 않는다. 이브는 처음에 우연히 기차에서 마주친 산업 디자이너였다가 반담의 정부였다가 정부 측 이중첩자로 계속 변신한다. 반담은 유엔 외교관 타운젠드인 척하면서 등장하고 나중에 경매장에서는 미술품 수집가로 행세한다. 반담의 부하들은 정원사로, 가정부로, 사업가의 비서로 각각 위장하고 있다. CIA의 부장은 '교수'로 불리고 그 동료들도 하나같이 '만화가' '증권브로커' '가정주부' '저널리스트' 등으로 표상된다. 모두가 신사요 숙녀건만 그 배후의 진실은 완전히 엉뚱하다.

주인공 로저 손힐만 해도 그렇다. 일견 무죄하고 순진한 미남 신사 같은 그를 자세히 들여다보고 있노라면, 우리는 히치콕이 얼마만 한 치밀성을 가지고 이 단순한 캐릭터에 입체성과 생동감을 불어넣어 놓았는가를 실감하게 된다. 우선 그는 광고회사의 중역이다. 여기서 광고는 현대인의 위선과 기만을 상징한다. 그는 세상에 거짓말이란 없고, 광고 용어대로 '불가피한 과장'이 있을 뿐이라고 생각한다. 그래서 이브는 그를 이렇게 규정할 수 있었던 것이다. "사람들이 원치도 않는 물건을 사게 하고……. 당신이 누군지도 모르는 여자들로 하여금 사랑에 빠지게 만드는 사람." 그런 테크닉을 가지고 공략한 결과 두 여인과 결혼할 수 있었지만 두 번 다 이혼. 하지만 오직 한 여자 어머니만은 예외다. 손힐은 '엄마'한테 비정상적으로 의존적이다. 앞에서 꼼짝도 못 한다. 처음에 손힐이 캐플란으로 오해받은 것도 어머니 때문이었다. "캐플란 씨 전화 받으세요" 하고 외치고 다니는 호텔 보이를 불러서 무어라 이야기하는 손힐의 모습을 먼발치에서 보고,

악당들은 당연히 그를 캐플란으로 생각하게 된다. 손힐로서는 어머니에게 전보를 보내려고 했던 것뿐인데. 심각한 마마보이에 지독한 술꾼이기도 한 이런 사람과 진실한 인간관계

를 맺기를 기대함은 애초부터 무리인지도 모른다. 기차에서 처음 만난 여자 이브가 노골적인 성적 유혹을 해오자 그는 당황한다. 손힐 : 솔직한 여자는 무서워요. / 이브 : 왜죠? / 손힐 : 날 불리한 입장에 처하게 만드니까요. / 이브 : 당신이 여자한테 솔직하지 못해서가 아닌가요? / 손힐 : 바로 그거예요.

이런 대화 이후의 통성명은 무슨 소용이 있을까? 손힐은 자기 이름으로 자기의 모든 비밀을 실토한다. 그의 풀 네임은 Roger O. Thornhill. 성냥갑과 손수건에 새겨진 모노그램 R.O.T.는 '부패'를 뜻하는 영어단어 'rot'와 철자가 같다. 게다가 미들 네임 'O'는 무엇을 줄인 글자냐고 묻는 여자에게 그는 스스로 "아무것도 아니다

nothing"라고 대답한다. 영문자 O를 아라비아 숫자 0과 동일시해서 만든 조크지만 조크치고는 좀 섬뜩하다. 납치를 장난인 줄 알았다가 엄청난 고생을 겪은 그가 아니던가. 비행기로 달아나라고 충고하는 어머니에게 그는 또 이런 농담을 했었다. "비행기에서는 누가 절 알아봐도 숨을 데가 없잖아요. 설마 뛰어내리라는 말씀은 아니겠죠?" 그러나 비행기를 타지 않아도 후에 손힐은 자신을 알아본 비행기에 의해 공격당한다. 그러니 함부로 농담을 지껄일 일이 아니다. 결국 'O'의 조크는 사실로 판명된다. 그는 총체적으로 무의미한 존재인 것이다.

  그러므로 손힐의 아이덴티티는 취약하다. 공허한 인생이므로 자기 정체성에 대한 확신이 결여되어 있을 수밖에 없다. 자기가 납치되어 죽을 위기를 넘겼다는 말을 아무도 믿어주지 않자, 그리고 사람들이 자꾸 자기더러 캐플란이라고 우겨대자, 그의 자기 신뢰는 이내 흔들리기 시작한다. 경찰서에서 어머니에게 전화 걸 때 그는, "어머니 아들로서의 손힐이에요" 하며 공연히 이름에 힘을 준다. 불안한 것이다. '난 정말 손힐 맞나?' 그러면서도 처음 보는 여자가 자신의 퍼스트 네임을 불러대며 친한 척하자 그는 외친다. "날 로저라고 부르지 마시오!" 물론 자기로서야 미스터 손힐이라고 불러달라는 주문이었겠지만, 우리에게는 같은 말도 다르게 들린다. 이제 그는 자기의 정체성을 스스로 거부하기에 이른 것이다. 이 혼동의 상황은 이후 손힐이 교수에게 술을 주문할 때 완성된다. 본래 진 애호가였던 그는 이때 아주 자연스럽게 버번을 부탁하고 있다. 손힐을 캐플란으로 착각한 반담 일당이 그를 음주 운전 사고사로 위장시켜 살해하려 했을 때 강제로 먹인 술이 버번이었음을 상기한다면 그 무서운 의미를 실감할 수 있다. 그는 정말 캐플란이 되었다.

자기가 누구인지조차 헷갈리는 사람이 행선지를 제대로 챙길 수 있을 리는 만무하다. 만취한 채 억지로 몰게 된 메르세데스에는 브레이크가 없다. 그는 남의 차에 충돌하지 않고는 자기를 멈추지 못한다. 인간 조건은 불안정하고 자기 뜻대로 통제될 수 없다. 택시를 새치기해서 탔던 그는 납치범의 자동차에 꼼짝없이 사로잡히고, 캐플란의 호텔 방에 무단침입했던 그는 교수에 의해 병원에 감금된다. 엘리베이터에서 내리면서 첫 등장했던 그는 나중에 암살자들과 한 엘리베이터를 타야 한다. 같은 방식으로 매디슨 애비뉴에서의 활보에는 유엔 빌딩에서의 탈출이, 옥수수밭에서의 비행기에는 사우스 다코타로의 비행이, 시카고로 가는 기차에는 마지막에 뉴욕으로 돌아가는 기차가, 타운젠드 씨의 집으로 타고 갔던 경찰차에는 시카고의 경매장에서 공항으로 태워주는 경찰차가 각각 일대일 대응한다. 심지어 옥수수밭 하이웨이에서 손힐의 면전에서 탕 하고 닫히는 버스 문조차도 앞에서 히치콕이 겪었던 바로 그것이 아닌가. 혼돈과 재앙으로 곤두박질치는 손힐의 상황을 강조하기 위해 모든 여행 경로는 이중으로 구성된다.

그는 늘 어디론가 쫓겨야 하지만 다음에 어디로 가야 할지는 번번이 모른다. 교수의 여비서는 그래서 "굿바이 미스터 손힐…… 당신이 어디에 있든……"이라고 혼잣말을 하며, 이브 역시 손힐을 은신처에서 꺼내주면서, "나와요, 당신이 어디에 있든……"이라고 농담한다. 그는 뿌리 없는 인간. 과연 우리는 그가 갖가지 교통수단을 통해 이동하는 모습말고는 본 적이 없고, 그의 집은 한 번도 소개되지 않는다. 늘 쫓기는 자로서의 손힐의 처지는 유엔 본부의 부감 숏에서 가장 완벽하게 표현된다. 살인 누명을 쓰고 달아나는 손힐. '신의 시점 숏'으로 불리는 이 수직 부감/익스트림 롱숏에서 그는 하나의 움직이는 점, 또는 얼룩에 지나지 않는다. 지금까지 (캐플란으로서) 무질서의 세력에 의해 쫓겨온 그는 드디어 (손힐로서) 질서의 세력에 의해서도 쫓기게 된다. 매사에 자신만만하던 광고인은 이제 죽어라고 도망가는 벌레와도 같아 보인다.

이 이미지는 이브를 만나는 기차 장면을 지나 저 유명한 옥수수밭으로 이어진다. 캐플란을 만나러 온 손힐. 이제까지 폐쇄된 공간에서만 모습을 보여온 이 뉴요커는 갑자기 인공과 문명의 흔적이라고는 아무것도 없는 황량한 초원에 떨어진다. 사회와의 마지막 연결이었던 버스는 멀어져가고 흑백의 자동차가 각각 반대 방향에서 왔다가 사라지고 트럭은 먼지만 안겨주고 스쳐간다. 위기 상황에서도 양복이 구겨질까 걱정할 정도로 외모에 신경을 쓰던 손힐—반담과 레너드는 손힐을 처음 봤을 때 한결같이 우아한 의상에 놀란다—이 먼지를 뒤집어쓰는 모습은 안쓰럽다. 그의 시점 숏과는 다르게 그를 잡은 미디엄 숏들은 모두 약간 부감 앵글이고, 따라서 그의 배경은 땅이 대부분을 차지한다. 지평선은 손힐의 머리끝에 닿은 채 그를 억누르고 있는 듯하다. 버스를 기다리던 시골 사람이 무심코 한마디 한다. "거 이상하다……. 저 비행긴 작물도 없는 데다가 약을 치네?" 그가 떠나자마자 드디어 농약살포기는 손힐에 접근한다. 이번에는 배경에 하늘을 더 많이 할애함으로써 완벽하게 노출된 존재로 느껴지는 손힐. 영락없이 매에게 쫓기는 들쥐의 꼴이다. 곧이어 옥수수밭에 숨었다가 비행기가 농약을 뿌리자 밖으로 뛰쳐나오는 대목에서 그는 글자 그대로 해충의 신세로 전락한다. 영화 〈새〉에서의 새 떼처럼, 이

비행기는 단순한 기계나 공격무기로 보이지 않는다. 그것은 익명적이고 초자연적이며 단순하고 명쾌하며 무감각하다, 신처럼.

지금은 전설이 된 이 시퀀스를 두고 트뤼포는 이렇게 말했었다. "비행기 나오는 시퀀스는 전혀 있을 필요가 없는 것이었습니다. 그럴 듯함이나 의미도 없는 거였죠. 바로 이런 방식으로 접근할 때 영화는 음악처럼 추상적인 예술 매체가 될 수 있을 겁니다." 말하자면 이것은 본편과 독립된 하나의 이야기로 이해될 수 있다. 일상에서 만나는 불길한 사건에서 공포는 시작되고 인생의 예측 불가능성과 부조리함이 드러난다. 트뤼포는 이 점을 지적하면서 히치콕의 핵심 이슈를 '부조리의 환상'으로 들고 있으며 이에 대해 히치콕은 자신이 '부조리에 대해 종교적인 열정으로 탐구'하고 있음을 인정한다.

또한 히치콕이 맥거핀 개념을 가장 잘 구사한 영화로도 꼽았던 이 작품에서, 타라스칸 전사의 조상에 숨겨진 미국 정부의 비밀이야말로 삶의 공허함과 부조리함을 드러내는 묘사의 정점을 이룬다. 모든 등장인물들이 이것을 차지하기 위해 사투를 벌이지만 정작 그것이 어떤 내용을 담고 있는지, 왜 어느 정도로 중요한 것인지에 대해서는 아무것도 알려진 바가 없다. 그것은 경매장에서 구입하는 형식으로 입수된 물건으로서, 예술품의 외양을 하고 있다.(경매장에서 이브의 목덜미를 손으로 쓰다듬는 반담의 모습 역시 아름다운 흉상을 완상하는 미술 애호가의 자세 그대로다.) 러슈모어 산에서의 추격전 때 결국 그것은 바닥에 떨어져 깨지고 그 속에 든 물건이 모습을 드러낸다. 필름. 영화를 만드는 재료. 영화의 모든 요소가 일제히 집중했던 대상이 바로 영화라면, 이것이야말로 부조리의 극치가 아니고 무엇이겠는가. 〈북북서〉의 중심은 텅 비었다. 빈 것은 또 있다. 〈북북서〉의 가장 중요한 패러독스. 저 '무의미' 손힐은 타의에 의해 자기 아닌 타인으로 인식되는데, 그 타인이 세상에 존재하지 않는 사람이라는 점이다. 그는 또다시 무의미해지는 것이다. 또는 그는 '무의미한 의미'다. 허구로 창조된 미끼이기 때문이다. 반담에게는 제거해야 할 대상이고 교수에게는 생존시켜야 할 대상이다. 캐플란이 실재한다고 믿는 한, 반담은 자기 코앞에 이중간첩이 있을 수 있다는 점에 주목하지 않을 터이다. 의혹의 눈길로부터 이브를 보호하기 위해 마련된 시선 교란용 꼭두각시. 캐플란은, '부재하는 존재' 또는 '텅 빈 의미'다. 그는 걸어다니는 역설이다. 이 존재를 제거하기 위해서는 역시 '텅 빈 권총', 즉 공포탄이 필요하다.

여기서 두 번째의 패러독스. 이 영화를 손힐이 타인과의 관계를 회복하고 진지함과 사랑과 책임감을 얻어가기까지의 이야기로 보았을 때, 그 방법이 문제다. 손힐은 이브가 위험에 빠졌음을 알고 교수의 부탁을 수락한다. 자기가 캐플란이 아니라고 우기는 일을 그만두고, 진짜 캐플란이 되어 이브에 의해 살해당하는 척해달라는 것. 공포탄을 맞고 캐플란은 죽는다. 손힐은 그토록 벗어나려고 했던 타인의 역할을 수행하면서, 그토록 빠져나오려고 애썼던 허구의 공간을 채워야 한다. 사랑하는 여인을 구하기 위해 위험한 연기를 마다하지 않은 그는, 손힐로서보다는 캐플란으로서 희생하는 셈이다. 그러나 한편으로 이 죽음은 실재하지 않는 캐플란의 죽음인 동시에, 실재하는 로저 '무의미' 손힐의 죽음이기도 하다. 손힐은 이 죽음 연기를 계기로 거듭나기 때문이다. 그는 자신을 이용했던 이브를 용서하면서 참된 사랑의 행위를 실천한 것이다. 그래서 교수의 제의를 받아들일 때 그의 얼굴에는 비행기의 환한 빛이 아름답게 비춰진다.

캐플란 살해의 연극에 이어 숲에서의 재회가 이루어진다. 전체 시간이 길어지는 바람에 이 장면을 잘라내라는 압력을 받았다는 히치콕의 술회도 있거니와, 여기에는 어떤 극적인 반전도 없다. 다만 이제는 이브의 정체를 안 손힐이, 진정한 사랑에 눈뜨고 미래를 함께하려는 의지를 보인다는 내용이 있을 뿐이다. 그것을 표현하는 히치콕의 미장센이 빛나는 대목. 손힐을 태운 자동차가 숲에 와서 선다. 이 롱숏에서 하차하는 손힐의 풀숏으로 커팅. 그가 차 뒤에 서자 카메라 후진하면 미리 와 있던 이브의 모습이 프레임 인 된다. 광각렌즈에 의해 포착된 2인 롱숏에서 남녀는 화면 양끝에 서서 멀어 보인다. 먼저 손힐이 이브를 향해 걷는다. 그의 풀숏으로 커팅한 카메라가 사람을 따라 옆으로 이동한다. 이번엔 이브의 풀숏으로 커팅. 그녀도 손힐을 향해 걷자 카메라 따라서 이동. 이 두 번째의 트래킹에서는 아까와는 반대로 손힐이 프레임 인 된다. 포옹하는 남녀. 이 신은 독립된 두 인격이 어떻게 하나로 합쳐지는가를 탐구하고 있다. 언제나 핵심은 서로에게 다가감에 있는 것, 히치콕은 이 이동에 관객을 참여시키려 한다.

그리고 러슈모어 산. 역대 미 대통령 4인의 거대한 두상이 조각된 이 절벽에서 손힐과 이브는 죽음의 위기를 맞는다. 〈기차의 이방인〉의 국회의사당, 〈사보타주〉의 자유의 여신상 등과 마찬가지로 이 위압적인 기념비들은 정치가, 정부, 민주주의 등을 상징한다. 그러나 이 무표정한 대통령들은 주인공 남녀의 탈출을 돕기는커녕 방해하는 것 같다. 이전에 CIA 사무실 현판에 비치던 국회의사당이 손힐의 안전을 책임져주지 않았던 것처럼, 유엔의 본부가 오히려 살인과 누명 씌

우기의 무대로 이용되었듯, 법과 질서의 수호자들은 손힐의 인생에 아무 도움도 되어주지 못하는 것이다. 이 시퀀스 전체를 커다란 조크로 간주했던 히치콕은 손힐을 링컨의 콧구멍 속에 집어넣고 그에게 발작적인 재채기를 시키려고까지 했었다고 한다. 재채기를 해야 할 사람은 링컨이건만, 어째서 손힐이? 링컨은 모든 정치가들이 그렇듯 근엄한 체하며 점잔만 뺄 것이기 때문이다.

절벽에서의 안타까운 들어 올림—손힐은, 떨어지려는 이브를 아슬아슬하게 붙잡는 데 성공한다—은 바로 기차 침대칸에서의 흐뭇한 들어 올림으로 매치컷된다. 둘은 잠자리에 들려 하고 다음 컷은? "〈북북서〉에 상징은 없어요. 그렇지! 하나 있었군요. 마지막 숏. 케리 그란트와 에바 마리 세인트의 러브 신 다음에 기차가 터널에 들어가는 거요. 남근 상징입니다. 하지만 아무한테도 말하면 안 돼요."(《카이에 뒤 시네마》와의 인터뷰에서, 앨프리드 히치콕.)

복원된 가능성

블레이드 러너

　어느 방송에서 이야기한 내용이 빌미가 되어 좀 시달려왔던 게 사실이다. '데커드(해리슨 포드)는 리플리컨트인가'의 논쟁에 나름의 의견을 밝힌 데 대해, 더 분명한 설명을 듣고 싶다는 요구들이 있었던 것이다. 망설이던 차에 무심코 뒤적이던 묵은 잡지에서 바로 같은 관심사를 다룬 글(《사이트 앤 사운드》 92년 12월호에 실린 필립 스트릭의 〈블레이드 러너, '차이'를 말하다〉)를 읽고 활자를 통한 부연을 할 요량이 생기게 되었다. 그의 견해는 나와 정확히 일치하는 것이었으되 (오랫동안 이 영화에 관심을 가져온 일급 비평가답게) 리들리 스콧의 촬영용 대본에 근거한 정보만큼은 초문이었다. 복원판의 우월성을 둘러싼 논쟁과 더불어 음미해볼 만한 초점이 아닐까 싶어 새삼스레, 〈블레이드 러너〉를 말한다.

　감독은 1992년 복원판을 위해 데커드의 내레이션을 소거하고, 마지막 장면을 삭제했으며, 데커드의 환상을 삽입했다. 반젤리스 음악의 전면 수리를 빼면 이 세 가지가 변화의 전부. 여기가 바로 재논쟁의 발화점이다. 도피 이후에 과거를 회상하는 형식으로 이루어졌던 내레이션의 내용은 사실상 데커드가 리플리컨트일 가능성을 배제시켜왔다. 하지만 그 구차스러웠던 사족이 몽땅 사라진 지금, 어떠한 가설도 발생 가능하다. 그리고 도피의 비행이라는 해피엔딩—이때의 배경이 된 항공 촬영 숏은 스탠리 큐브릭 〈샤이닝〉의 오프닝을 위해 찍힌 것이었다고 한다―대신, 육중한 엘리베이터 문짝이 남녀를 가려버리면서 만들어지는 암흑의 화면은, 둘의 미래에 그 어떤 섣부른 희망도 준비되어 있지 않다는 결론을 암시적으로 전하고 있다. 게다가 아무런 극적 맥락 없이 끼어든 유니콘의 환상―리들리 스콧의 바로 다음 작품 〈레전드〉에서 가져다 쓴 숏―은 해석상의 논쟁을 야기하기에 충분할 정도로 느닷없다. 결국 감독은 모든 상황을 모호하게 만듦으로써, 무한한 가능성의 지평을 향해 영화를 열어놓은 것이라

하겠다. 그 지평선 너머에 있는 한 가지 진실은 물론 데커드의 숨겨진 정체성이다.

리플리컨트를 제거하기 위해 또 다른 리플리컨트를 고용한다? 충분히 있을 수 있는 일이다. 로이(룻거 하우어)의 말대로 이들은 '노예', 또는 미래의 노동자 계급이다. 경찰서장 브라이언트나 데커드 자신의 말대로 미래의 '검둥이' 또는 '유색인종'이다.

자본가가 노동자를, 백인 농장주가 흑인 노예를 억압할 때, 회유한 노동자나 흑인을 동원하는 일은 역사의 상식이다. 그들은 고용주 이상으로 악랄하게 동료들을 대하게 마련이다. 두뇌도 우수하고 육체적으로 더 강인한 도망자를 체포하는 일이 보통 인간 탐정으로서는 역부족이기도 하리라. 말하자면 데커드는 '미래의 구사대'인지도 모른다.

"블레이드 러너에 의한 죽음은 처형이 아니라 퇴직이었다"라는 자막이 끝나자마자 데커드는 '퇴직'한 블레이드 러너로 첫 등장한다. 자기를 다시 불러들인 브라이언트에게 그는 한 번 퇴직으로 불충분

하다면 재퇴직하겠다고 대꾸한다. 이는 리플리컨트로서의 죽음을 뜻하는 게 아닐까? 그에 앞서, 데커드는 왜 그토록 이 일을 싫어하는 것일까? 첫 번째 대상으로 조라를 퇴직시켰을 때 그녀의 시신을 지켜보는 그의 표정을 보라. 현장에 함께 있던 리온의 얼굴과 교차되면서, 데커드의 상심은 리온 못지않아 보인다. 반대로 로이가 데커드를 살려주는 대목도 비슷한 느낌을 불러일으킨다. 도대체 이들은 왜 서로를 동정하는 것일까?

인간과 리플리컨트의 차이는 무언가? 유일한 기준은 수명이다. 눈동자 반응 테스트로 가려낸다고 하지만 리플리컨트가 감정을 충분히 성숙시킬 수 있을 만큼 생존한다면 아마도 무용지물이 될 것이다. 기계가 제대로 작동하지 않으면 어쩌냐는 데커드의 질문에 브라이언트는 난감한 표정으로 묵묵부답한다. 인간과 리플리컨트를 혼동한 적 없느냐는 레이첼(숀 영)의 질문에 데커드는 대답하지 못한다.

흔히 지적되는 것처럼 기억의 유무조차 엄밀한 의미에서 기준이 될 수 없다. 어느 인간이 태어나면서부터 기억을 가지고 있단 말인가. 시간이 갈수록 감정이 만들어지는 게 넥서스-6 모델의 우수성이라고 브라이언트가 말하고 있듯이, 시간이 흐르면 기억도 쌓이는 법. 로이는 죽어가면서 말한다. 이 모든 기억들도 시간 속에 사라져가겠지. 빗속에 흐르는 눈물처럼……

그러나 더 엄밀히 말한다면 수명조차 본질은 아니다. 유전공학자 세바스찬은 므두셀라 증후군에 걸려 조로하는 자다. 네 살배기 어른 로이와 스물다섯 살 난 노인 세바스찬은 역설적으로 같은 조건에 놓여 있다. 이들은 오래 살 수 없다. 심지어 동료 블레이드 러너 개프(에드워드 제임스 올모스)는 "그녀(레이첼)가 죽어야 하는 건 안됐소. 하지만 따지고 보면 누군 안 죽나?"라고 냉소적으로 언급한다. 즉 두 종 사이에 유의미한 차이는 없는 것이다. 레이첼이 피아노를 치면서 자기의 교습 기억이 이식되었는지 여부를 의심할 때 데커드는 말한다. 중요한 건 당신이 아름답게 연주한다는 사실이라고. 이 영화를 정치적으로 음미할 만한 텍스트로 만드는 것은 바로 이 '차이의 무력화' 또는 '경계의 균열'이다. 데커드는 타자와의 차이를 규정하는 경계의 칼날(블레이드) 위를 아슬아슬하게 달리는 자(러너)이다.

이른바 '심사숙고된 실수'라는 게 있다. 지구에 잠입한 넥서스-6는 몇 명인가? 처음에 브라이언트는 4명이라고 말한다. 그러나 다음 장면에서는 6명이 내려왔는데 그중 하나는 사고사했다고 한다. 그럼 나머지 하나는 어디로 갔다는 말인가?

원래의 각본에는 메리라는 제5의 리플리컨트가 존재했었지만 최후의 캐스팅 순간에 배제되었다고 한다. 그렇다면 4명설은? (이 실수가 의도되었다는 증거가 《사이트 앤 사운드》의 한 독자에 의해 지적되었다. 브라이언트가 4명을 언급하는 대사만 추후에 더빙되었다는 것이다. 자세히 들어본 결과 그 부분만 낮은 피치로 약간 느리게 들림을 확인할 수 있었다!) 우리는 이 '잃어버린 리플리컨트'의 수수께끼를 통해 한 숨은 존재의 암시를 받게 된다. 레이첼이 당신도 그 테스트를 받아본 적이 있느냐고 물었을 때 짐짓 곯아떨어진 척하는 자, 바로 데커드다.

또 하나의 유명한 실수는 레이첼의 사진이다. 엄마와 함께 찍은 그 소녀는 물론 레이첼이 아니어서 슬프다. 이식된 기억의 상징이므로. 그러나 데커드의 시점으로 포착될 때 그것은 더 이상 모조된 과거가 아니다. 그 사진 클로즈업은 숏 끝부분에 와서 살아난다. 갑자기 환하게 밝아지면서 스틸사진 속의 인물과 나무 그림자가 움직이는 것이다. 이 1/2초 동안의 어처구니없는 실수를, 데커드와 레이첼 사이의 동질성에 대한 감독의 논평으로 볼 수는 없을까? 게다가 어떤 이들은, 영화에서 리플리컨트들은 한번씩 눈동자에 붉은 빛이 반짝하는 순간이 있다고 주장한다. 그리고 물론, 자기 집에서 레이첼과 이야기할 때 데커드에게도 그런 때가 있다는 것이다.

그녀가 왔다 간 다음 데커드는 피아노 앞에 앉아 생각에 잠긴다. 이때 그 앞에 펼쳐진 무수한 사진들은 뭔가 불안하다. 그는 초조감에 사로잡혀 서둘러 자기 과거를 확인해보고 싶어 했던 것 같다. 그리고 유니콘의 꿈. 이 존재하지 않는 불사의 동물이 데커드에게 이식된 기억이 아니라는 증거는 없다. 짧은 수명의 존재가 갖는 헛된 소망의 안타까움! 로이 일당이 거주하던 아파트 건물 외벽엔 'YUKON'이라는 전광 글씨가 번쩍인다. 유니콘과 비슷한 발음이다. 데커드의 살아 있는 유니콘 영상은 알루미늄 포일로 만들어진 모조 유니콘으로 연결된다. 개프는 이 장난감을 떨어뜨려 놓음으로써, 레이첼의 도주 방조를 자인함과 동시에 데커드의 정체성에 대한 단서를 제공한다. (본래 각본에서는 남녀의 도피 장면에, 개프의 필사적인 추격 장면이 붙을 예정이었다. 결국 레이첼은 데커드의 손에 죽고 싶다고 요구한다. 물론 데커드는 그렇게 한다.) 예의 '누군 안 죽나?' 라는 대사가 회상으로 반복되면서 레이첼과 데커드의 동질성이 결정적으로 고착된다. 최후의 결투에서 로이와 데커드가 같이 손을 다치면서 동일시되듯.

필립 K. 딕의 원작 소설에 의하면 데커드는 물론 타이렐과 개프마

저 리플리컨트다. (〈토탈 리콜〉의 원작『꿈을 팝니다』, 영화화가 추진 중인『두번째 변종』『사기꾼』 등) 딕의 주인공들은 언제나 자신이 숨겨진 타자였다는 사실을 인식하면서 절망한다. 원작『안드로이드는 전기양의 꿈을 꾸는가?』에 따라 영화의 제목도 이렇게 바뀌어야 하는 건 아닐까? 〈리플리컨트는 유니콘의 꿈을 꾸는가?〉

■■■ 2000년. 결국 리들리 스콧 감독은 싱겁게도 데커드는 리플리컨트라고 생각한다고 밝히고 만다. 해리슨 포드는 촬영 당시 감독이 데커드는 인간이라고 말해주었다고 밝히고 있지만.

말하면 죽는다!

그리샴의 법칙

상원의원의 시체가 어디 감춰졌는지를 알고 있던 뉴올리언스 마피아의 변호사가 멤피스에서 자살한다. 우연히 현장에 있었던 소년과 살인범만이 진실을 안다. 입을 다물자니 법의 추궁이 매섭고 입을 열자니 조직의 쓴맛이 두렵다. 소년과 여성 변호사가 갇힌 곳은 진퇴유곡, 최선의 수비는 공격이다.

존 그리샴의 소설 『의뢰인』을 읽었을 때, 내가 이 원작으로 영화를 만들어야 하는 할리우드 감독이라면 어떻게 했을까를 생각지 않을 수 없었다. 하드커버 2백만 부를 초판으로 인쇄한 이것은 펄프 픽션이 아니다. 그냥 '영화적'인 정도가 아니라 차라리 '영화 각본적'인 이 소설은, 영화 원작이라기보다는 영화 각본을 소설화한 글 같았다. 그리샴은 먼저 각본을 써서 할리우드에 팔았어야 옳았다. 막대한 잠재적 이윤만 포기할 수 있다면 말이다. 게다가 작가와 독자 사이에 이루어지는 그 노골적인 이데올로기적 교감! 내게 『의뢰인』은 미국판 『나는 소망한다 내게 금지된 것을』이나 『무궁화꽃이 피었습니다』로 읽혔던 것이다.

나라면 첫째, 어떤 방식을 통해서든지 프랭크 카프라에 대한 오마주를 표현했으리라. 장관이나 상원의원이 아니라 '음지에서 묵묵히 일하는 숨은 영웅들'에 의해 미국의 법과 정의는 지켜진다는 주장,

영웅적 개인들의 헌신과 희생이 모여 위대한 법과 정의의 승리를 이룬다는 신념, 미국의 법과 정의에 대한 심각한 문제 제기는 더욱 큰 차원에서의 긍정과 옹호를 위한 전략이라는 계산이 여기 있으므로.

둘째, 목격자 마크와 변호사 레지의 두 가정이 파탄한 과거사를 플래시백의 교차진행이라는 형식을 통해 적극적으로 표현하겠다. 이 이야기는 결국 한 아줌마와 한 소년이 만나 하나의 이상적인 가상 가정을 이룬다는 내용에 다름이 아니므로. 동병을 상련하지 않는 한 치유도 없다. 강인한 여변호사는 정의의 여신이자, 부재하는 아버지와

미성숙한 어머니의 자리를 채워줄 대리인으로 표상된다. 곤경에 처한 소년은 법의 보호를 절실히 필요로 하는 시민이자, 부실한 모성을 충족시키는 환상 속의 아들이다. 레지는 이혼한 남편에게 자식을 빼앗긴 채 학대받는 어린이 전문 변호사가 된 여자 아닌가. 마크는 그녀의 흘러넘치는 젖을 처리해줄 아기이며, 레지는 불운한 오이디푸스에게 불현듯 나타난 사랑의 대상이다.

셋째, 흑인 판사 루스벨트 역으로 (다스베이더의 목소리 연기로 유명한) 제임스 얼 존스를 캐스팅하겠다. 그리샴은 이미 이 대배우를 염두에 두고 인물을 만들어나간 것으로 보이는데, 약자에 대한 동정심이 넘치며 해박한 법 지식과 철저한 원칙을 소유한 루스벨트 판사가 마크와 벌이는 논쟁, 그리고 교활한 검사와 FBI를 조롱하는 재판 과정은 소설 『의뢰인』의 백미다. 마크에게 그는 엄격한 아버지의 이미지로 나타난다. 요컨대 이 대목에 이르러서 비로소 미국은 구제가능성이 조금 있는 나라로 보이기 시작하는 것이다.

그러나 결과는 어떤가. 어떤 소재든 멜로드라마로 바꾸어버리는 데

탁월한 실력을 보여온 시드니 폴락(《야망의 함정》)과 할리우드 좌파(?)의 한랭전선 한 귀퉁이를 차지해온 집요한 음모 이론가 앨런 J. 파큘라(《펠리칸 브리프》)에 이어, 조엘 슈마허가 재구성한 존 그리샴의 세계는 엄청난 흥행으로 벌어들이는 외화 말고는 아메리카의 국익에 그다지 큰 봉사를 하지는 못하고 있다. 절묘하게 설정해놓은 보수주의의 장치들은 제대로 작동되지 못한 채 녹이 슬고, 더욱 노골적인 우파 이데올로기만 눈에 거슬리게 드러난다. 〈로스트 보이〉에서 보여준 자유주의에 대한 혐오감이나 〈폴링 다운〉에서 추구한 미국 중산층의 배타적 카타르시스는 차라리 솔직해서 좋았었다. 원작에서 열렬한 환경보호론자인 상원의원은 가증스런 정상배로 바뀌고, 정작 가증스런 정상배인 폴트리그 검사는 어느 정도 매력적인 남성으로 묘사된다. 그리고 루스벨트 판사의 비중은 대폭 축소된다. 상원의원과 루스벨트가 민주당원이고 검사가 공화당원임을 상기하면서, 영화의 끝에서 대선 출마를 낙관하며 득의만면한 검사를 보라. 어쩌면 이것은 단지 '부패한 변호사의 집에 묻힌 부패한 정치가의 부패한 시체를 찾는 부패한 검사에 관한 부패한 영화'가 아니라 민주당 정권에 대한 극우파의 선전포고인지도 모른다. 엘비스가 있고 마피아가 없는 도시 멤피스와, 재즈가 있고 마피아도 있는 도시 뉴올리언스를 병치시키며.

아이보리의 방

　많은 대가 중에서도 제임스 아이보리는 우리로서는 받아들이기 좀 힘든 작가다. 〈전망 좋은 방〉으로 이름은 유명해졌지만 팬은 많지 않다. 나만 해도 이 고전 취향의 영국인 복고주의자에 별 관심이 없었으니. 하지만 저 위대한 마틴 스코세이지가 아이보리를 부러워한 나머지 〈순수의 시대〉를 찍게 되었다고 밝힌 인터뷰 기사를 읽고는 생각이 달라졌고, 그렇게 해서 뒤늦게 구해 보게 된 영화가 둘 있다. 〈브릿지 부부〉와 〈남아 있는 나날〉. 앞의 것에는 폴 뉴먼, 조앤 우드워드 부부가 노부부로 출연했고, 뒤의 건 앤서니 홉킨스와 엠마 톰슨 주연이다.

　이 두 편에는, 한국에서 무시되었다는 것 말고도 공통점이 몇 더 있다. 물론 모두 감독의 작품 전체에 일관된 개성이기도 하거니와, 우선 문학이다. 〈브릿지 부부〉는 에반 코넬의, 〈남아 있는 나날〉은 이시구로 가즈오의 유명한 소설을 각각 원작으로 삼고 있다. 매력적인 캐릭터와 아름다운 대사는 거의 소설가들의 공이다. 둘째, 경탄스러울 정도로 완벽하게 재현된 세트, 소품, 의상 들. 두말할 나위 없이 아이보리와 그 평생 동지인 제작·촬영·미술 팀의 장기 종목이다. 셋째이자 가장 중요한, 연기. 앞에 언급한 네 배우의 연기는 그들의 찬란한 경력 전체에서도 특히 빛나는 것이라 아니할 수 없다. 연기 지망생이라면, 스타니슬라브스키 전통에 입각한 미국 배우들이 출연한 전자와,

무대에서 고전극으로 단련된 영국 배우들이 경연을 펼치는 후자를
비교해서 보는 것 이상의 수업도 드물 것이다. 하나씩만 고르라면 앞
의 것에서는 여자, 뒤의 것에서는 남자를 택하겠지만, 통틀어서 하나
만 고르라면 단연 홉킨스겠다. 〈양들의 침묵〉 이후, 자칫하면 〈싸이
코〉의 앤서니 퍼킨스처럼 이미지가 고정돼버리기 쉽겠다는 두려움
때문에 닥치는 대로 다양한 역할을 소화해온 그는 드디어 여기서 그
절정을 보여준다. 미묘한 억양의 차이나 눈동자 움직임만으로의 감
정 표현을 가만히 보고 있노라면 놀라다 못해 두려워지기까지 할 지
경이다.

　마지막으로 보수주의. 우리가 아이보리 영화들에
서 거부감을 느끼는 데에는 바로 이 점이 주효했을
테지만, 영국 본토에서도 젊은 관객들이 바로 이런
쪽으로 그를 공격하고 있다고는 하지만, 과연 이 작
품들이 보수적인지에 대해 내 생각은 좀 다르다. 물
론 미스터 브릿지는 구제 불능의 인종차별주의자에
가부장 파시스트이다. 〈남아 있는 나날〉의 주인공은 귀족에 충성하는
것만이 천직이라고 확신하는 하인이다. 그러나 우리가 명심해야 할
것은, 영화에서 주인공의 이념과 감독의 이념이 늘 같은 것은 아니라
는 점이다. 아이보리는 이들이 결코 바람직스럽지 못한 시대착오적
인 인물형이라는 사실을 분명히 알고 있다. 결국 이들은 씁쓸한 여운
을 남기며 사라져간다. 감독의 마음은 공감보다는 동정에 가깝다. 마
르크스조차 발자크가 묘사한 왕당파 주인공을 사랑했던 것처럼 우리
는 아이보리의 보수파 주인공을 측은히 여겨야 한다. 다만 동정이 지
나쳐 너무나 매력적으로 보인다는 것만이, 죄라면 죄다.

카인, 그리고 아벨

아벨 페라라

아벨 페라라에 대한 내 애정은 〈차이나 걸China Girl〉에서 시작되었다. 1987년 어느 개봉관에서 그 영화는 철저하게 천대받고 있었다. 애초에 내가 관심을 가졌던 건, 텔레비전에서 보았던 헨리 하사웨이의 40년대 전쟁영화—한국인 필립 안이 조연으로 나왔던 그 영화도 〈차이나 걸〉이었다—에 대한 어렴풋한 추억 때문이었지만, 베를린 영화제에서 관심을 끌었다는 단신 기사가 기억나서기도 했다. 어쨌든 한국에서 이 영화에 관심을 기울이는 비평가는 한 사람도 없었고, 변변한 홍보도 없었으며, 따라서 관객도 없었다. 컬트의 대유행이 시작되기 전, 말하자면 이곳에서 아벨 페라라는 처음부터 저주받았던 것이다. 그리고 그 후, 두 번째 개봉된 그의 또 다른 걸작 〈킹, 뉴욕King of New-York〉과 세 번째 〈스네이크 아이Dangerous Game〉 역시 처절하게 폐기 처분되고 말았다. 저 분분했던 인디펜던트 논의들은 다 어디로 갔는가. 한국에서도 가능하다고 믿을 만큼 순진하진 않았으되, 그때 이래 페라라 노선은 내 선망의 표적이었음을 부인할 수 없으리라. 텅 빈 세 영화관에서의 고독이 아직도 쓰라리다.

아벨 페라라는 51년 브롱크스 태생의 이탈리아-아일랜드 혼혈 감독이다. 물론 가톨릭이고 스스로 신 존재를 믿는다고 말한다. 대학은 다니지 못했으나 격렬한 반전시위의 선두에 서서 청년기를 보냈다.

15세 때 만난 친구 니콜라스 세인트 존스와 함께 반전 메시지를 담은 단편을 여럿 찍었고, 〈택시 드라이버〉를 본 이래 스코세이지의 강력한 영향권 아래 스스로 편입한다. 그리고 마침내 무예산(!) 영화 〈드릴러 킬러The Driller Killer〉로 상업권에 데뷔한다. 지금까지 9편의 극장용 장편과 4편의 TV 드라마―〈마이애미 바이스〉 중 2개의 에피소드와, 독립된 장편 〈검투사〉, 그리고 마이클 만 감독의 〈범죄 이야기〉 시리즈를 위한 파일럿 프로그램―를 연출했다. 거의 모든 작품을 세인트 존스의 각본과 조 델리아의 음악으로 만들었고, 작품 성격에 따라 세 명의 카메라맨을 번갈아가며 기용한다. 빅
터 아고를 비롯한 몇 명의 조연 배우들은 고정적으로 출연한다. 대개 사건의 무대는 뉴욕이고, 육체적인 차원에서든 정신적인 차원에서든 폭력이야말로 그의 일관된 주제다. 넓은 의미에서든 좁은 의미에서든 항상 인디였고 지금도 그렇다. 그가 즐겨 인용하는 고다르의 격언은 다음과 같다. "한 영화의 경제는 곧 그 영화의 이념이다." 끝으로, 그의 영화에 해피엔딩은 한 번도 없었다.

〈드릴러 킬러〉는 5분짜리 단편을 위한 구상에서 비롯되었다. 감독 자신이 지미 레인이라는 가짜 이름으로 드릴러 킬러를 연기했어야 할 만큼, 아직도 페라라가 살고 있는 맨해튼 다운타운의 자기 아파트에서 촬영했어야 할 만큼 궁핍한 상태에서 제작되었지만 이내 비디오 숍에서 악명을 떨치며 일약 컬트의 반열에 오른다.(이때의 첫 명성이 유럽에서 먼저 시작되었음은 물론이다.) 아무도 작품을 사주지 않고, 애인은 짐 싸서 떠나버리고, 게다가 옆방에선 펑크 밴드가 고막을 찢을 듯 연주해대는 상황에서 화가는 전기 드릴을 움켜잡는다. 너무나 거칠고 조잡한 나머지 거의 초현실주의적으로까지 보이는 이 영화에, 두개골의 관통 장면은 한 번밖에 안 나와도 시종 끔찍한 무드가 지배한다. '붓을 든 택시 드라이버'라고 페라라 스스로 명명한 독창적인 화가 킬러는 폴란스키의 〈하숙인〉에서의 하숙인—놀라운 건 폴란스키 역시 이 작품에서 스스로 주인공을 연기하고 있다는 점이다—과도 닮아 있다. 소음에 시달린 나머지 강박 신경증에 걸려버리는 고독의 사나이. 비평가들에 의해 '폭력의 미니멀리즘'으로 정의된 이 영화는, 지극히 시니컬하게도 '희망의 도시인 뉴욕'의 시민들에게 헌정되었다. 28세의 청년에게 뉴욕은 사로잡힌 것이다.

연이어 이번엔 45구경 콜트가 불을 뿜는다. 〈복수의 립스틱 Ms. 45〉. 페라라를 컬트 오테르로 확고하게 위치시켰던 메가 히트작이다. 처음 두 편이 폴란스키 〈맥베스〉의 영향 아래 만들어졌다고 말한 사람은 감독 자신이지만 우리가 보기에 이것은 폴란스키 〈혐오〉에 마이클 위너 〈데스 위시〉를 합친 것 같은 모양을 하고 있다. 한 재단사가 대낮에 두 번 강간당하고 두 번째 사내를 살해한다. 그에게서 포획한 권총을 가지고 닥치는 대로 남자들을 쏘아대는 이 여성. 이건 남의 이야기가 아니다. 당하고도 말 못 하는 여성상을 벙어리로 은유하면서 페라라는 모든 억압받는 여성의 분노를 한데 모아 다이너마이트처럼 폭발시킨다. 농아 처녀는 자기가 죽인 사내의 시신을 토막 내어 냉장고에 재워둔 채 날마다 하나씩 거리로 들고 나간다. 그리고 뉴욕 곳곳을 쏘다니며 처분해 나간다. 이 영화 전체는 그 시체 처리의 과정에 다름 아니며, 한 '복수의 천사'(이 영화의 또 다른 제목)가 바라본 뉴욕 지형도이기도 한 것이다. 도시 어디를 가건 어김없이 불운한 건달들이 출몰하고 분노의 총탄은 빗맞는 법이 없다. 최후의 학살 파티를 준비하면서 수녀복으로 갈아입은 채 총탄에 키스하는 그녀를 보라. 대체 이렇게 유치한 페미니즘은 어디서 나왔단 말인가! "이 같은 패러독스 이미지야말로 진정한 혁명가의 모습"이라고 강변하는 주연 여배우 타메리스의 말에서 우리는 페라라의 솔직하고 대담한 도덕주의를 발견한다.

〈라스트 펀치Fear City〉는 그로서는 이례적으로 톰 베린저와 멜라니 그리피스라는 화려한 캐스트로(그래봐야 당시로서는 스타라고 할 수 없지만) 이루어진 영화이다. 또한 스타일 면에서도 이례적으로 얌전한 과도기 작품. 단순 명백한 다이나미즘 대신 여기에선 미묘한 심리묘사가 행해진다. 액션보다는 네온 휘황한 밤거리와 싸구려 댄스 음악, 소란한 클럽 풍경이 화면을 채운다. 영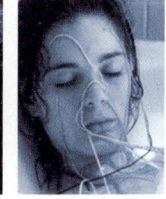웅과 악한이 아니라 차라리 스트리퍼와 창녀들이 주인공 같다. 아니 어쩌면 이 도시엔 주인이 따로 없다. 냉소적인 흑인 형사가 보기에 모든 시민은 연쇄살인의 용의자일 뿐이고, 포주가 보기에 세상 누구도 깨끗하지 않다. 비천한 여인들이 살해되자마자 화면은 곧장 뉴욕 전경 부감 숏으로 편집되곤 한다. 과연 이 도시에 구원이 있을까? 물론 구원자를 자처하는 자들은 수두룩하다. 다만 이들이 사회의 순결을 수호하는 방법이라는 게, 유흥가를 어슬렁거리는 여자들을 닥치는 대로 습격하는 식이라서 좀 곤란하긴 하지만 말이다. 놈은 뉴욕 지하철이 살인하기엔 안성맞춤이라고 일기에 적는다. 카사베츠와 스코세이지도 뉴욕을 이렇게까지 묘사하지는 않았다. 예정된 결말은 숙명처럼 다가오고 염세의 거리에선 목숨을 건 결투가 벌어진다. 여기서의 승리가 해피엔딩일 수 없는 까닭은, 결국 이것은 또 하나의 살인에 지나지 않기 때문이다. 가짜 구원자를 제거하는 것이 진짜 구원으로 가는 길은 아니기 때문이다.

안방극장을 제멋대로 유린했던 TV 시절을 거쳐, 페라라는 스스로 가장 아끼는 작품이라는 〈차이나 걸〉을 찍는다. 이것은 뉴욕 하층민들끼리의 〈로미오와 줄리엣〉이자, 음악과 춤을 욕설과 총격전으로 대치한 〈웨스트 사이드 스토리〉다. 실제로 인접한 리틀 이탈리아와 차이나타운 깡패 집단 사이의 피투성이 구역 싸움을 배경으로, 이탈리안 로미오와 차이니즈 줄리엣의 미칠 듯한 사랑 이야기가 펼쳐지는 것이다. '중국China'과 '소녀Girl'가 상하로(한문처럼 종서를 택하고 있다) 엇갈려 지나가는 타이틀 디자인은 우리에게도 뼈저린 아픔을 준다. 최상이라 할 만한 로케이션 선택과 극도로 스타일리시한 미장센이 시종 화면을 압도하는 가운데 페라라는 세대 갈등을 첨예화한다. 가부장적이고 근면하며 요리에 관해서라면 최고라는 자부심(양가 모두 음식점을 경영한다)을 지닌 두 이민 민족은 먼저 동일시된다. 이 국땅에서 결국 타자이기는 마찬가지. 집단 내의 위계 역시 닮아 있다. 기득권을 지키기 위해서라면 적과의 타협도, 동족 살해도 불사하는 장년층, 윗세대에 의해 이용만 당할 뿐 아무것도 가지지 못한, 그래서 더욱 고향이 그리운 청년층, 햄버거를 먹고 부르스 스프링스틴을 듣고, 디스코텍에서 만나는 십대……. 로미오와 줄리엣의 사랑은, 형과 오빠가 벌이는 전쟁에 휘말려 좌초한다. 타자들만의 세계 속으로 스테디 캠을 메고 뛰어든 페라라가 발견하는 진실은 또다시 '사랑의 죽음'일 뿐이다.

그리고 처참한 실패. 〈더티 댄싱〉의 흥행에 도취한 베스트론 사는, 〈차이나 걸〉에 이어 자신만만하게 페라라를 지원했지만, 결국 도산하고 만다. 영화 〈캣 헌터Cat Chaser〉는 완성도 되기 전이었다. 피터 웰러, 켈리 맥길리스, 프레드릭 포리스트, 찰스 더닝, 토머스 밀란의 호화 캐스트에다. 당대 최고의 미스터리 작가 엘모어 레너드(존 프랑켄하이머의 〈52픽업〉의 원작자)가 자신의 소설을 직접 각색하는 등, 이것은 모두가 기다리던 야심작이었다. 산토 도밍고의 내전을 배경으로 하고 마이애미에서 벌어지는 음모와 배신의 드라마가 복잡하게 뒤엉킨다. 제3세계의 내전을 담은 흑백 다큐멘터리로 시작하는가 하면 어느새 스타일은 필름 누아르로 변해가고, 그 누아르 미장센을 통해 정치와 섹스의 본질이 해부된다. '레이먼드 챈들러가 〈마이애미 바이스〉를 찍는다면 이런 영화가 만들어질 것이다.' 촬영 종료 직후 이미 찬사가 쏟아지기 시작했지만 결과는 판단 유보. 프로듀서의 손에 의해 필름은 토막 나고 불필요한 보이스 오버가 더빙된 채 미국에서는 개봉 불가, 영국에서만 98분으로 공개되었고 그나마 비디오는 90분으로 발매되었다. 프로젝트는 엉망진창이 되어버린 것이다.

자못 심각한 포즈와 유치한 장르적 흥분의 극단 사이에서 아슬아슬하게 곡예하는 페라라 특유의 불협화성이 〈킹, 뉴욕〉만큼 잘 드러나는 작품은 없다. 마약 카르텔을 독식하려는 갱스터의 성공과 죽음을 그린 이 스토리에 그는 여러 차례의 대학살과 두 번의 긴 추격전을 배치하는 한편, 도시와 범죄의 상관관계와 인종문제를 거론하고 심지어 이것은 레이거노믹스의 파멸을 예언한 영화라고 우기기까지 한다. 그렇다면 마약을 팔아 빈민구호병원을 짓겠다는 이 미친 갱스터는 레이건? 초점을 인종문제로 돌리는 순간 이야기는 더욱 복잡하게 꼬여들기 시작한다. 프랭크—Frank White라는 이름은 '명백한 백인' 또는 '순도 높은 코카인'을 뜻한다—는 흑인들만으로 이루어진 조직을 지휘한다. 그는 콜롬비아, 차이나, 이탈리아 갱들을 차례로 처단하고 중원을 장악한다. 그를 잡으려는 경찰 팀 역시 그 지휘자는 백인이다. 악한과 동일시하도록 조작하는 갱스터 장르의 규칙에도 불구하고 우리는 프랭크를 사랑하기 힘들다. 파티/학살 장면에서, 갱스터의 블루와 경찰의 오렌지 조명을 반반씩 나누어 받고 있는 배우 크리스토퍼 워큰의 얼굴을 보라. 가히 얼굴의 지형학이라 부를 만한 이 클로즈업의 영화에서 워큰의 창백하고 무표정한 얼굴이 화면 가득 확대될 때마다 우리는 그에게 감정이입하기는커녕 몸서리치며 뒷걸

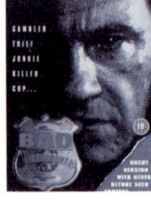

음질치게 된다.

또다시 백만불짜리 초저예산의 고향으로 돌아온 페라라는 다시 한번 배우의 신체에 영화 전체를 응축시키고자 한다. 〈잔 다르크의 수난〉에서의 마리아 팔코네티 이후 초유가 아닐까 싶을 정도의 놀라운 집중이 아닐 수 없다. 〈더티 캅Bad Lieutenant〉의 모든 스토리와 감정과 모럴은 오직 하비 케이틀의 표정과 몸짓만을 통해 전달된다. 가장 파렴치한 연기를 일삼는 한이 있어도 그는 〈파리에서의 마지막 탱고〉의 브랜도처럼 영화를 압도하려 하지 않는다. 액터스 스튜디오에서 익힌 메소드 연기의 장점과 강력한 퍼스낼리티의 자기 주장이 이상적으로 결합된 이 모노드라마에서 케이틀은 '우리 시대의 새로운 성경'을 쓰려는 야심을 실현한다.(이 각본은 〈복수의 립스틱〉에서 주연했던 타메리스와 감독, 그리고 케이틀 자신에 의해 쓰여졌다.) 법의 수호자가 가장 타락해 있는 사회에서, 수녀가 성당에서 윤간당하는 현실에서, 우리의 경전은 무엇이 되어야 할까? 영화의 대부분은 형사

의 갖가지 악행을 자세히 묘사하는 데 바쳐지고, 악행이 쌓일수록 형사는 신께 가까이 간다. 마약에 취한 채 십자가에 달린 예수의 포즈를 재현했던 형사는, 마침내 강간범의 징역살이 몇 년과 자기 목숨을 바꿈으로써 인간 쓰레기들의 죄를 대속한다. 페라라의 우상 마틴 스코세이지가 거꾸로 경의를 바친 〈더티 캅〉은 아마도 세기말의 가장 순수한 종교영화로 기록될 것이다.

페라라는 또다시 뻔뻔스러운 리메이크를 시도한다. 〈보디 에이리언Body Snatchers〉은 이미 돈 시겔과 필립 카우프만에 의해 50년대와 70년대에 두 번 영화화된 소설에 기초하고 있지만 그에게는 오직 자기만의 방식이 있을 뿐이다. 이제 외계인의 습격을 받는 곳은 더 이상 마을이 아니고 군 기지인데, 이 점 소름끼친다. 에이리언이 탈바꿈해 외모를 그대로 유지한 이 군대야말로 더욱 군대적이라는 사실 때문이다. 인간과 에이리언을 가르는 기준은 감정의 유무가 아니던가. 이미 에이리언으로 변해버린 사령관은 이렇게 말한다. "우리는 개인보다 집단을 우선으로 했으므로 강해졌다. 우리 편이 되어라. 모든 갈등과 고민이 사라질 것이다." 이 순간 우리는 그 '우리'가 군인을 말하는 것인지 에이리언 종족을 말하는 것인지 몰라 어리둥절해진다. 원작에 무의식적으로 표현되었던 공산주의의 침공에 대한 공포는, 네오 파시즘의 대두에 대한 비판으로 통쾌하게 역전되는 것이다. 이미 여러 차례 경관과 범죄자의 구분을 흩트린 바 있는 전과자답게, 페라라는 아예 인간과 비인간의 경계 자체를 의심하려 든다. 군 기지에 거주하는 민간인 가족은 처음에 타자였지만, 대습격 이후 오히려 타자에 둘러싸인 존재로 바뀐다. 그 안에서도 다시 아버지와 동생을 죽여야 하는 고통을 맞지 않으려면 적에게 틈을 주지 말아야 한다. 잠들지 말라. 네 의식이 잠들었을 때 세상은 지옥으로 변해간다.

걸작 행진은 계속된다. 1년 반 만에 대표작 3편을 연달아 만들어내는 이 창조력의 폭발은 장관이다. 특히 〈스네이크 아이〉에 이르러 그의 집요한 정신은 정점에 달한다. 영화 촬영현장에서 벌어지는 이야기를 다룸에 있어 그의 의도는 트뤼포 〈사랑의 묵시록〉을 뒤집는 데 있는 것 같다. 유럽 아티스트의 현장은 그토록 행복할지 몰라도 할리우드에서 영화를 한다는 건 바로 지옥에서 사는 것과 다르지 않다고 그는 말해버린다. 역시 하비 케이틀이 연기하는 페라라 자신은 바로 '악덕 감독'. 속죄 의식으로서의 영화 속 영화는 다시 거꾸로 감독과 배우들의 인생 자체를 황폐화한다. 다시 한번 문제는 '경계' 다. 허구와 현실은 상호 침투한다. 어느 편에 가나 거기는 영원한 고통이 끝없이 순환하는 현실 속의 지옥이다. 가톨릭교도로서 〈스네이크 아이〉는 페라라의 고백성사이지만, 영화 속에서 케이틀이 아내에게 외도를 고백하고 나서—극중 케이틀의 부인 역은 페라라의 '진짜' 부인인 낸시 페라라가 연기한다—욕설과 매질을 당하는 데서 볼 수 있는 것처럼 용서는 기대만큼 손쉽게 주어지지 않는다. 타락의 끝에 선 자에게만 구원이 주어지지만, 타락의 끝에는 죽음 또한 기다리고 있다는 모순을 페라라는 직시한다. 영화 속에서 폭력은 항상 메타포일 뿐이라고 말하는 페라라. 〈스네이크 아이〉에서 폭력은 곧 구원을 갈망하는 몸짓이다.

P.S. 그는 현재, 오랫동안 끌어온 숙원 프로젝트 〈맹금Birds of Prey〉과 에이즈로 사망한 미국의 포르노 스타 존 홈즈에 관한 전기영화를 찍기 위해 제작자를 물색 중이다. 앞의 것은 당대 뉴욕에서 일어

나는 혁명에 관한 전쟁영화로 알려져 있고, 뒤의 것은 크리스토퍼 워큰의 각본(!)에 의한 것이라고 한다.

■■■ 페라라는 아직 〈맹금〉도, 존 홈즈 영화도 안 만들고 있다. 대신 그는 내가 이 글을 쓴 이후 〈어딕션〉, 〈퓨너럴〉, 〈블랙 아웃〉, 〈뉴 로즈 호텔〉, 〈R Xmas〉, 〈메리〉를 찍었다. 토론토 영화제에 갔을 때 나는 그와 한 호텔에 묵었다. 딱 한번 프런트 데스크 앞에서 마주쳤지만 그가 너무 취해 있어서 차마 말을 건네지는 못했다.

복수의 천사

케이프 피어

마틴 스코세이지의 〈케이프 피어Cape Fear〉는, 〈컬러 오브 머니 The Color of Money〉의 기록을 깬 그 막대한 흥행 수입에도 불구하고(또는 그 때문에) 비평적으로 과소평가 받아온 경향이 있다. 여기에는 몇 가지 영화 외적 이유가 있다. 우선, 최신작 〈순수의 시대The Age of Innocence〉가 발표되기 전까지 3,400만 달러라는 예산은 그의 경력에서 최고 액수였으며, 이 사실은 '오테르'의 예술적 명성에 흠이 되는 조건으로 받아들여질 수 있었다. 예술영화의 예산은 지나치게 커서는 안 된다는 것이 비평가들의 고정관념이었고, 또 실제로 대부분의 오테르들이 한 번씩쯤은 그렇게 해서 졸작을 만들곤 했기 때문이다. 르누아르의 〈프렌치 캉캉〉, 파스빈더의 〈릴리 마를렌〉에서 스파이크 리의 〈말콤 X〉에 이르기까지, 너무 많은 돈은 독약이다! 진정한 예술가에겐 적당한 가난이 필요하다! 그러나 문제는 적어도 이것만큼은 예술영화가 아니라는 데 있었다.

무엇보다도 이 기획은 맥스 케이디라는 역할을 꼭 해보고 싶었던 드 니로의 야심에, 스코세이지 선배를 끌어들여 돈을 벌 수 없을까 노리고 있던 스필버그의 계산이 맞아떨어진 데서 출발했던 것이다. 스코세이지로서는 〈컬러 오브 머니〉 이래 처음으로 남의 기획을 받아들인 케이스였다. 〈컬러 오브 머니〉가 〈허슬러〉의 속편이었던 것처럼,

〈케이프 피어〉가 리메이크작인 것도 바로 그래서였다. 후배인 쿠엔틴 타란티노조차 무색한, 역사상 최고의 영화광 감독인 스코세이지의 그 광대한 애호작의 스펙트럼에 오리지널 〈케이프 피어〉가 들어 있었음은 물론이거니와, 언제나 리메이크작을 우습게 여겨온 비평가들이 이 작품에 기대를 걸지 않았던 것도 당연하다. 그런데, 그렇다고 해서, 이것은 정말 그렇게 무시되어도 좋은 영화인가? 오히려 리메이크 과정에서 드러난 변화를 통해 스코세이지를 더욱 잘 이해할 수 있다고 가정할 수는 없는가? 공포의 장소, 케이프 피어의 검푸른 늪 아래 무언가가 발견되기를 기다리고 있지는 않은가?

30년이 흘렀다. 영국 감독(〈나바론〉과 〈대장 부리바〉 〈맥켄나의 황금〉의 장인) J. 리 톰슨의 오리지널이 공개된 것이 1962년. 당대의 베스트셀러 작가 존 D. 맥도날드의 펄프 픽션 『처형자』를 원작으로 했던 오리지널 〈케이프 피어〉는 발표되자마자 바로 센세이션이었다. 이 영화에 대해 호의적이었든 적대적이었든, 거의 모든 비평가들은 평문의 끝에 '요주의'의 경고문을 달았고, 적나라하고 파렴치한 폭력과 성적 뉘앙스에 치를 떨었다.

영국 개봉 당시 감독은 검열 당국의 책임자와 치열한 논쟁을 벌여야 했으며 결국에는 무려 4분이 잘려 나가고서야 상영이 허락되었다. 이 영화를 너무 사랑한 나머지 자신의 소설 『광란의 사랑』(데이비드 린치가 영화화했던)의 무대를 케이프 피어로 설정하기까지 했던 하드보일드 소설가 배리 기포드는 자신의 필름 누아르 순례기에서, "불행하게도, 여기에는 특별히 좋다고 말할 만한 요소들이 별로 많지 않다. 그러나 당신은 이 영화를 잊을 수는 없을 것이다"라고 썼다.

〈광란의 사랑〉과 스코세이지의 〈케이프 피어〉에는 이것 말고도 이상한 유사성이 존재한다. 윌렘 데포가 로라 던을 유혹하는 모텔방 장면과 로버트 드 니로가 줄리엣 루이스를 유혹하는 학교 극장 장면을 비교해보라. 여자들은 한결같이 치사하고 비열한 남성 괴물을 징그러워하는 한편 성적으로 욕망한다. 실질적으로 거기서 섹스가 벌어지지는 않으나, 정신적으로 화간했음을 깨달은 여자들은 몸서리치게 수치스러워하는 동시에 못 이룬 욕망에 아쉬워하고 있다. 그 구역질 나는 불쾌감의 정도에 있어 이 둘은 영화 역사에 진경을 이루는 쌍벽이다.

30년간의 차이에 관한 이야기는 캐스팅에서부터 시작해볼 만하다. 기포드의 짧은 글은 온통 로버트 미첨에 대한 찬사로만 가득 차 있다. "나머지 캐스트들은 미첨에 대한 감탄을 일으키기 위한 구실만을 하고 있다." 여기서 맥스 케이디는 저 악명 높은 컬트 클래식 〈사냥꾼의 밤〉에서의 미친 목사와 함께 미첨이 연기한 최고의 역할로 기록된다. 유난히 두꺼운 눈꺼풀은 늘 반쯤 감고, 유들유들한 목소리로 느릿느릿 이야기하는 이 인물은 아무런 수식이나 치장 없는 순수한 악의 화신이었다.

자신을 배신한 아내를 출옥하자마자 찾아가 납치한 뒤 모텔방에 가둬놓고 며칠 동안 강간하고 구타한 다음 벌거벗긴 채 고속도로에 던져버렸다는 이야기(신작에는 없다)를 태연하게 늘어놓는 그를 보라. 거기에는 변호사를 위협하겠다는 어떤 노력도 보이지 않는다. 다만 지극히 자연스러운 악의 과시가 있을 뿐이다. 어떤 이에게서 일부러 내세우지 않아도 지성이나 겸양의 덕, 예절이 자연스레 우러나오는 것처럼 이 맥스 케이디에게서는 악마성이 그렇게 천연덕스럽게 저절로 흘러나온다. 최후의 사투가 시작되는 장면. 미첨이 웃통을 벗고 케이프 피어의 늪으로 들어가는 장면은 특히 압권이다. 어떠한 연출상의 시청각적 강조도 없이 단지 개펄에서 물속으로 잠기는 연기일 뿐인데도, 그의 모습은 악어나 선사시대의 공룡과 같은 파충류를 연상시킨다. 그 냉혈의 이미지는 글자 그대로 소름 끼친다. 이런 식이니, 많은 액션과 그래픽한 묘사는 불필요하다. 술집에서 만난 아가씨를 구타하는 장면은 생략, 단지 완전히 넋이 나가버린 여자를 보여주기만 해도 우리는 상황을 능히 미루어 짐작할 수 있는 지경이다. 그러므로 미성년 딸을 향한 강간의 위협도 그의 몇 개의 시선으로 가볍게 처리해버린다. 무표정이어도 그것은 충분히 징그럽다. 징그럽고도 남는다.

이에 비해 드 니로는 어떤가. 그는 현학적이다. 감옥에서 독학한 덕분에 법과 철학과 신학에 해박하다. 미첨의 육체적 파워에 정신력과 지식이 결합된 존재이다. 온몸에 문신이 되어 있고 수영복 차림의 여체 모양으로 생긴 라이터로 거의 손목 굵기의 시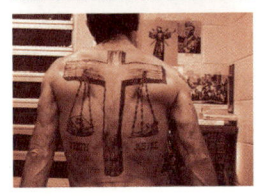가에 불을 붙여 피워대며 천박한 알로하 셔츠를 입고 다닌다. 아마도 상상할 수 있는 지상 최악의 인간형이리라. 문신의 내용은 하나같이 복수에 관한 성경 구절들이다. '복수는 나의 것', '신은 복수자다', '진실과 정의' 등 그는 단순히 복수심에 불타는 한 전과자라기보다는 신화적인 차원으로 격상된 복수의 천사다.

늘 성경 구절을 인용해가며 협박을 일삼는 그답게 최후 역시 순교자적으로 장렬하다. 물속에 잠기며 방언을 외치다가 마지막으로 목청 돋워 "요단강 건너갈 제……" 하며 찬송가를 불러대는 그 모습에서 관객은 카타르시스를 느낄 여유가 없다. 결국 그는 변호사를 향해 핏발 선 두 눈을 부릅뜬 채 천천히 잠수한다. 뉘라서 안심할 것인가. 미첨이 죽이기 어려운 적이었다면 드 니로는 죽일 수 없는 적이다. 리 톰슨의 〈케이프 피어〉가 순수한 필름 누아르였다면 스코세이지의 그 것은 순수한 공포영화다. 프레디(〈나이트메어〉 시리즈의 불사적 악한) 시대의 〈케이프 피어〉.

한편, 62년판에서 변호사 샘 역의 그레고리 펙은 나무토막같이 무미건조한 연기로 미첨과 대조되었다. 이는 배우보다는 각본과 연출상의 부실함에서 비롯한 것, 전편에서 샘과 그 가정은 지나치게 단순화되어 있다. 그레고리 펙은 막판에 가서야 용기를 내는 무능한 가장에 다름 아니다. 소극적 선을 대표하는 전형적 인물 이상 아무도 아니다. 누가 이 개성 없는 주인공을 동정하겠는가. 스코세이지는 전편의 바로 이 허약한 지점을 집중적으로 파고들며 야심을 펼치기 시작한다. 뒤집기는 이미 캐스팅에 예고되어 있다. 그레고리 펙은 신작에서 맥스를 돕는 교활한 변호사로, 로버트 미첨은 샘을 동정하는 형사로 우정 출연하고 있다. 즉 선악 구도를 거꾸로 설정한 셈이다. 스코세이지의 목표는 선악 이분법의 부정과 중산층 이데올로기의 파괴에 있다.

그래서 닉 놀티의 샘은 완전히 다른 캐릭터로 등장한다. 전편에서 그는 강간 사건을 목격하고 법정에서 증언한 벌로 맥스의 철천지 원수가 되었지만, 신판에서의 그는 그런 선의의 피해자가 더 이상 아니다. 그는 맥스의 강간 구타 사건 당시 관선 변호사였고, 당연히 최대한 노력하여 그의 무죄를 주장하거나 형량을 감소시켜야 함에도 불구하고 사적인 감정에 근거해 의무를 저버린 적이 있다.

즉, 자기 의뢰인이 파렴치범이라는 판단 때문에 피해자에게 불리한 정보를 감춰버렸던 것이다. 때문에 맥스는 무죄, 또는 7년형에 그쳤을 수 있는 재판에서 14년형을 언도받는다. 민주주의의 법적 질서를 대변하는 변호사로서 최악의 악행을 저지른 샘은 이제 전편에서처럼 선인의 지위를 누릴 수 없다. 한마디로 샘은 벌 받아 마땅한 인간이 되었고, 영화는 법적 정의와 인간적 정당성 사이의 한판 전쟁터가 되어버린다. 라스트 요트 장면은 그 결정판이다.

샘을 포박해놓고 맥스는 모의재판을 시작한다. 순식간에 법정으로 화한 요트는, 또한 안락한 중산층 생활의 상징인 그 요트는 스콜을 만나 솟구쳤다 떨어지고 빙빙 도는가 하면 급기야는 암초에 부딪쳐 파선된다. 맥스가 말하는 단테의 제9지옥, 즉 배신자들이 가는 수중 지옥에 떨어지고 마는 것이다. 계급 간의 갈등 구도 속에서 일방적인 승리를 선사받았던 30년 전 샘은 스코세이지에 의해 보복당한다. 놀티는 철저하게 조롱당하기 위해 출연한 셈이다. 마초 이미지는 간데없고 미련스럽게 커다란 덩치에 겁만 잔뜩 먹고 우왕좌왕 어찌할 바를 몰라하는 그는 이 모든 파국의 근본적인 원인 제공자다. 흑백판에서 완전무결하게 선하고 순진무구했던 아내와 딸조차, 90년대에 이르러서는 시대에 적응하여 타락해 있고, 이들을 그렇게 만든 책임은 전적으로 가장에게 있다. 영화 초반에 샘이 맡고 있는 사건은 이혼 소송. 바람난 남편을 파산시키려는 샘은 그러나 스스로 부도덕하다.

아내 리는 남편이 외도했었다는 기억에 사로잡혀 있다. 겉으론 평온하나 부부관계는 이미 금이 가버린 지 오래다. 영화 중간쯤에 남편이 또다시 바람을 피우고 있었음이 드러나자, 그녀는 남편에 대한 경멸을 숨김없이 드러낸다. 일견 행복해 보이는 첫 침실 장면에서, 농담을 주고받는 부부는 그러나 서로 자기의 거울을 바라보며 대화한다. 서로 등을 돌린 채. 섹스 장면이 있으되 맞잡은 남녀의 손, 거기 똑같이 끼워진 결혼반지의 클로즈업에서 화면은 느닷없이 흑백 네거티브 영상으로 바뀐다. 결혼 관계의 내부를 들여다보려는 뢴트겐 사진?

쾌감 없는 섹스의 끝에 무료하게 침실을 거닐던 아내가 창밖에서 발견하는 게 맥스라는 설정은 어쩌면 당연하다. 맥스의 등 뒤 하늘로는 그의 석방을 축하하려는 듯(사실은 독립기념일 며칠 전이기 때문이다) 불꽃놀이가 한창이고, 리가 손에 쥔 립스틱과 그의 입에 물린 시가가 시각적으로 연결된다. 이것이 성적 상징임은 물론이다. 맥스가 걸터앉아 있는 곳은 담장 위고, 닉 놀티가 착용한 테 없는 안경은 샘 페킨파 〈어둠의 표적Straw Dogs〉에서의 무능한 남편 더스틴 호프만이 끼었던 것과 같다. 그의 가정에는 튼튼한 담장이 없는 것이다.

게다가 딸 다니엘은 대마초 흡연으로 정학 처분을 받았던 것 같고 자신을 마냥 어린아이로 보는 부모에게 강한 불만을 가지고 있다. 부부간의 언쟁을 들으며 다니엘은 부모의 비리를 눈치챈다. 반대로, 엄마가 개를 보고 중얼거리는 말, "넌 아무래도 병원에서 바뀐 모양이다"는 차라리 딸에게 하는 말로 들린다. 가족에게 처음 샘이 모습을 보이는 장면은 영화관에서인데, 이때 상영되고 있는 작품은 〈문제 아동〉이다. 여기서 관람을 방해한 맥스에 대해 다니엘은 말한다. "아빠는 그 자를 때려눕혔어야 해요." 자신을 무능하고 나약한 비겁자로 모는 딸에 대해 아버지는 목을 조르는 장난으로 보답한다.

결국 이 가정은 에덴동산이 아니고 맥스는 외부에서 나타난 뱀이 아니다. 그는 침입자라기보다는 내부에서 생겨난 거울 이미지다. 안에서부터 부패해가는 중산층 가정의 늪에서, 그 수면의 거품에서 탄생한 악마. 저명한 디자이너 사울 바스 부부에 의해 만들어진 크레딧 시퀀스는, 케이프 피어 늪의 수면에 맥스의 눈동자와 실루엣, 얼굴 클로즈업, 핏방울들이 디졸브됨으로써 구성된다. 맥스가 샘 가족 구성원들의 분노와 고통, 욕망을 투영하는 일그러진 반사상이라는 점을 명확히 하는 개념이다. 여기서의 거울은 일면 반사 유리다. 맥스의 몸수색을 하는 경찰서 장면에서, 샘은 방 안의 맥스를 유리를 통해 들여다보지만 맥스는 거울에 비친 자기 모습만을 본다. 그러나 이후 독립기념일 퍼레이드 장면에서는 맥스가 반사 렌즈 선글라스를 착용함으로써 관계가 역전된다. 맥스는 샘을 똑똑히 보지만 샘은 맥스의 눈 대신 거기 비친 자기 모습을 볼 수 있을 뿐이다. 사립 탐정이 샘에게 "당신이 집을 비웠다는 걸 알면, 똥에 파리가 꼬이듯 놈이 접근할 거요"라고 말하는 대목을 주의하자. 그렇다면 뭔가, 샘의 가정은 변소란 말인가!

여성성에 대한 두 가지 모순된 관점이 공존한다. 리와 다니엘은 성적으로 억압되어 있는 여성들이다. 리는 남편에게 만족하지 못하고 다니엘은 사춘기의 성욕을 인정받지 못한다. 자기 집 안에 숨어 있어야 하는 샘이 실수로 벌떡 일어섰을 때 다니엘은 "아빠는 일어서면 안 되잖아요"라고 일갈한다. 이는 밖에서 감시하고 있을 맥스에게 몸을 보이지 말라는 뜻인 동시에, 아버지의 발기불능을 조롱하는 말이기도 하다. 이 모녀는 짐승 같은 맥스에 대해 성적 환상을 품고 있다. 또한 샘의 애인 로리는 유부남에게 바람맞고 나서 자포자기하는 심정으로 맥스의 유혹에 넘어갔다가 무시무시한 폭행을 당한다.(그녀의 뺨을 물어뜯는 맥스를 보고 있노라면 그는 강간범이라기보다는 차라리 흡혈귀와도 같다.) 모두 약속이라도 한 듯이 강간을 간절히 원한다는 인상을 이 여자들은 주고 있다. 마지막에 이르러 리는 맥스에게 강한 유대감을 느낀다고 고백한다. 상실감이 무언지를 이해하고 있다는, 맥스가 샘 때문에 14년의 세월을 잃었다면 자신도 샘 때문에 결혼 생활의 행복을 잃었다는 말.

그리고 다니엘의 치아 교정용 보철은 학교 극장에서 그녀의 입속으로 들어가는 맥스의 손가락과 동일시된다. 맥스는 감옥에서 호모들에게 윤간당하면서 자기 안의 여성성을 발견했다고 말한다. 일관되게 강조되는 것은 희생자로서의 여성상이다. 그러나 맥스가 여자로 변장하고 나타날 때 그 아이디어는 역전된다. 〈싸이코〉의 베이츠 모녀처럼 여성은 공격자로 돌변한다. 스코세이지에 의해 리로 바뀐 샘의 부인 이름은 〈싸이코〉의 자넷 리에서 온 것일까?

마찬가지로 딸 역시 낸시에서 다니엘로 개명되었다. 구약에서 다니엘은 해몽과 예언의 전문가로 등장한다. 그리고 〈케이프 피어〉에서 다니엘은 영화 앞뒤에 나타나 관객에게 이 이야기는 자기의 기억에 의한 것이라는, 세월이 흐른 지금도 맥스를 꿈에서 불러내올 수 있다는 말을 전한다. 이 모든 것이 그녀의 악몽인지도 모른다. 아니면 맥스는 아직도 죽지 않았다는 뜻인지도 모른다. 잠들면 나타나는 중산층 사춘기 소녀들의 영원한 악마 프레디 크루거처럼.

■■■ 올해 뉴욕영화제에 갔다가 스코세이지의 초대를 받았다. 그의 집무실, 수장고, 시사실을 구경하고 편집실에서의 작업도 견학했다. 나는 그 자신의 작품에 관해 조금이라도 더 듣고 싶었는데 정작 그는 내 영화를 비롯해서 순남의 영화들 이야기만 늘어놓았다. 폭포처럼 쏟아지는 수다를 끊고 〈케이프 피어〉 얘기를 물을 수는 없었다. 나는 학생의 마음가짐으로 거기 갔는데 진짜 학생은 바로 그였다.

덜 죽은 자

데드 맨

윌리엄 블레이크(조니 뎁)는 취직하기 위해 서부로 가는 회계사다. 기관차 화부(크리스핀 글로버)가 다가와 그 마을에서 윌리엄이 죽게 되리라는 예언을 해준다. 오랜 여행 끝에 도착한 회사는 채용을 거부한다. 도리어 총을 겨누고 몰아내는 디킨슨 사장(로버트 미첨). 우연히 만난 꽃 파는 아가씨 셀(밀리 아비탈)의 집에 따라가는 윌리엄. 그녀와 하룻밤을 보낸 이튿날. 느닷없이 쳐들어온 짝사랑 사내 찰리(가브리엘 번)의 총격을 받는다. 그를 구해주려다 죽는 셀. 윌리엄은 얼떨결에 그녀의 총으로 찰리를 살해하고 달아난다.

기절했다가 눈을 떠보니 웬 인디언이 그의 총상을 치료하고 있다. 인텔리 인디언 노바디Nobody(게리 파머)는 윌리엄을 이미 죽은 자 취급한다. 존경하는 시인 윌리엄 블레이크의 유령이라고 믿는 것이다. 한편 디킨슨은 자기 아들 찰리를 살해한 윌리엄의 목에 현상금을 건다. 전설적인 살인자 윌슨(랜스 헨릭슨)을 비롯한 바운티 헌터 셋이 그의 뒤를 쫓기 시작한다. 윌리엄은 숲에서 사냥꾼들(이기 팝, 빌리 밥 손튼)을 만나 도움을 청해보지만 도리어 강간을 당할 뻔한다. 노바디의 도움을 얻어 세 사람을 죽이는 윌리엄. 계속되는 여행을 통해 살인을 거듭하던 윌리엄은 결국 또다시 부상을 입고 죽어간다. 노바디는 인디언식으로 그를 장사 지낸다. 카누에 누워 바다로 떠나는 윌리엄.

시카고의 로저 에버트가 〈데드 맨〉에 관해 쓴 글은 날 화나게 만들기에 충분했다. 영화를 나쁘게 보는 거야 자기 맘이지만, "극장에서 집으로 돌아온 나는, 오랜만에 윌리엄 블레이크의 시집을 꺼내들었다. 그것을 읽는 30분 동안 내가 느낀 행복감은 지루한 영화를 보면서 낭비한 두 시간을 보상해주었다"니! 그러고도 영화 평론가란 말인가. 차라리 이런 건 어떤가. "〈시계태엽장치 오렌지〉는 재미없었지만 귀갓길에 만난 노인네를 〈사랑은 비를 타고〉의 리듬에 맞춰 패줬더니 기분이 상쾌해졌다."

그러나 에버트의 지적대로 이 영화가, 짐 자무시라는 젊은 대가의

과시욕, 자기 탐닉, 겉치레에 불과한 천박한 신비주의 등으로 매도될 소지를 지닌 것도 사실이다. 어떤 대목에서는 아슬아슬할 지경이다. 예컨대 조니 뎁이 새끼 사슴의 시체를 안고 나란히 눕는 장면(그 가여운 짐승이 애처롭게 죽어버린 셀을 생각하게 한 것이라는 서정적인 짐작은 가지만)은 봐주기에 낯간지러운 감이 있다. 자연으로의 회귀나 영겁으로 이어지는 윤회도 좋지만 몇 군데 쓸데없이 폼 잡은 표현들이 좀 있었다고 인정해두자. 그래도 끝내 난 이렇게 말할 작정이다. 〈데드 맨〉을 보았던 242분(두 번 보았으므로)은 그 너절한 평문을 읽느라 보낸 30분의 고통을 보상하고도 남음이 있었다.

누구나 그렇듯이 우선 내가 반한 건 화면과 음악과 배우들이었다. 〈법에 의한 전락〉에 이어 로비 뮬러가 또다시 창조한 흑백 화면은 눈을 홀려버릴 듯 아름답고 닐 영이 기타 한 대로 시종일관한 음악 또한 그 단순한 리프의 반복을 통해 영혼을 마취한다. 뮬러의 화면은 미국

개척기의 다큐멘터리 사진사 티모시 오설리반과 윌리엄 헨리 잭슨이 표현했던 가공 이전의 리얼리티와 소박함을 고스란히 간직한 채로 거기에 더해 시적인 아름다움까지 잡아내고 있다. 특히 숲속 장면들에서는 싱싱한 나뭇잎이 뿜어내는 아로마가 맡아질 듯해, 삼림욕의 쾌감마저 느껴진다. 닐 영이 처음부터 끝까지 멈추지 않고 영화를 보아가며 즉흥적으로 연주, 녹음한 음악은 마일즈 데이비스가 〈사형대의 엘리베이터〉에서 이루었던 성과에 필적한다. 무표정 속에 수많은 감정을 표현해내는 조니 뎁은 물론이고 랜스 헨릭슨은 여기서 그의 일생일대의 배역을 맡아 최고의 연기를 선보이고 있다. 크레딧에도 없는 스티브 부세미를 비롯한 10여 명의 스타 단역들 역시 자기들에게 부여된 짧은 순간을 통해 무한한 상상력을 일으킨다. 그들이 나타나 몇 마디 하는 순간 우리는 그들 각자의 인생 전체를 눈치챌 수 있을 정도다. 특히 할리우드의 괴짜 중의 괴짜 크리스핀 글로버의 제멋대로 연기는 압권이다.

하지만 〈데드 맨〉을 좋아하고 싫어하고는 무엇보다 그 유머를 즐기는지의 여부에 달려 있다. 특히 그 자체로 서부극에 관한 하나의 거대한 농담이라고 부를 만한 이 영화의 유머는 유별나게 해괴해서 그것에 대한 호오好惡가 작품 전체를 판단하는 데 결정적으로 작용할 수밖에 없다. 예를 들어보자. 두개골을 밟아 으스러뜨리면서 신성모독의 대사를 중얼거리는 윌슨의 장면은 너무 잔인하니까 생략하고, 그 윌슨에 관해 나머지 둘이 이야기하는 대목. "그거 알아? 놈은 부모를 강간했어." 어리둥절한 표정으로 한참 눈만 껌뻑거리고 있던 동료가 입을 연다. "……둘 다요?"

그렇다. 물론 둘 다다. 초기 미국인들은 윌슨처럼 양친을 범하고 살해한 다음 먹어치워버렸다. 메이플라워 승선자들은 훗날 매사추세츠로 불릴 그 땅을 선점하고 있던 인디언들이 먹이고 재워주지 않았다면 그해 겨울 모조리 얼어 죽고 굶어 죽었을 터였다. 그러나 그 다음 세대에 이르자 인디언 대학살이 시작된다. 또한 이주민들은 곧이어 자기네 조국에 대해서도 전쟁을 벌여 독립을 얻어낸다. 낳아준 영국과 살려준 인디언, 이것이 양친 살해가 아니고 무엇이겠는가. 그래서 윌슨은 "Fuck you(엄마랑 그짓을 할 놈)"라는 욕을 한 동료를 죽이고, 어디서 이민 왔느냐는 질문을 받자 나머지 하나마저 죽여서 먹어버린다. 농담이 아니다. 실제 미국 개척사에는 인디언 포식자의 이야기가 심심치 않게 등장하곤 한다.

결국 이것은 영혼을 먹어버린 육체, 삶을 먹어버린 죽음, 인간을 먹어버린 발전, 역사를 먹어버린 장르에 관한 영화다. 윌리엄 블레이크의 여정을 따라가면서 우리는 그것들을 하나하나 곱씹어보게 된다. 그는 이 모든 비극을 한 몸에 지닌 채로(찰리가 쏘고 셀의 가슴을 관통한 총알을 자기 심장에 '상징적으로' 박아 넣은 채로) 거기에 저항하고 역전시키고자 몸부림치는 자기모순적 영웅이다. 어쩌면 그는 찰리의 총에 맞아 정말 죽어버렸고, 이후의 이야기는 그저 그가 죽어가면서 꾸는 미몽인지도 모른다. 그 순간 윌리엄이 본 밤하늘. 거기 획을 그으며 떨어지는 별똥별이 증거다. 꿈이든, 새로 얻은 윤회의 삶이든, 어쨌든 여행은 시작된다.

서부극이라기보다는 차라리 로드무비로 불려 마땅할 영화다운 시작.(이야기는 기차에서 시작된다.) 뛰어난 영화들이 흔히 그렇듯, 이 그리 길지 않은 도입 시퀀스에 영화 전체가 잘 응축되어 있다. 윌리엄 블레이크는 〈리버티 밸런스를 쏜 사나이〉에서의 변호사 제임스 스튜어트처럼(〈데드 맨〉은 〈리버티 밸런스를 쏜 사나이〉 이래 최초의 흑백 서부극이다) 동부의 대도시에서 와일드 웨스트로 가는 길이다. 물론 서부극에서 기차 또는 철도는 개척의 상징이다. 〈자니 기타〉와 〈옛날 옛적 서부에서〉뿐 아니라 수많은 서부극이 그것을 다루고 있다. 개척의 염원을 담아, 철마는 달리고 싶다! 지극히 정적인 객실과 다이나믹한 바퀴의 움직임을 섞어 편집함으로써 자무시는 나름대로의 역사의 리듬을 얻어낸다. 정체된 인간들을 싣고 파죽지세로 내달리는 문명과 발전의 쇳덩어리는 이 느려터진 영화에서 유일하게 스피드를 지닌 피사체다. 그러나 그 안에서 내다보는 풍경은 상대적으로 몹시 느리게 움직인다. 그것은 장르 아이콘들로 이루어

진 파노라마다. 사막과 모뉴먼트 밸리, 불타버린 역마차.(〈역마차〉)와 인디언 천막(〈수색자들〉.) 나무 창살을 통한 시점이라 흡사 레터박스 처리된 비디오 화면처럼, 따라서 시네마스코프 화면처럼 옆으로 길게 보인다. 이는 존 포드의 세계이며 자무시는 시

작부터 장르의 잔해를 선보이고 있는 중이다. 윌리엄은 서부에 도착하는 순간, 서부극이 죽어 있는 현장을 목격해야 한다. 서부극이 끝난 지점에서 다시 시작하는 서부극.

이건 글자 그대로 '미스터리 트레인'이다. 처음부터 지옥으로 직진 중이라는 기분이 들지 않을 수 없다. 아니나 다를까. 화부가 다가와 괜히 말을 걸기 시작한다. 얼굴에 숯 검댕을 잔뜩 묻힌 그 모습은 지옥의 불가마를 때는 악귀같이 보인다. 그런 그가 윌리엄에게 서부에서 자기 무덤을 발견하게 되리라는 예언을 함은 물론이다. 화부가 묻는다. "애인 있나?" "이젠 없어요." "변심했군." 이때 크리스핀 글로

버의 연기는 너무나 부자연스러운 나머지 부조리하다. 변심했다고 이야기하는 표정에는 거의 살의가 담겨 있다. 긴 설명 없이도 글로버 자신에게 변심한 애인이 있었음이 틀림없다는 상상까지 하게 만든 다.(얼마 지나지 않아 윌리엄은 애인의 변심 때문에 돌아버린 사나이 찰 리를 만나 악몽에 빨려들게 된다.) 이때 갑자기 자리에서 벌떡 일어나 창밖으로 총을 쏘아대는 승객들. 얻지도 못할 버팔로를 향해 심심풀 이로 총질을 하는 야만인들이다. 윌리엄은 축포까지 포함된 대대적 인 환영식을 받고 있는 것이다. "지옥에 오신 것을 환영합니다!"

화부는 또 엉뚱하게도 기차에서 보트 여행 이야기를 꺼낸다. 마치 윌리엄이 나중에 배를 타게 될 것을 알고 있기라도 하는 듯이. 이렇게 도입부의 기차 시퀀스는 마지막의 카누 시퀀스와 정확히 대칭을 이 루고 있다. 윌리엄은 예정된 결말을 향해 운명론적 여행을 떠나는 셈 이다. 대저 로드무비란 주인공의 성장을 도모하곤 하지 않던가. 교양 소설에서, 성장하려는 소년은 시골을 떠나 대도시로 가기 마련이다. 거기서 시민사회로 편입한다. 그러나 우리의 윌리엄은 거꾸로 간다. 그는 지금 자라나기보다는 죽으러 가는 길이며 시민사회를 떠나는 중이다. 그는 길에서 지혜나 교양을 얻지 못한다. 그가 하는 일은 줄 곧 버리는 것뿐이다. 화부는 말한다. "기차나 배를 타고 밖을 보면 나 는 가만히 있고 풍경이 움직인다는 착각에 빠진다." 실제로 윌리엄은 그런 경험을 몇 번이고 겪는다. 심지어 땅 위에 누워 하늘을 보아도 빙빙 돈다. 이 천동설은 인물의 무기력을 대변한다. 윌리엄은 한 번도 적극적인 행동을 해보지 못한 채 종말을 맞는다. 서부극은 물론이거 니와 어떤 성장 드라마에도 이렇게 수동적인 주인공은 없다. 대지를 개척함으로써 운명을 개척한다는 미국의 개척 이데올로기를 향한 조롱이다. 자무시는 주인공의 소극적인 행동을 통해 미국과 미국영화에 대해 적극적인 반항을 시도한다. 그 결과 〈데드 맨〉은 반反 서부극일 뿐 아니라, 반反 성장영화, 반反 로드무비가 되어버렸다.

〈천국보다 낯선〉보다 낯선, 〈데드 맨〉은 주술적인 영화다. 박상륭적인 의미에서의 로드무비다. 이것은 한마디로 『죽음의 한 연구』이고 윌리엄의 여정은 바로 『열명길』, 즉 저승길이다. 부모를 잃고 고향을 떠나온 풋내기는 얼떨결에 저지른 살인과 새로 얻은 인디언 아버지를 통해 득도의 단계로 나아간다. 만나는 자마다 살해해가며 전진한다. 어쩌다 보니 일곱이나 죽이게 된다. 자신으로 인해 초래된 간접 살인까지 포함하면 무려 열셋이다. 이 과정에서 죽은 천재 시인과 동일시되고 전설의 살인자조차 그를 추앙하기에 이른다. "이 총이 네 혀를 대신하리라. 너는 이것을 통해 말하는 법을 배울 것으로되, 이제 너의 시는 피로써 씌어지리라." 실제로 윌리엄은 팬을 자처하며 사인을 원하는 선교사의 손등을 펜으로 찍어버리고 이렇게 뇌까린다. "이게 내 서명이오." 전직 회계사는 이제 현상 수배 포스터에서 자신이 살해한 자들의 숫자를 읽어야 한다.

마을에 도착한 그는 서부의 황량함과 야만스러움에 경악을 금치 못한다. 이미 자무시는 데뷔작에서 이방인 눈에 비친 미국을 무슨 황무지처럼 삭막하고 황량하게 묘사한 바 있다. 그는 익숙한 장소를 전혀 낯선 곳으로 보이게 만든다. 난 우리 동네라도 그가 찍었다면 알아볼 자신이 없다. 대륙을 횡단하는 서진西進 끝에 태평양으로 떠나가는 오디세이 여정에서, 미국은 여지껏 서부극에서 신물 나게 봐왔던 거기가 아니다. 개척의 최전선, 철도가 끝나는 그곳에 선 마을 이름은 '기계 도시Town of Machine'지만, 그곳 주민들은 한마디로 짐승 이

하다. 인디언들에게 백인이란 일 년에 백만 마리의 버팔로를 학살하고 전염병이나 옮기는 무리에 불과하다. 개척지란, 온통 짐승 해골과 뼈다귀로 치장된 죽음의 마을, 말 오줌과 돼지 똥으로 진창을 이룬 도로 한켠에서, 백주의 블로잡이 벌어지는 그런 곳이다.

그가 취직하고자 했던 회사는 철물 제조 공장. 용광로로 인해 그곳은 지옥을 방불케 한다. 디킨슨 사장의 방 역시 해골과 박제로 장식된 죽음의 공간이다. 현세의 재화인 지폐와 내세의 재화인 담배(사장과 그 경리부서 직원들은 여기서 담배를 실컷 피우는 유일한 집단이다)를 독점한 세력의 보스로서 그는 명실상부한 신의 이미지를 구유하고 있다. 흔히 창조주에 대한 비유로 해석되는 블레이크의 시 「호랑이」 (우디 앨런의 〈또다른 여인〉에서 언급되는 바로 그 시)가 여기 인용될 만하겠다. "어떤 용광로 속에 네 두뇌는 있었는가? (……) 어떤 죽음 모르는 손과 눈이 너의 무시무시한 대칭을 감히 빚어냈는가?" 공장의 용광로와 사장실에 걸린 액자를 기억해보자. 그 앞에 똑같은 포즈로 선 디킨슨은 초상화 속의 자신과 정확하게 대칭을 이루고 있다.

이런 지옥에 한 가닥 희망이 있다면 물론 셸이다. 천사를 그린 블레이크의 연작시 「셸의 이야기」의 바로 그 '셸'이니까. 그녀는 종이로 장미를 접어 판다. 돈이 생기면 실크로 만들어 프랑스제 향수를 뿌리고 싶다고 한다. 그 바람은 헛되다. 그런다고 진짜 장미가 되지는 않으니까. 전직 창녀였던 셸은 그런 식으로 구원받을 수 없다. 실크나 향수는 오히려 창녀에게 더 잘 어울릴 소품들이다. 무슨 냄새가 나느냐고 물었을 때 윌리엄이 종이 냄새밖에 맡지 못하는 건 당연하고, 나중에 향수 냄새를 맡게 된들 어차피 그건 장미 향기와는 다르다. 결국 그녀는 이 인공의 도시, 죽음의 고장을 벗어날 수 없다. 여기를 지배하는 디킨슨 소유의 호텔에서, 그 아들에 의해 죽어야 한다. 블레이크가 「병든 장미」에서 읊었던 대로, "오, 장미, 너 병들었구나 (……) 찾아냈구나. 진홍빛 기쁨의 네 침대. 그의 어둡고 은밀한 사랑이 네 삶을 파괴하는구나."

　반대로 미개척지는 특이하게도 사막이나 평원이 아닌 숲이다. 생명의 숨결로 가득 찬 처녀림을 죽은 자와 아무도 아닌 자가 친구가 되어 여행한다.(이 풍경은 몬티 헬만이 〈슈팅〉에서 보여줬던 사막의 반대 극점에 자리하고 있다. 역시 초현실주의적 로드 웨스턴인 〈슈팅〉은 그 장르의 역사에서 가장 황량한 불모의 느낌을 전한 바 있다. 거기서 워렌 오츠는 윌리엄이 총잡이이자 시인인 것처럼 형과 동생을 1인 2역하고 잭 니콜슨은 윌리엄처럼 모두 죽은 가운데 혼자 남아 영화를 끝낸다.) 이 숲은 도시와 바다 사이의 중간 지대로 설정된다. 그것은 낮과 밤 사이에 낀 노을과도 같다. 추적자 트윌의 말마따나 그 과도기 없이 램프가 꺼지듯 낮에서 바로 밤이 되어버린다면 얼마나 황당하겠는가. 〈데드 맨〉은 사실상 이 노을 단계를 지나가는 윌리엄의 통과의례를 묘사한 영화이다. 두 부족의 혼혈이란 이유로 가족으로부터 버림받아 엘크의 무리 속에서 자랐고 도시로 갔다가 거기서도 도망 나온 노바디처럼, 윌리엄은 두 개의 세계 사이 중간 지대를 가로지르는 여행자이다. 각각 노바디는 백마, 윌슨은 흑마, 윌리엄은 둘이 뒤섞인 얼룩무늬 말을 타고 지나가는 이 풍경(특히 〈현기증〉에도 나오는 세콰이어 삼림 장면)이 황홀할 정도로 아름다운 건 노을이 아름다운 이치와 같다. 앞서 말한 대로 이는 죽음으로 가는 통과의례지, 입사入社 의식은 아니다. 오히려 출사出社 의식이다.

순전히 자신의 인디언 혈통이 드러난 외모 덕분에 캐스팅되었을 조니 뎁은 안경을 벗고, 곰 가죽을 뒤집어쓰고, 얼굴엔 인디언 페인팅을 한 채 돌아다닌다. 처음에는 안경 없이는 아무것도 할 줄 모르던 윌리엄도, 결말에 이르러서는 맨눈으로도 수십 미터 밖의 사람을 명중시킨다. 카누를 타고 강을 따라 내려가면서 백인들이 초토화한 인디언 부락을 지날 때면 〈지옥의 묵시록〉의 윌러드 같아 보이기도 한다. 문명을 버리고 야만으로. 이성을 버리고 본능으로. 펜을 버리고 총으로. 차창 밖을 내다보는 수평 여행에서 배에 누워 하늘을 바라보는 수직 여행으로. 서진하는 공간 이동에서 영겁 윤회하는 시간 이동으로. 증기기관차 보일러의 불꽃으로 시작한 영화는 드디어 태평양의 어마어마한 물, 거기 또 내리는 빗물, 물 위에 뜬 채로 비까지 맞으며 또 흘리는 윌리엄의 눈물로 끝을 맺는다. 노바디가 영국군에게 체포되어 런던까지 갔다가 기어코 숲으로 돌아왔다면 윌리엄은 좀더 근원적인 여행을 하는 셈이다. 그를 카누에 태워 보내며 뇌까리는 노바디의 송별사. "당신이 왔던 데로 가는 거야."

이때 노바디는 그토록 어렵게 구한 담배를 손에 쥐어준다. 저승 가는 노잣돈이라고? 바로 그래서 여기 나오는 등장인물들은 하나같이 윌리엄에게 담배를 달라고 했던가? 여기 귀중한 코멘트가 있다. "담배를 피우노라면 삶의 유한성을 생각하게 돼요. 연기처럼 사라지는……" 자무시는 엉뚱한 남의 영화에 나와서 자기 영화에 관해 해설해주고 있다. 웨인 왕과 폴 오스터의 〈블루 인 더 페이스〉에는 또 이런 대사도 있다. "배가 비었다는 건 변기가 찼다는 뜻이다." 공복空腹이면 만변기滿便器라……. 짧은 꽁초는 수북한 재를 뜻한다. "살아간다는 건 다시 말해 죽어간다는 거죠." 우리 모두가 그렇듯이 윌리엄 블레이크는, 살아 있지도 죽어 있지도 않은, 굳이 말하자면 '아직 덜 죽은' 자이다. 윌리엄은 서부 개척지를 그런 신분으로 떠난다. 그리하여 끝내는 죽음 너머의 세계로 나아가는 영혼의 개척자가 되기 위해.

청춘이여, 안녕

복수의 립스틱

아마도 성정이 건방져서 그러리라고 생각하지만 어려서부터 책을 읽어도 그렇고 음악을 들어도 그런 것이, 남들 다 좋다는 이른바 세계명작은 제쳐놓고 꼭 뭐 저런 괴물이 다 있나 싶게 이상하고 덜 알려진 물건들만 탐해온 터이다. 물론 사정은 영화에서도 마찬가지. 괴물은 자연 귀물이어서 썩 마음에 드는 영화를 구해 보기란 쉬운 노릇이 아니었다.

그러다 92년인가에 웬 폴 매카트니 얼굴 닮은 친구를 오다가다 만나 사귀게 되었는데, 이후 내 취미를 가일층 북돋워줄 그 고수의 이름은 이훈이라 하였다. 그자와 더불어 영화와 음악을 즐겼던 몇 년간은 마흔 해 다되어가는 내 인생에서 문화적으로 가장 풍요로웠던 시기로 기억되고도 남음이 있다. 지금 감독 데뷔를 준비하는 윤, 영화음악 프로듀서 조, FM DJ 송, 영화 포스터 가게 사장 이, 재즈평론가 이, FM 구성작가 이, 영화담당 기자 오 등이, 저녁때 만났다 하면 꼭 남들 출근하느라 길 막히는 시간이 지나서야 자리를 파하곤 하는 술친구들이었다. 물론 당시는 대개 무직이었으니 시간은 남아돌았다. 나도 데뷔작을 발표한 직후였지만 언제 또 영화를 만들게 될지 아득했던 나머지 누구라도 소개받으면 "한때 영화감독으로 불렸던 아무개올시다" 하고 인사하던 시절이었다. 이훈 역시 유학했던 오하이오에서 기약 없이 돌아와 밥 대신 영화 보고 잠 줄여 술 마시면서 에멜무지로 살던 처지였는데, 그 다망한 와중에도 영화를 심각하게만 보는 나를 훈장이라 비웃으며 때로는 자상하게 지도하고 때로는 따끔하게 편달하기를 어언 몇날이었던가. 그를 만나고 나서야 비로소 나는 그 무서운 〈블루 벨벳〉도 낄낄거리며 볼 줄 알게 되었고, 교과서에 나오는 근엄한 예술가가 아닌 천진난만한 개구쟁이 늙은이로서의 부뉴엘과도 친해지게 되었다.

　아벨 페라라와 정식으로 인사한 것도 그때 일이었다. 전에 이미 스카라극장에서 〈차이나 걸〉을 본 바는 있었지만 대표작이라 할 만한 〈복수의 립스틱〉은 이훈이 어렵사리 구한 레이저디스크 덕분에 처음 만날 수 있었는데, 거기서 벙어리이자 귀머거리인 처녀는 등장하자마자 대낮에 두 번 강간당하고 있었다. 누가 재단사 아니랄까봐 그녀는 두 번째 사내를 다리미로 때려죽이더니, 잘 토막 내 냉장고에 쟁여두었다가 잠 안 오는 밤이면 한 덩이씩 들고 나가 뉴욕 곳곳에 불법으로 투기했다. 그때마다 강간범이 남기고 간 45구경 콜트로, 보이는 족족 사내들을 쏘아 죽임은 물론이다. 결국은 가장무도회에 수녀 옷을 입고 가서 최후의 학살 파티를 벌이다가 어이없이 여자 친구의 칼에 찔려 죽는다. 도무재 잔재주나 똥폼이라곤 없이 순수하고 간결하게 할 말만 딱 하고 마는 이 젊은 페라라는 늙은 페킨파를 연상시키고도 남음이 있었다. 이훈 잘 쓰던 말대로 "그냥, 뚝!" 해치우는 거 말이다. 친구들이 일러 뜨기즘이라 했고 다른 말로는 다 짜고짜주의, 훗날 그 자신이 〈달콤한 포로〉나 〈마스카라〉 같은 영화를 만들 때 발휘하곤 했던 바로 그 사상이었다.

1년쯤 있다가 다시 모여 앉아 〈더티 캅〉을 보았다. 에둘러 말하는 법 없고 조잡한 수사학 따위는 아예 배제하는 스트레이트한 태도가 여전했다. 성당에서 윤간당하고 입원한 수녀의 성기를 클로즈업으로 "뜩" 보여주는 그 장면, 타락한 가톨릭 형사 하비 케이틀의 고뇌를 묘사하면서 주저 없이 십자가의 예수를 걸어 내려오게 하는 대담함에 우리는 매료됐다. 언제나 단순하고 강렬한 영화를 좋아하는 이훈은 앞의 것을, 도덕적 딜레마를 중시하는 나는 뒤의 것을 더 쳤지만 그런 차이쯤은 아무래도 좋았다. 돌이켜보건대 서울의 우리는 뉴욕의 페라라를 존경한 게 아니었다. 차라리 그것은 동지적 유대감에 가까운 것이었다. 우리는 페라라와 하틀리, 자무시, 카우리스마키를 보면서 장르의 올가미에 사로잡힌 할리우드 오락영화도, 자의식의 함정에 빠진 유럽 예술영화도 아닌 제3의 길이 거기 있다고 감히 믿었다. 이제 와 생각하니 순진했나?

이훈을 만난 시간이 길지는 않았다. 데이빗 보위의 노래 제목처럼 딱 '5년'. 그가 죽어버렸기 때문이다. 그것으로 우리의 열광적인 청년 시절도 막을 내렸다는 걸 우리는 알았다. 그가 남긴 낙서 중에 이런 문장이 있다. "물어보지도 않는데 서른 살에 죽을 거라고 자꾸 입방정을 떨더니만 정말 서른 살에 골로 간 마크 볼란……." 무인도에 한 장만 가져가라면 고르겠다던 보위의 〈지기 스타더스트 더 모션 픽처ziggy Stardust The Motion Picture〉 앨범에 수록된 '로큰롤 자살Rock 'N' Roll Suicide'엔 또 이런 말이 나온다. "당신은 카페를 그냥 지나쳤지. 너무 오래 살았다고 생각했으므로 먹지도 않았네." 그런데 왜 그대는 96년 그날 밤 신촌에서, 불이 나기로 돼 있던 '롤링스톤즈' 카페에 들어갔던 건가. 이만하면 박찬욱을 충분히 가르쳤다고 생각했는가, 그대는? 화장됨으로써 두 번 불탄 이훈을 양수리 찬물에 떠워 보내고 다시 고개를 들었을 때 우리는 서로에게서 중년 사내의 피곤한 눈빛을 발견해야 했다. 이제 정신 차릴 때가 되었다고, 그동안 이 세상 물정 모르는 철부지한테 너무 오래 끌려다녔다고 생각했던 것일까. 그 순간부터 이미 우리에게는 페라라고 뭐고 안중에도 없었다.